하재연 시론집

무한한 역설의 사랑

보고사
BOGOSA

머리말

어떤 불가능에 대한 직면.

내게 시는 여기서부터 발생된 것이었다. 사랑에 대한 불가능. 행복에 대한 불가능. 믿음에 대한 불가능. 종국에는 삶에 대한 불가능. 시에는 이루어진 사랑보다는 깨어진 사랑이, 도달한 행복보다는 부서진 행복이, 수행된 믿음보다는 금간 믿음이 드러나 있었다. 기어이 죽음 쪽으로 끌려가고야 마는 삶에 대한 응시가 있었다.

그러니 웃음보다는 울음에 가까이 있을 때, 평안보다는 고통에 밀접해 있을 때, 시가 나와 함께 있었다고 해야 할 것 같다. 할 수 없음에 관하여, 무능과 불가능과 미완에 관하여, 말할 수 있는 형식이 존재한다는 사실에 감사했다. 이상한 것은, 이 불가능의 고백으로 이루어진 형식이 내게는 아름답게 느껴졌다는 것이다.

최소한이 다다를 수 있는 최대치를 생각한다. 하나의 고통스러운 삶을 목도했을 때, 그가 감당하고 있는 고통이 실은 내가 겪어야 했던 것임을 알아차리는 것. 이는 불교의 '연기(緣起)'와도 관련이 있는 것 같지만, 고통 앞에서 스스로의 무력을 자인하는 감각이, 내가 좋아하는 시들에 있었다.

무력을 말하는 순간, 세계를 구성하는 것들의 배치는 다르게 관측되는 것 같다. 가까스로 감각할 수 있는 것을 통해 다다르는 상상의 형식이, 내게는 나와 세계에 대한 최대치의 사랑으로 여겨진다. 이 역설의 사랑에는 끝이 없다. 아니 끝이 없다면 좋겠다.

시를 읽고 쓰고 공부하면서 긴 시간 동안 썼던 글들을 묶는다. 책을 세상에 내보일 수 있게 해준 보고사와 이소희 편집자에게 감사한다. 그동안 내 글의 독자가 되어주어 혼자일 때도 혼자만은 아님을 느끼게 한 가족과 친구들에게도 감사한다. 때로는 여기에 실린 시들을 함께 읽을 미래의 독자를 상상하며 이 글들을 쓸 수 있었다. 문학에 대한 신뢰와 글쓰기를 멈추지 않으시는 아버지께 이 책을 드리고 싶다.

삶이 구겨져 내던져지는 어떠한 장소에서도 발생하는 매혹이 있었다. 매혹의 감각을 알려준 시와 시인들이 있었기에, 아름다움이 무엇인지를 잊지 않을 수 있었다. 때로는 논리와 정형의 틀로 그들을 가두었지만, 나의 우둔함을 용서해 줄 너른 품이 시에 마련되어 있음을 믿고 있다. 그리고 어떤 믿음이라도 유예될 수 있음을, 시는 계속해서 나에게 보여줄 것이다.

2022년 가을

하재연

차례

1부

시의 지도에 등재된 새로운 거리들

자연이라는 '대만물상大萬物相'과 인간

— 정지용, 「진달래」

한골에서 비를 보고　한골에서 바람을 보다　한골에 그늘 딴골에 양지　따로 따로 갈어 밟다　무지개 해ㅅ살에 빗걸린 골　山(산)벌떼 두름박 지어　위잉 위잉 두르는 골　雜木(잡목)수풀 누릇 붉웃 어우러진 속에 감초혀 낮잠 듭신 칡범 냄새 가장자리를 돌아　어마 어마 긔여 살어 나온 골　上峯(상봉)에 올라 별보다 깨끗한 돌을 드니 白樺(백화)가지 우에 하도 푸른 하늘……포르르 풀매…… 온산중 紅葉(홍엽)이 수런수런 거린다　아래ㅅ절 불켜지 않은 장방에 들어 목침을 달쿠어 발바닥 꼬아리를 슴슴 지지며　그제사 범의 욕을 그놈 저놈 하고 이내 누었다　바로 머리맡에 물소리 흘리며 어늬 한굟으로 빠져 나가다가　난데 없는 철아닌 진달레 꽃사태를 만나　나는 萬身(만신)을 붉히고 서다.

— 정지용, 「진달래」[1]

1 『문장』 1941년 1월호에 「진달레」로 발표. 시집 『백록담』(문장사, 1941)에 수록되면서 「진달래」라는 제목으로 실리고 '한골스로'가 '한굟으로', '맞나'가 '만나'로 표기가 바뀌었다. 단어 사이의 여백이 더 많은 부분은 시집의 표기를 살린 것이다.

1. 자연이라는 경이

「진달래」에는 "비", "바람", "그늘", "양지", "무지개", "해ㅅ살" 등의 변화무쌍함이 깃들어 있는 산(山)의 이미지가 존재한다. 비와 바람, 그늘과 양지, 무지개와 햇살은 한 공간 안에 공존할 수 있는 자연현상이다. 수없이 많은 숲과 덤불과 골짜기들을 가지고 있는 산에서라면 더욱 그러하다. 그러나 또한 그것들은 미세한 시간적 흐름에 따라, 혹은 한 걸음을 옮김에 따라 변전(變轉)하는 자연의 모습이기도 하다. 만약 우리가 마음을 고요하게 가라앉히고 산의 움직임을 주시하지 않는다면, 산이 지닌 변화무쌍함과 다채로움이란 심상하게 지나쳐 버리기 쉬운 경관일 뿐이다.

이 시의 화자는 "山(산)"의 온갖 풍경과 변화의 모습을 자신의 감각으로써 체험하고자 한다. 그는 비와 바람을 보고, 그늘과 양지를 밟고, 산벌떼의 소리를 듣고, 칙범의 냄새를 맡음으로써 자신의 육체로 산을 느끼고 있다. 그가 "한골", "한골" 나누어 옮겨 다니는 것은, 그것이 산이라는 복잡다변하는 자연을 육체적으로 경험하는 최대의 방법이기 때문이다. 이 시의 화자에게 산은 한 번에 지각하기에는 너무도 깊고 거대한 존재여서, 그는 그것을 분리하여 경험한다. 즉 "따로 따로 갈어 밟"는 것이다.[2]

"골"은 '1) 골짜기, 2) 깊은 구멍 또는 고랑, 3) 고을' 셋 중의 하나일 테지만 이 세 가지 이미지를 동시에 환기시키기도 한다. 화자는 수많은

2 "갈어 밟다"의 의미는 '가려 밟다', 혹은 '갈라서 밟다' 정도로 해석할 수 있을 것이다. 참고로 '갈어가다; 갈라져 가다', '갈아디다; 갈라지다'(이희승, 『국어대사전』, 민중서림, 1982) 등의 옛말이 있음을 제시해 둔다.

'골짜기'를 거느린 산의 여기저기를 다니고 있는데, 그 '깊숙한' 곳에 들어설 때마다 다양하고도 경이로운 경험들을 하게 된다. 또한 그곳은 다채로운 기상(氣象)의 변화와 풍경을 제각각 지니고 있어 각 장소가 하나의 '고을 또는 마을'과도 같은 것이다.

그런 점에서 「진달래」는 『백록담』의 다른 시들에 나타나는 산과는 변별되는 풍요로움의 이미지로 형상화된 산을 보여 준다. "다람쥐도 좇지 않고 뫼ㅅ새도 울지 않"는 "고요"(「長壽山(장수산)1」)함이나 "풀도 떨지 않는" "흰" "절벽"(「長壽山(장수산)2」) 또는 "빽국채 꽃키가 점점 消耗(소모)되"(「白鹿潭(백록담)」)는 형상으로 높고 강인한 정신성을 표상하는 산의 이미지에서 「진달래」의 산은 조금 비켜서 있다.

한편 매우 짧은 2연 1행의 구조로 이어지는 「毘盧峯(비로봉)」, 「九城洞(구성동)」, 「玉流洞(옥류동)」의 시적 분위기를 조성하는 정밀(靜謐)함 역시 「진달래」에 등장하는 산의 형상이 환기하는 이미지와는 다르다.

「진달래」의 산에는 비와 바람이 지나간 후, 혹은 다른 골에 비와 바람이 존재하는 것과 동시적으로 무지개가 햇살에 비스듬히 걸려 있다.[3] 거기에는 산벌떼가 "두름박"[4] 모양으로 무리를 지어서 "위잉 위잉"하는 시끄러운 소리를 내며 산을 두르고 다니기도 한다. 온갖 나무와 수풀은 "누릇"하고 "붉읏"하게 여러 가지 색깔을 띠고 섞여 있으며

---

3 "빗걸린"의 '빗'은 부사인 '빗;비뚜로, 가로=빗기' 또는 형용사 '빗그다;비뚤다, 기울어지다'와 걸리다가 결합한 듯하다. 비스듬히 걸려 있거나 가로 걸려 있는 모양을 표현한 것으로 보인다.

4 "두름박"은 '1) 두레박; 줄을 길게 매어 우물물을 긷는 바가지, 2) 뒤웅박; 박을 반으로 쪼개지 않고 둥근 채로 꼭지 근처에 구멍을 뚫거나 꼭지 부분을 베어 내거나 하고 그 속을 파낸 바가지(한글학회, 『우리말 큰사전』, 어문각, 1992)'의 두 가지 중 하나이다. 벌떼의 모양을 생각하면 2)가 더 가까운 것으로 보이지만 어느 쪽으로 해석해도 큰 무리는 없는 듯하다.

그 속에는 "칙범"[5]의 냄새마저 풍겨 나온다. 그곳은 사물들이 "누룻붉읏 어우러"져 있는 곳, 즉 '어우러짐'의 세계인 것이다.

그 속에는 비가 지나간 뒤 떠오르는 무지개의 다채로운 빛깔과, 바람이 지나간 뒤의 소슬함이 있으며 서늘한 그늘과 환한 양지가 함께 있다. 따라서 그 속에 있는 화자는 시각적 경험만이 아니라 밟고 듣고 냄새 맡는 풍요로운 감각적 경험을 동시적으로 하게 된다. 여기에서 어떤 것이 먼저였는가 하는 경험의 선후 문제는 뒤로 물러나게 되는데, 이는 화자가 "따로 따로" 경험함으로써 그 변화무쌍을 종합하고자 했음에도 불구하고 이 "산"이 시간과 공간으로 분절되기 어려운 경험의 공간 곧 "大萬物相(대만물상)"(「禮裝(예장)」)과 같은 곳이기 때문이다.[6]

2. 주체와 자연 사이의 거리

1941년 1월 『문장』에 함께 발표한 10편의 시 중 「진달래」와 비슷한 형식을 보여 주는 것은 「나븨」, 「호랑나븨」, 「예장」, 「盜掘(도굴)」이다. 행과 연의 구분 없이 풀어 쓴 것이나 중간 중간에 휴지부를 두어 호흡을 조절하고 시적 여백을 만들고 있는 점이 동일하다. 그 중 「호랑나븨」와 「예장」 두 작품에서는 「진달래」와 마찬가지로 산이 중요한 시적 공간이 되고 있다.

5 칙범(칡범):갈범과 동의어로 범을 표범과 구별하여 일컫는 말(이희승, 앞의 책).

6 '萬物相(만물상)'은 원래 금강산에 있는 갖가지 모양을 한 바위산을 일컫는 말로 쓰인다. 그런데 이 말은 「진달래」에 등장하는 자연의 이미지를 가장 상징적으로 지시하는 명칭과 같이 보인다.

그런데 이 두 시에 나타나는 산은 속세와 절연된 하나의 '장소'로 등장한다. 여기에서의 산이 갖는 가장 큰 의미 중 하나는 인간 세상과의 단절이다. 그것은 삶의 반대편에 있다는 점에서 읽는 사람에게 죽음을 강하게 환기시키는 이미지이다. 이 두 작품이 보여 주는 자연은 스스로 존재한다기보다는 삶의 건너편, 속세와의 단절이라는 함의를 지님으로써만 존재한다. 그것은 대상화되었거나 타자화된 자연이다.

「호랑나븨」와 「예장」에서 화자는 산으로 들어간 인물들의 종적을 담담하게 진술하는 듯하다. 화자는 '나'로서 등장하지 않으며, 일종의 서술자적 역할을 맡고 있다. 그러나 두 편의 시에서, 인간의 삶의 공간과 상대적인 공간으로 자연을 바라보는 화자의 시선에 의해 '산'이 지니고 있는 사물성은 좌우된다. "호랑나븨 쌍을 지여 훨 훨 青山(청산)을 넘"(「호랑나븨」)는다거나, "눈도 희기가 겹겹히 禮裝(예장) 같"(「예장」)다는 표현은 담담한 묘사적 진술이 아니라 화자의 목소리가 강하게 개입된 진술이다.

이에 비해 「진달래」에서는 자연이 지니고 있는 갖가지 모습을 자신의 오감으로 온전하게 체험해 보고자 하는 화자의 목소리가 존재한다. "보고", "밟고", "돌아", "나온" 것은 화자이지만 화자에게 체험된 자연은 화자의 목소리에 윤색되지 않고 스스로의 사물성을 드러내고 있다. 화자의 체험을 지시하는 동사들은 화자의 존재감을 환기하는 것처럼 보인다. 그러나 이 동사적 주체는 "비"와 "바람", "그늘"과 "양지", "무지개 해ㅅ살"과 "산벌떼", "雜木(잡목)수풀"이라는 엄연한 명사적 존재들 또는 "어우러"져 있는 형용사적 대상들과는 분명히 구분된다. 가령, "그늘"과 "바람", "여울" 그리고 멎었다가 다시 내리기 시작하는 "비"라는 제재들이 「진달래」와 비슷하게 등장하는 다음의 시를 보자.

돌에
그늘이 차고,

따로 몰리는
소소리 바람.

앞 섰거니 하야
꼬리 치날리여 세우고,

종종 다리 깟칠한
山새 걸음거리.

여울 지여,
수척한 흰 물살,

갈갈히
손가락 펴고.

멎은듯
새삼 돋는 비ㅅ낯

붉은 닢 닢
소란히 밟고 간다.

— 정지용, 「비」[7]

7 『문장』, 1941.1.

화자의 행위는 묘사되지 않는다. 묘사되는 것은 "차"가운 "그늘"이나 "몰리는" "바람", "깟칠한" "山새 걸음거리", "수척한" "물살", "소란히 밟고 가"는 '비'이다. 「비」에서는 화자의 지각하고 감각하는 행위가 배면에 스며들어감으로써, 오히려 대상들을 주관화시킨다. 돌에 그늘이 '차갑게' 서리었다고 느끼거나 흰 물살이 '수척하다'고 보는 화자의 시선은 대상과 주체의 경계를 혼란스럽게 한다.[8] 화자가 물러나 있는 듯 보이지만, 화자가 대상을 보고 느끼는 행위와 감정이 대상 안에 섞여 들어가면서 읽는 이로 하여금 대상과 주체 사이에 놓인 거리를 쉽사리 지각하지 못하도록 하는 것이다. 주체의 동사적 작용은 물러났지만, 대신 주체의 시선이 자연이 지닌 명사적이고 형용사적인 대상의 작용들과 섞여 존재하면서 주체와 대상간의 엄연한 구분은 사라지게 된다.

반면 「진달래」에서 "한골에서 비를 보고 한골에서 바람을 보다 한골에 그늘 딴골에 양지 따로 따로 갈어 밟다"라고 했을 때에 화자는 감각의 주체인 자신의 보고 밟는 행위를 명확하게 제시함으로써, 감각하는 주체의 작용과 거기 존재하는 자연의 대상적 속성을 분명하게 구분 짓는다. 「진달래」의 '나'는 자연이라는 압도적 존재를 가능한 한 있는 그대로 감각하려 애쓰는 존재이며, 감각과 감정의 작용으로 그것을 채색하지 않는다. 시제가 무화되어 있는 "보다", "밟다"라는 기본형의 동사들은 시각과 촉각 등의 감각을 통해 대상을 진심으로 느끼려는 화자의 절대적인 태도를 담고 있다.[9]

8 최동호는 이 시의 해석에서 "수척한"이라는 구절에 시인의 정신적 작용이 담겨 있다고 보았다. 최동호, 「산수시의 세계와 은일의 정신」, 『하나의 道에 이르는 시학』, 고려대학교출판부, 1997, 135~137면 참조. 이 의견에 동의하는 한편, 다른 묘사적 진술 역시 넓게 보면 "수척한"이라는 표현에 나타난 화자의 감정적 작용이 담겨 있는 것이라 생각된다.

이때 산에서 화자가 경험한 것들 중 하나인 칡범 냄새는 상상에서 나온 것일 수 있다. 문제는 화자가 칡범 냄새를 맡음으로써 "어마 어마 긔여 살어 나온" 것으로 각 골을 구경하는 것을 마쳐야 했다는 것이다. 여기에서 칡범은 산에 대해 함축적 의미를 가지는 대상이다. 예부터 신령스럽게 여겨져 왔던 호랑이라는 존재는 공포감뿐 아니라 신비감도 조성한다. 호랑이를 직접 말하기 꺼려 '신령' 또는 '산신령'이라 불렀던 전통적 습속에서도 볼 수 있듯, 호랑이는 경외감의 대상이었다.

화자는 이 골 저 골을 돌아다니며 보고 듣고 산의 존재를 느끼려 했음에도 결국 "가장자리"를 "돌아" 기어 나온다. 이제 칡범과 산의 의미 층위는 동일시된다. 그것들은 화자의 온갖 노력에도 불구하고 그 가운데, 즉 깊은 핵심에는 닿기 어려운 신비하고 경이로운 대상으로 남는다. 풍요로움을 지녔던 산의 이미지는 그에 더해 신비함과 경외감을 얻게 되고 주체와 자연 간의 거리는 화자에게나 독자에게나 더욱 명확하게 인식된다. 이때 "어마 어마"라는 부사는 자연에 대한 화자의 놀라움과 경이를 담는 것인 동시에, 산의 압도적인 거대함을 표현하기 위해 시인이 의도적으로 중첩하여 쓴 표현이 된다.

3. 무의식: '만신萬身'의 조우

「진달래」는 일종의 추보식 구성으로 이루어져 있다. 크게 네 부분으

9 시제가 들어 있는 '보았다' 또는 '본다'라는 표현들은, '내가 예전에 보았던' 혹은 '내가 지금 보고 있는'이라는 느낌이 개입됨으로써 대상에 대한 주체의 위치를 상대적으로 우월하게 만들 수 있는 가능성을 가지고 있다.

로 나누어 보면 다음과 같다.

1 한골에서 비를 보고 한골에서 바람을 보다 한골에 그늘 딴골에 양지 따로 따로 갈어 밟다 무지개 해ㅅ살에 빗걸린 골 山(산)벌떼 두름박 지어 위잉 위잉 두르는 골 雜木(잡목)수풀 누릇 붉읏 어우러진 속에 감초혀 낮잠 듭신 칙범 냄새 가장자리를 돌아 어마 어마 긔여 살어 나온 골

2 上峯(상봉)에 올라 별보다 깨끗한 돌을 드니 白樺(백화)가지 우에 하도 푸른 하늘……포르르 풀매…… 온산중 紅葉(홍엽)이 수런수런 거린다

3 아래ㅅ절 불켜지 않은 장방에 들어 목침을 달쿠어 발바닥 꼬아리를 슴슴 지지며 그제사 범의 욕을 그놈 저놈 하고 이내 누었다

4 바로 머리맡에 물소리 흘리며 어늬 한곬으로 빠져 나가다가 난데 없는 철아닌 진달레 꽃사태를 만나 나는 萬身(만신)을 붉히고 서다.

화자는 1 이 골 저 골을 다니다가 산의 가장자리를 돌아 2 산봉우리에 오르며 (거기에서 내려와) 3 밤이 된 후 절의 방에 눕는다. 4에는 비약이 있는데 이 부분의 시간적 순서는 마지막에서 다루기로 하고 우선 앞 부분을 보자.

1이 수평적 공간이라면 2와 3은 '위/아래'라는 공간으로 뚜렷이 대별된다. "上峯(상봉)"의 "上(상)"과 "아래ㅅ절"의 "아래"는 화자가 있는 위치를 명확하게 지시하는 공간적 지표이다. 2에 등장하는 "푸른 하늘"에는 '위'라는 공간적 성격이 집약되어 있다. 그것은 인간이 감각할 수 있는 한도 내에서는 가장 위쪽에 있다는 점에서, 극대화된 높이

의 성격을 가지고 있다. 화자는 하늘의 푸르름을 볼 수 있으나 만져보고 냄새 맡을 수는 없다. 촉각이나 후각의 직접성에 비해서 시각이 가지는 그것은 좀더 떨어지는데, 여기에서 화자의 보는 행위는 그 대상에 대한 '닿을 수 없음'의 갈증을 더욱 강화시킨다.

화자가 돌을 들어 하늘에 돌팔매를 던지는 행위[10]는 닿을 수 없는 대상에 대한 화자의 닿고자 하는 욕망을 상징적으로 드러낸다. 여기서 "上峯(상봉)"과 "별", "白樺(백화)", "하늘"은 모두 정결한 대상들이며 화자가 도달할 수 없는 어떤 높이를 뜻한다. 그는 비록 상봉에 도달해 있기는 하지만 산의 가장자리를 돌아서 겨우 나올 수 있었기에 산의 깊이와 높이를 진정으로 체험했다고 할 수 없다. 겨우 "긔여 살어 나온" 것으로는, 산의 넓이와 하늘의 높이를 내면화시킬 만큼 철저하게 정신적·육체적으로 고양되었다고 볼 수 없는 것이다.

그러므로 그가 천상의 정결함에 버금가는 사물 즉, "별보다 깨끗한 돌"을 들었다고 해도 그것이 지상의 사물인 한 추락하는 것은 당연하다. 포물선을 그리며 떨어져 내리는 돌처럼 화자의 상승에는 이미 예정된 끝이 있는 것이다. 그가 닿고자 했던 하늘에 던져진 돌이 고작 할 수 있는 것이라곤, "온산중 紅葉(홍엽)"을 약간 뒤흔들게 만드는 것뿐이다.

자신의 감각이 산의 깊이에도 하늘의 높이에도 닿을 수 없음을 지각한 인간이 할 수 있는 일은 산을 내려오는 것이다. 그가 묵은 곳은 "절"의 "불켜지 않은" "장방"이라, 속세와 자연의 중간 지점쯤 되는 듯하다. 그러나 어쨌든 그곳은 "아래"인 것이다.

여기에는 자연의 경이도, 푸른 하늘의 끝없는 높이와 정결함도 없

10 "풀매"는 '팔매'의 방언이다.

다. 이곳에는 그야말로 인간적인 육체의 고통에 시달리는 화자가 "발바닥"을 "슴슴 지지"는 생활의 낱낱이 존재한다. "그제사 범의 욕을 그놈 저놈" 할 수 있는 것도, 화자가 신비감과 경외감에 압도당한 산의 바깥에 있기 때문이다.

3의 "아래ㅅ절 불켜지 않은 장방에 들어 목침을 달쿠어 발바닥 꼬아리를 슴슴 지지며 그제사 범의 욕을 그놈 저놈 하고 이내 누었다"는 표현에는 시인의 위트가 개입되어 있다. 자연의 압도성에서 물러 나와 있는 인간의 일상적 신변이 묘사되기 때문에 가능한 위트다. 거대함과 끝을 알 수 없는 높이 앞에서 웃음이 끼어들 자리는 없기 때문이다. 특히 시인이 "그제사"라는 부사를 써 화자의 행위에 대한 거리감을 조성함으로써, 인물의 왜소함은 강화된다.

이제 문제가 되는 4 부분을 보자. "바로 머리맡에 물소리 흘리며 어늬 한곬으로 빠져 나가다가 난데 없는 철아닌 진달레 꽃사태를 만나나는 萬身(만신)을 붉히고 서다."라고 했을 때 과연 화자는 어디에 있는가? 잡목이 누렇고 붉게 어우러진 데다 홍엽까지 등장하므로 시의 계절적 배경을 가을로 보고, "철아닌" 진달래를 만난다고 했으므로 이 부분을 꿈으로 해석하는 견해는 타당해 보인다.[11] 이에 더해 이 부분을 꿈으로 읽는 해석을 지지해 주는 것은 "머리맡"이라는 단어이다. '머리맡'이란 누워 있는 경우가 아니면 쓰지 않는 말이다. 따라서 동시적으로 표현되어 있는 "물소리 흘리며", "빠져 나가다가", "꽃사태를 만나"는 것은 화자가 누워 있는 상태에서 일어나는 일련의 행위들인 것이다.[12]

11 이숭원, 『정지용 시의 심층적 탐구』, 태학사, 1999, 174~175면.

12 양왕용 역시 이 부분은 잠들어가는 도중에 꾼 꿈이거나 낮에 만난 진달래가 기억 속에 되살아나는 것으로 보았다(양왕용, 『정지용 시 연구』, 삼지원, 1988, 210면).

‘나’는 육체적 피로와, 산을 다 못 체험하고 내려온 데 대한 안타까움과 실망감에서 비롯된 정신적 피로로 이내 누워 버린다. 그는 혼곤하고 몽롱한 상태에서 산의 또 “한곬”을 빠져 나오게 된다. 화자의 혼곤함은 “물소리”를 “흘리며”라는 표현으로도 알 수 있다. 물이 흘러가는 것이 아니라 화자가 물소리를 귀로 흘리고 있는 것이다. 여기에서 이것이 꿈인지 아닌지는 그다지 중요하지 않은데, 어쨌든 화자는 일상적 의식에서 이탈한 상태 즉 몽롱한 무의식적 경험을 우리에게 전달하고 있기 때문이다.

여기서 왜 하필 “진달레”인가라는 물음은 중요하다. 산의 여러 가지 모습에 대한 체험의 욕망, “가장자리”가 아닌 그 깊은 가운데를 보고 싶다는 욕망은 “진달레 꽃사태”로 모습을 바꾸어 ‘나’의 앞에 드러난다. 이 시에서 산을 다 못 보았다는 안타까움이나, 하늘로 향한 상승 욕구 등은 문면으로 잘 드러나지 않는 ‘나’의 심리이다.

그러나 이 해소되지 못한 욕망과 잠재된 욕구는 화자의 육체와 정신이 혼곤해진 틈을 타고 솟아올라 “진달레 꽃사태”라는 강렬한 이미지로 모습을 드러낸다. “진달레 꽃사태”는 “난데없는 철아닌” 것이므로 화자에게 좌절감을 안겨준 현실에서의 자연적 질서에서 비껴나 있다. 진달래는 화자의 의식 속에서 산의 위엄성이나 하늘의 정결한 높이와는 사뭇 다른 지점에 존재한다. 그것은 “꽃사태”라는 표현에서도 볼 수 있듯 매우 강렬하며 직접적인 감각의 충격으로 화자의 앞에 ‘있다’. ‘나’는 이제야 자연을 그대로 만나게 되는 것이다. 현실에서는 이루어

후자의 경우는 “철아닌”이나 “난데없는”이라는 시어의 의미를 해명하기 어렵다는 문제가 생긴다.

지지 못한 이 강렬한 조우로 인해 “나는 萬身(만신)을 붉히고” 선다.

[1]과 [2]에서 화자는 “산”과 “하늘”로 대변되는 자연의 깊이와 넓이를 감각하고자 했다. 그때 화자의 행위는 온전하게 주체의 작용으로 존재할 뿐, 자연과 그와의 사이에 놓인 거리는 좁혀지지 않았다. 그런데 이 무의식의 영역에서 “진달레 꽃사태”와 “나”와의 만남은 감각을 초월하는, 감각보다도 더 즉각적인 대면이다. 이같은 대면에 의해 화자의 온몸은 붉어지고 “진달레”와 “나”는 동일화된다. 그들은 같은 빛깔로 서로를 물들이고 있는 것이다.

“서다”라는 기본형 시제의 종결어는 꽤 의미심장하다. [3]에서 사용된 과거형 시제와 구분되는 이 기본형 시제는 형태에 있어 [1]과 같다. 그것은 화자가 자연을 체험한다는 점에서 [1]과 동일한 경험을 하고 있기 때문이다. 그러나 ‘나’는 ‘보’거나 ‘밟’음으로써 자연의 일부를 지각하고 감각하는 존재가 아니라 이제는 그 앞에 ‘서’ 있는 존재인 셈이다.

여기에 와서야 “나”라는 언표가 등장한다는 사실은 이 의미심장함을 강화시킨다. 앞에서의 ‘나’는 자연에 대해 ‘체험하는 주체’로서의 의미가 전면화되어 그 존재의 성격이 희박했던 반면, 여기에 와서 ‘나’는 자연과의 만남이라는 경험을 통해 하나의 존재로서 ‘서’ 있게 된다. 몸의 어느 한 부분으로 느끼는 것이 아니라 “萬身(만신)”[13]이라는 전면적 육체성으로 자연을 받아들이는 장면은 관능적이기까지 하다. 이

13 시인이 왜 굳이 ‘滿身(만신)’이 아니라 “萬身(만신)”이라 표현했는지는 의문이 남는다. 그것은 어쩌면 의식과 무의식의 영역을 모두 거느린 주체의 몸, 시각과 청각과 촉각 등 육체의 각 부분들이 모두 모여 이룬 몸을 뜻하는 것일 수도 있겠으나 이 글에서는 무리하게 해석하지 않겠다.

관능은 주체가 포섭되어 있는 현실의 엄정함, 즉 산과 하늘이 표상하는 고결한 초월적 높이에 도달할 수 없다는 절망감을, 주체와 자연과의 만남이라는 새로운 사건으로 환치시키는 역할을 한다.

4. 근대 이후 자연과 인간: 감각의 접촉

정지용의 「진달래」는 함께 발표되었던 다른 시들에 비해, 또는 『백록담』에 실렸던 다른 시들에 비해 주목을 받지 못해 왔던 것이 사실이다. 그것은 「장수산1·2」, 「백록담」 등의 시에 보이는 정신적 높이에 대한 동경이나 「구성동」, 「옥류동」, 「비」 등에 나타나는 미세하고 정밀한 시선의 집중, 그리고 「호랑나븨」, 「예장」 등의 이야기적 구조가 빚어낸 갈등의 양상 그 어느 쪽에도 「진달래」가 쉽게 포섭되지 않기 때문이다. 특히 이 시는 주체의 내면이 거의 숨겨져 있어 산을 올라갔다 내려온 어떤 날의 꿈을 일종의 위트로 풀어낸 소품처럼 보이기도 한다.

「진달래」가 형상화하고 있는 자연과 인간의 관계는 다른 시들이 보여 주었던 세계의 연장선상에 있으면서도, 또 하나의 독특한 자리를 가짐으로써 그와 변별된다. 여기에 나타나는 자연은 침범하기 어려운 존재이며 신비하고 고결한 높이를 가지고 있기에 다른 시들에 나타나는 자연의 변주로 보이기도 한다.

하지만 이 시의 자연은 풍요롭고 다채로운 전일(全一)한 존재의 성격을 더 명확히 드러낸다. 그곳은 여러 존재들이 어우러져 있으며 인간의 경험의 영역을 뛰어넘는 무궁무진함을 특성으로 갖는다. 시인은 그곳을 육체적으로 지각하고 감각할 수 있을 뿐 거기에 쉽사리 동화되지 못한다. 우리는 여기서 전일한 자연에 동화될 수 없는 하나의 개체인 인간이 파편적으로 그것을 경험할 수밖에 없다는 사실, 그 경험은 더이상 정신적으로 충일한 받아들임이 아니라 육체의 감각을 동원한 접촉이라는 사실을 암시 받는다. 이 같은 암시는 근대 이후 자연과 인간의 관계에 대한 분명한 시적 표현이다.

「진달래」는 현실에 결핍된 경험을 새로운 사건으로 환치시켜 현실을 넘어서는 시적 광경을 창출해 냈다. 이 넘어섬의 시적 의의는 양가적일 수밖에 없다. 무의식적 영역이 의식의 틈새를 뚫고 올라와, 대상과 조우하고자 하는 존재의 욕망을 드러냈다는 것은 '시적 사건'임에 틀림없다. 그것은 현실의 결여를 상징적으로 메우면서 주체와 대상을 동화시킨다. 물론 이 동화는 현실의 불화를 환기하는 역설적인 것이다.

과연 무의식의 영역에서 이루어진 이 같은 동화가 이 시에서 현실을 '시적'으로 전복시키고 있다고 볼 수 있을까? 자연과 인간간의 거리, 주체와 주체의 건너편에 있는 사물의 차이, 쉽사리 동화할 수 없는 현실, 여기에 대한 철저한 천착이 시적 에너지를 증폭시킬 수 있었던 것은 아닐까? 이러한 의문의 방식은 꼭 「진달래」에만 제기되는 것은 아닐 것이다. 그리고 여기에 대한 답은 어쩌면 정지용의 후기시들이 일정한 수준의 성과를 얻고 있음에도 불구하고, 이후 그의 시적 작업이 거의 종결되고 만다는 사실의 내적 동인 중 하나를 설명하게 될 것이다.

환시처럼 또는 환촉처럼

— 백석, 「머루밤」

불을 끈 방안에 횃대의 하이얀 옷이 멀리 추울 것같이

개 방위(方位)로 말방울 소리가 들려온다

문을 연다 머루빛 밤한울에
송이버섯의 내음새가 났다

— 백석, 「머루밤」[1]

이야기가 있는 백석의 시들을 읽노라면, 자신만의 색깔과 체취와 소리와 맛과 움직임을 가진 사물들을 굽이굽이 따라가는 시인의 마음결을 느끼게 된다. 백석은 사물에 담겨 있던 색을, 맛을, 냄새를, 감촉을 오롯이 불러내어 때로는 잔치처럼 때로는 제사처럼 흥성스럽고도 귀기스러운 자리를 만들어낸다.

백석 시의 귀기는 경외스럽다기보다 정답고도 서글픈 그런 것이다. 그의 시에 나오는 사물들은 생명이 있는 것이든 없는 것이든, 색깔을

1 김재용, 『백석 전집』, 실천문학, 2012.

얻고 손에 잡힐 듯 뭉글뭉글해지고 어느새 어디선가 몰려온 듯 냄새를 피워대면서 살아 움직인다.

그런데 이 살아 있는 사물들의 움직임을 만들어내기 위해 시인은 물리적인 감각만을 사용하려고 하는 것 같지 않다. 백석은 그의 감각들이 보고 듣고 만지고 냄새 맡은 순간을 재현하고픈 것이 아니라, 그의 마음이 기억하는 어떤 정서의 풍경을 그려내고 싶어 한다.

그의 시들은 세밀한 소묘화에 그치기보다, 두터운 질감을 지닌 유화를 떠올리게 하는 것 같다. 시인의 마음에서 뻗어 나온 손은 그가 만났던 사물들의 구석구석을 쓰다듬어 붓질과 같은 자기의 흔적을 남긴다.

이 짧은 시에서도 백석의 마음속의 한 풍경이 살아온다. 저기 어디 북쪽에 가까운 방향의 방위에서 딸그랑거리는 소리가 들려오는 것 같은 한 밤을 시인은 '머루밤'이라고 명명했다. 불을 끈 방안의 캄캄한 어둠속에서 시인의 마음의 눈은 밝아지고 귀는 쫑긋해진다.

"횃대의 하이얀 옷이 멀리 추울 것같"다고 할 때, 서늘하게 걸려 있는 하얀 옷의 색깔을 끄집어내는 것은 시인의 감각이되, 그것을 멀리 추울 것 같다고 하는 것은 시인의 마음결이다. 이 "멀리 추울 것같이" 아스라하고 애잔한 마음이 "개 방위(方位)"로 들려오는 "말방울 소리"를 듣게 한다.

캄캄하고 싸늘하고 고적한 밤 속에 앉아 있는 시인의 마음속에서는 하얀 옷도, 방위를 나타내는 개도, 방울을 딸그랑거리는 말도, 조금씩은 살아 움직이는 것 같다. 환시처럼 또는 환청처럼, 어쩌면 환촉처럼. 그래서 이 시에서 "멀리 추울 것같"은 존재는 시인인지, 하얀 옷인지, 말방울 소리인지 잘 알 수 없게 된다. 시인이 정말로 말방울 소리를 들었는지도.

문을 여는 시인의 행위는 그걸 확인하고픈 심정에서 나온 것인지도 모르겠다. 문을 연 시인에게 다가온 건 산속의 머루알처럼 짙고 까만 빛깔을 띠고 있는 밤하늘이다. 머루빛 밤하늘을 대하는 그의 마음의 덩굴손은 또 계속 뻗어 나왔는지도 모르겠다. 깊은 산속에서나 날 법한 송이버섯의 냄새가 그의 코를 스쳐간다.

그것이 실제의 감각인지는 이제 별 상관이 없어져 버린다. 아련하고 애틋하게 향기로운 이 싸늘한 한밤의 풍경이 우리의 마음에도 뚜렷이 새겨졌으므로.

제웅, 자본주의의 닫힌 문고리 앞에 선 생명

— 이상, 「가정」

門(문)을암만잡아단여도않열리는것은안에生活(생활)이모자라는 까닭이다. 밤이사나운꾸즈람으로나를졸른다. 나는우리집내門牌(문패)앞에서여간성가신게아니다. 나는밤속에들어서서제웅처럼작구만 減(감)해간다. 食口(식구)야封(봉)한窓戶(창호)어데라도한구석터노아다고내가收入(수입)되여들어가야하지않나. 집웅에서리가나리고 뾰족한데는鍼(침)처럼月光(월광)이무덨다. 우리집이알나보다그러고누가힘에겨운도장을찍나보다. 壽命(수명)을헐어서典當(전당)잡히나보다. 나는그냥門(문)고리에쇠사슬늘어지듯매여달렷다. 門(문)을열려고않열리는門(문)을열려고.

— 이상, 「家庭(가정)」[1]

이상(李箱)은 경성고등 공업학교 건축과를 졸업하고, 조선총독부 내무국 건축과의 기수(技手)로 근무하였다. 이러한 그의 이력은, 과학과 수학의 언어를 사용하고 있는 그의 초기 발표작들의 시세계를 어느 정

1 『가톨릭청년』, 1936.2.

도 짐작하게 한다. 이상은 과거의 시적 전통을 부인하는 극단의 언어를 보여주었다. 그가 사용한 과학과 수학의 언어는 부정과 환멸의 언어다.

그러나 이상의 시는 논리나 개념 자체를 거부한 적은 거의 없었다. 일문시나 유고(遺稿)를 텍스트로 확정하는 과정에서, 혹은 초현실주의적 기법과 연관지어 이상 시를 독해하는 과정에서 이상 시의 난해성은 과장되거나 부풀려져 왔다. 특히 「오감도」 연작 이후, 간결한 산문적 리듬을 통해 성공적으로 시적 의미를 구현해 내고 있는 이상의 여러 시편들까지 이상 시의 난해함이라는 소문에 가려 있는 것은 아닌지 되물어야 할 필요가 있다.

「가정」은 1936년 "易斷(역단)"이라는 큰 제목 아래 발표된 다섯 편의 시들 중 한 편이다. '역(易)에 의한 길흉화복의 판단'을 뜻하는 "역단"이란 제목은 이상의 현재를 침범하는 "피곤한과거"(「역단」)에 대한 그의 냉소적 태도를 담고 있다. 이밖에도 다른 "역단"의 시들에는, 결핵으로 소멸되어 가는 자신의 육체에 대한 절망적 시선(「아츰」, 「行路(행로)」)이나 "방"을 파고드는 "극한"으로 상징되는 존재의 침해를 견디는 모습(「火爐(화로)」) 등이 나타나 있다.

「가정」은 의미 파악이 그다지 어렵지 않은 시이다. 이상 시에 대한 통념이 이 시의 독해에도 일종의 선입견으로 작용하는데, 한 예로 고등학교 문학 교과서에서는 이 시를 초현실주의 시로 논하면서 '자동기술법'이나 '의식의 흐름' 등의 기법을 소개하고 있다. 이상의 어떤 시들이 보여주는 시적 언어의 극단성으로 인해, 그의 시를 초현실주의와 연관짓는 것은 일반적인 견해가 되어왔다. 이상의 시를 초현실주의와 관련지어 읽는 독법은 종종 이상 시들의 '내적' 의미의 기본적 독해마저 배제하게끔 하는 결과를 가져왔다. 초현실주의와 이상 시를 함께 논하는 이들은 자동기술에 의한 꿈의 메커니즘, 무의식의 언어, 극단의 형태주의, 이성의 통제를 벗어난 사고[2] 등을 이상 시와 연관 짓는다.

그러나 「가정」과 같은 시에서 무의식적 이미지를 비논리적으로 풀어쓰는 초현실주의적 시의 특징을 찾아보기는 어렵다. 이 시에는 심한 비약이나 단절도 없고 논리나 이성을 거부하는 정신도 없다. 「가정」은 잘 조직된 비유적 언어로 현실과 자아의 불화를 표현해 내고 있는 시라고 볼 수 있다.

이 시를 의미론적으로 분할해 보면, 화자가 식구들에게 건네는 독백 형식의 말을 축으로 해서 앞뒤로 크게 두 개씩의 묶음을 만들 수 있다. 현대어로 표기하면 다음과 같다.

① 문을암만잡아다녀도안열리는것은안에生活(생활)이모자라는까닭이다.

② 밤이사나운꾸지람으로나를졸른다. 나는우리집내門牌(문패)앞에서여간성가신게아니다. 나는밤속에들어서 서제웅처럼자꾸만減(감)해간다.

③ 食口(식구)야封(봉)한窓戶(창호)어데라도한구석터놓아다고내가收入(수입)되어들어가야하지않나.

④ 지붕에서리가나리고뾰족한데는鍼(침)처럼月光(월광)이묻었다. 우리집이앓나보다그러고누가힘에겨운도장을찍나보다. 壽命(수명)을헐어서典當(전당)잡히나보다.

⑤ 나는그냥門(문)고리에쇠사슬늘어지듯매여달렸다. 門(문)을열려고

2 박인기, 「이상의 자아인식」, 『한국현대시사연구』, 일지사, 1983, 304~307면 참조.

안열리는門(문)을열려고.

집 밖에 있는 내가 집 안에 있는 식구에게 말을 건네는 ③을 축으로, 앞과 뒤는 일종의 대응 형식을 띠고 있다고 볼 수 있다.

①과 ⑤에는 문을 열려고 애쓰는 '나'의 모습이 수미쌍관적으로 표현되어 있다. ③은 식구들에게 건네는 '나'의 말이다. ②에는 밤 속에 들어서 있는 '나'의 모습이, ④에는 밤을 공간적 배경으로 한 집의 모습이 주로 묘사된다.

이 시의 시간적 배경이면서 ②와 ④부분의 분위기를 형성하는 데 커다란 역할을 하고 있는 것은 '밤'이다. "월광"으로 표현된 달빛에서, 전통적인 자연 심상으로서의 달의 이미지는 부정된다. 밤의 "꾸즈람"과 "서리", "월광"은 차갑고 냉혹하다는 특성을 함께 갖고 있다. 이들은 뾰족한 "침"과도 같이 '나'를 파고드는 고통스러운 이미지이다. 밤은 시간적·공간적으로 나를 압박하는 이미지이다. 밤은 점점 깊어가는데 나는 문 안으로 못 들어가고 있다는 압박감, 그리고 사납게 나를 졸라대는 밤의 꾸지람 속에서 나는 제웅처럼 점점 작아지고 있다는 압박감.

'나'는 왜 집 안으로 들어갈 수 없는가? 집 안에 생활이 모자라기 때문에 문을 잡아 다녀도 열리지 않는다는 사실은 인과적으로 그리 밀접하게 연결되지는 않는다. 생활이 모자라다는 말은 가족의 생계가 여유롭지 못하거나, 정상적인 가족의 생활이 이루어질 수 없다는 의미를 담고 있다.

①의 느슨한 인과 관계 속에 집안의 생활이 모자란 것은 '나' 때문이라는 사실이 암시된다. 따라서 ②의 "밤이사나운꾸즈람으로나를졸른다"는 말 이면에는 가족들의 사나운 꾸지람이 겹쳐진다. 나는 밤의

사나운 꾸지람 때문에 안으로 얼른 들어가야 한다는 초조와 불안감을 가지지만, 가족들의 사나운 꾸지람에 대한 걱정 역시 무의식적으로 작용하고 있다. 두 가지 꾸지람은 그의 초조와 불안을 심화시킨다. 화자는 들어가야 한다고 말하고 있지만 무의식적으로는 들어가고 싶지 않은 모순적인 상황에 놓이게 된다.

③의 "食口(식구)야封(봉)한窓戶(창호)어데라도한구석터노아다고내가收入(수입)되어들어가야하지않나"는 나의 호소가, 들어갈 수 없음을 이미 감지하고 있는 체념적인 독백처럼 들리는 것은 이 때문이다. 이렇게 볼 때 내가 문에 매달리는 행위를 현실 극복의 의도로 보거나 의지의 소산이라 읽기도 했던 기존 논의들이 지나치게 문면에만 집중한 것이었음은 분명해진다.

"나는우리집내門牌(문패)앞에서여간성가신게아니다"는 발화 역시 들어가지 못해 성가시다는 말과, 생활의 책임을 지우는 가족의 존재와 현실적 상황이 성가시다는 심리적 태도가 겹쳐져 있는 형태라 볼 수 있다. '문패'는 가장이 지니는 사회적·경제적 책임을 상징한다. 전기적 사실을 참고하면, 이상은 큰집에 양자로 갔으므로 실질적 가족구성원은 되지 못했으면서도 장남으로서의 책임감을 가져야만 했다.

'밤'이 의인화되는 것과 내가 제웅에 비유되는 것은 매우 효과적인 대비를 이룬다. 의인화된 '밤'에 비해, 제웅에 비유되는 '나'의 모습에서 의지와 생명을 가진 인간의 느낌은 탈각된다. 사물과 인간이 서로 전도되어 있는 이 같은 상태는 내가 처해 있는 냉혹하고 낯선 현실을 매우 구체적으로 전달한다. "제웅"은, 경제적 무능력자를 온전한 인간으로 취급하지 않는 현대 사회 속에서 생명을 박탈당해 가고 있는 주체에 대한 메타포이다. 제웅과도 같이 감해 가는 '나'는 "밤속에들어서서" 있는데, "들어서다"라는 표현에서 점차 밤에 함몰되어 가는 '나'의 처지는 심화된다.

식구들에게 들여놓아 주기를 애원하는 '나'의 말 속에는 어쨌든 밤 속의 공간이 아닌 건너편의 공간으로 들어가고자 하는 욕망이 담겨 있다. 그는 이미 스스로 문을 열 수 있는 힘을 가지고 있지 못하기 때문에 ③과 같이 식구들에게 호소한다. "수입되다"는 표현은 '나'의 수동성에 기인한다. 대개는 돈이나 물건에 쓰이는 이 표현에는 사물과 같이 생명 없는 존재로 되어 가는 자신에 대한 화자의 직관적 인식이 스며들어 있다.

그러나 "집웅에서리가나리고뾰족한데는鍼(침)처럼月光(월광)이무덨다"고 묘사되는 집의 외양은 내가 들어가고자 하는 집마저 "서리"나 "월광"과 같은 차가운 밤의 기운에 침식되고 있음을 보여준다. ③을 축으로 집 밖과 집 안으로 대별되었던 ②와 ④의 공간은 똑같이 '밤'이라는 압도적인 대상이 그 자리를 차지해 버렸다. 내가 집에 들어갈 수 없음은 여기에서 다시 한 번 확인된다. 화자는 하얗게 서리가 앉고 뾰족한 침을 맞은 듯한 집의 모습에서 "우리집이알나보다"라고 추측한다.

"누가힘에겨운도장을찍나보다"에서 정체를 알 수 없는 "누가"라는 지칭은, 내가 가정 안에서 벌어지는 일에 이미 타인과도 같은 존재가 되었음을 나타낸다. "알나보다", "찍나보다", "전당잡히나보다"라는 추측형 어미의 반복은 집안의 일에 개입할 수 없는, 혹은 개입하지 않은 채 방관하는 '나'의 서글픔과 안타까움을 담고 있다. 이 무기력해 보이는 어미의 연쇄는 점점 깊어지는 '나'의 슬픔과 절망을 담담하게 표현함으로써, 그 느낌을 더욱 효과적으로 전달하고 있다.

②에서 제웅에 비유되었던 '나'는 ④에서 "문고리에쇠사슬늘어지듯

매여달"리게 된다. "제웅"에서 "쇠사슬"로의 전이는 '나'의 물화된 이미지를 강화시킨다. "쇠사슬"에는 구속의 이미지도 함께 있다. 자신을 객관화하여 묘사하는 이 건조한 진술에는 가족과 완전히 절연할 수도, 그 안에 들어갈 수도 없는 자신에 대한 '나'의 모멸의 감정이 담겨 있다. 문고리에 매달린 채 밤이 깊어갈수록 작아져가는 나의 모습은 자신에게조차 쇠사슬처럼 낯설다.

①의 "문"은 ⑤에서는 아예 "않열리는문"이 되어버린다. 열리지 않는 문의 속성이 고정화되면서 절망감은 깊어진다. "문을열려고않열리는문을열려고"로 끝나는 이 시의 종결부는 행위의 반복이 끝없이 계속될 듯한 느낌을 주는데 이 느낌은 종결형 어미가 없는 문장 구조의 도움을 받는다. '안 열리는 문'을 열려고 매달리는 행위의 무의미함과 그 무의미함이 가져오는 절망은 고착된다.

이 시의 절망감을 확장시키는 것은 "암만", "여간", "자꾸만", "그냥"과 같은 부사들이다. 주체의 행위나 느낌 앞에 붙은 부사들은, 아무리 해도 열리지 않는("암만") 문 앞에서의 매우 고통스러운 느낌("여간") 속에 점점 작아지는("자꾸만") 화자가 다시 무의미하게 문에 매달릴 수밖에 없음("그냥")을 지시한다. 마지막의 "그냥"이라는 부사는 사태의 절박성을 뜻하기도 하지만, 결과적으로는 문이 열리리라고 기대하지 않는 화자의 내면을 드러냄으로써 행위의 무의미성을 강조한다.

「가정」에서 "수명을헐어서전당잡히"는 가족의 운명과 제웅처럼 감해 가는 '나'의 운명은 동일하다. 교환가치로 통용되는 근대 이후의 경제적 관계 하에서, 생명을 헐어내어 전당을 잡힌다는 표현은 언어적 비유를 넘어서는 시적 진실이다. 개인에게 경제적 가치로 환원되는 노동력을 요구하거나, 노동력이 없는 개인을 무능한 자로 소외시키거나, 자본주의는 개인의 생명과 돈을 맞바꾸는 일종의 교환 형태이기 때문이다.

「가정」에 “내가 수입되어 식구들 입속으로 들어가야 하는 어둠의 세계”[3]가 표현되었다고 보는 견해는 시에 나타난 갈등의 양상을 단순화시키는 측면이 있다. 마찬가지로 이 시를 이상 개인의 사업 실패와 관련짓는 독법[4] 역시 시의 이해를 풍요롭게 한다고 보기 어렵다. 「가정」에 나타나는 ‘집’을 내면의 집으로 읽는 방법[5]은 의미 있는 해석이기는 하지만 ‘집’의 현실적 의미를 완전히 무화시킨다는 점에서 온당하지 못하다.

「가정」에는 집에 들어가고자 하는 나와 들어가고 싶어 하지 않는 나, 즉 가족에 대한 책임감을 버릴 수 없으면서도 거기에서 벗어나고자 하는 욕망을 동시에 지닌 나의 갈등이 드러난다. 나에게 문패라는 상징으로써 가장의 책임을 요구하는 식구들과 나 사이의 갈등 또한 여기에 참여한다. 그러나 결국 가족과 나는 ‘밤’으로 환기되는 현실에 동일하게 침식당하면서 그들을 압박하는 사회와 대립한다. 이 같은 갈등과 대립의 양상이 이 시의 반복과 비유, 대응의 구조 속에 변주되면서 심화되고 있는 것이다.

이상이 「가정」에서 보여 주는 것은, 식민지 조선이라는 역사적 현실과 함께 현대 자본주의 사회 속에서 한 인간이 겪을 수밖에 없는 절망의 본질적 양상이다. 이상의 시가 자의식의 내부로 깊이 파고 들어간

---

3 이영지, 『이상시연구』, 양문각, 1989, 176~177면.

4 서준섭, 『한국모더니즘문학연구』, 일지사, 1988, 143~144면.

5 김정란, 「몽환적 실존－이상 시 다시 읽기」, 『이상문학연구60년』, 문학사상사, 1998, 96~97면.

것은 사실이지만, 그의 시를 사회적 조건이나 현실이 배제된 무의식의 세계로 규정하는 것은 옳지 못하다. 이상의 시들은 전범이 될 수 없는 역사, 전근대적 윤리가 존재를 침해하는 부자유한 현실, 불화와 소외가 만연한 가운데서 타인과 갈등하는 주체의 의식을 절망적일 만큼 철저하게 응시하였다. 그리고 이처럼 철저한 부정의 힘이 이상의 시를 지탱하는 하나의 기율이었을 것이다.

이상스러운 세계의 한복판에서

— 이상, 「꽃나무」

벌판한복판에 꽃나무하나가있소 近處(근처)에는 꽃나무가하나도 없소 꽃나무는제가생각하는꽃나무를 熱心(열심)으로생각하는것처럼 熱心(열심)으로꽃을피워가지고섰소. 꽃나무는제가생각하는꽃나무에게갈수없소 나는막달아났소 한꽃나무를爲(위)하여 그러는것처럼 나는참그런이상스러운흉내를내었소.

— 이상, 「꽃나무」[1]

이 작품은 이상(李箱)이 한국어로는 처음으로 발표한 시들 중 한 편으로, 『가톨릭청년』에 게재되었다. 당시 잡지를 편집하던 시인 정지용(鄭芝溶)의 주선으로 실렸다고 알려져 있다. 『조선중앙일보』에 「오감도」 연작을 게재하다 독자들의 항의에 그만두어야 했을 때 그는 소설가 이태준(李泰俊), 박태원(朴泰遠)이 끔찍이도 자신의 편을 들어준 데 절한다고 하였다.

이상이 동경에 건너가 죽기 전에 가장 많은 편지를 보내고, 새로운

1 『가톨릭청년』, 1933.7.

작품에 대한 평을 듣기 원하였던 이는 비평가이자 시인인 김기림(金起林)이었다. 척박하다 못해 죽음의 숨결이 삶의 호흡과 바투 붙어있던 위태로운 식민지의 땅에서 탄생한 이상의 시와 소설들. 미래의 언어를 당겨오면서 끊임없이 과거의 장력에 저항하는 방식으로 현재의 시간을 버티는 그의 시를 읽고 있으면, 이상의 언어들을 읽고 응원하여 우리에게 남겨준 저 동료 작가들의 밝은 눈에도 감사하고 싶어진다.

이상의 시는 사물과 사물, 대상과 언어, 주체와 세계 그리고 언어와 의식 사이를 가능한 한 힘껏 벌려놓고 있는 경우가 많다. 이상의 시들을 읽다 보면, 의미의 미궁에 빠지는 것을 피하기 어렵지만, 이곳의 언어와 현실을 넘어서는 자유의 가능성을 엿보게 된다. 단어들의 막다른 골목에 맞닥뜨리거나 문장과 문장 사이에서 길을 잃고 헤매다 마주치는 꿈과 같은 장면에서 불가능성의 가능성 또는 가능성의 불가능성을 만나게 되기도 한다.

벌판 한복판의 꽃나무 하나라니, 무언가 어색하다. 거기가 벌판인 것도, 근처에 다른 꽃나무가 하나도 없는 것도 마찬가지로 낯설다. 벌판의 평평한 성질과 그곳의 한복판이라는 상황은 꽃나무의 '단 하나 있음'을, 그 유일성과 한정성을, 돌올하게 드러낸다. 이 세계에 내던져진 어색하고 우연적이며 갑작스럽기 짝이 없는 존재. 하나이지만 단 하나라서 한 점처럼 외롭게 붙박여 있는 존재.

벌판 한복판의 꽃나무는 어떤 다른 꽃나무 하나도 본 적이 없는데 자기가 생각하는 꽃나무의 꽃이 어떤 것이며 무엇을 위해 피어나는지를 알고 있었을까? 보아줄 누구도 없는데, 꽃의 입장으로 말하자면, 왜 혼자 "열심으로" 꽃을 피워가지고 서 있는 것일까? 다만 꽃을 피우는 것은 벌판에서 꽃나무로 태어난 자신의 소여(所與)에서 비롯된 것일까? "한 꽃나무"는 자기가 꽃나무인 것을, 혹시 꽃나무가 아니라 돌멩이나 물방울이 아닌지를, 어떻게 확인할 수 있었을까?[2]

인간을 포함하여 모든 존재는, 경험으로서 배운다. 아기는 주위 사람을 따라함으로써 사람이 되어간다. 즉 모든 존재는 "근처"가 없다면 그 종의 특성을 지니고 존재할 수 없다. 태어난 지 불과 몇 해 지나지 않은 아기는, '너는 내 보물이야'라고 엄마가 아기에게 하듯, 작은 손으로 인형을 꼭 안고 잔다. 자기와 비슷한 종의 존재가 어떤 말을 하며, 자신과 다른 종의 존재가 무슨 차이로 자신과 달라지는지를 보고, 듣고, 만지고, 깨물면서 알아간다. 인형은 보물이지만, 왜 사람이 아닌지, 인형을 아기라 부르지만 자신은 왜 진짜 엄마가 될 수 없는지. 엄마-아기의 역할 바꾸기가 다만 흉내이며 놀이일 뿐이라는 것을 아이는 자신의 근처인 어른과 친구의 말과 몸짓을 흉내 내면서 알아간다. 그리고 자신이 하나의 인간임을 깨닫는 순간, 그것이 종의 공통성을 의미하지만 그 종의 다른 어느 개체와도 다른 개별성을 지시하기도 한다는 것을 아는 순간, 그 '흉내'에서 벗어나고자 한다.

그런데 홀로 벌판 한복판에 내던져진 이 존재의 풍경은 무심하게 절망적이다. 벌판 한복판의 꽃나무는 그렇게 열심으로 꽃을 피웠기에 이제 정말로 '꽃나무'가 된 것일까? 자신과는 다른 타자, 다른 꽃나무를 경험하지 못한 그는, 그러나 자신을 '꽃나무'라고 인식(인정)할 수 없을 것이다. 자신이 "열심으로꽃을피워"낸 일이 "제가생각하는꽃나무를열심으로생각"하여 얻어낸 진짜 결과인지, 다만 "생각하는것처

2 이 글의 일부 단락을 수정하고 변용하여 『시창작론』(김신정 외, 한국방송통신대학교출판문화원, 2021)에 실린 「시와 상상력」이라는 글의 한 부분으로 삽입한 바 있다.

럼" 모사하고 있을 뿐인지 알 수 없을 것이다. "생각하는" 것과 "생각하는것처럼", 그리고 "위하"는 것과 위하여 "그러는것처럼"의 아이러니적 거리. 이 아이러니를 바라보는 시인 이상의 태도가 "이상스러운"이라는 단어에 서려있다.

개별성과 고유성은 타자와의 관계에 의해서만 생겨난다는 것이 인간 존재의 아이러니다. 꽃나무는 그러므로 "제가생각하는꽃나무"에게 갈 수 없다. 아무리 생각해 보아도, 열심히 꽃을 피워보아도 자신의 상태가 바로 자신이 생각한 꽃나무의 상태인지 알 수 없다. 영원히 흉내를 내고 있을 뿐인 하나의 사물. 우리는 여기에서 얼마나 떨어져 있는가? 나는 또한 나를 다만 흉내 내고 있을 뿐이 아닌가?

꽃나무의 "갈수없"음을 목격하며 나는 "막달아"난다. 이 달아남에는 꽃나무에 대한 동일시와 자신 또한 꽃나무에게 갈 수 없음을 표현하는 두려움이 있다. 그러므로 결국 달아남 또한 하나의 "흉내"일 뿐임을 고백하는 이상. 그는 세계와 나 사이에 놓인 심연과도 같은 거리를, 거리에서 발생하는 무한한 쓸쓸함을, 가장 치열하게 관망(觀望)했던 시인이다.

창작이라는 절망과 새로운 거리에 관한 지도

— 이상의 「가외가전」과 글쓰기

1. 『시와 소설』과 이상

1936년 발간된 구인회의 동인지 『시와 소설』에 실려 있는 시 「가외가전(街外街傳)」은 이상의 글쓰기 작업 전반, 글쓰기에 대한 자의식과 관련하여 중요하고도 흥미 있는 논점을 제공하는 텍스트이다. 이상 문학의 중요한 테마였던 병과 도시에 관한 이야기라는 점, 그리고 자신의 글쓰기에 대해 암시적으로 비유하는 구조로 이루어져 있다는 점 등은 「가외가전」을 복합적인 텍스트로 만들고 있다. 그럼에도 그 긴 분량과 난해함 때문에 그리 많은 주목을 받지는 못한 것 같다. 특히 자신의 글쓰기에 대한 비유가 이 텍스트의 중심적 요소라는 점에 대해서는 거의 언급된 바가 없다.

「가외가전」의 텍스트를 둘러싼 맥락을 입체적으로 해석하기 위해서는, 『시와 소설』을 책임 편집하고 야심차게 세상에 내놓은 중심에 이상이 있었다는 사실에 주목할 필요가 있다. 1936년 3월에 발행된 『시와 소설』은 구인회의 동인지 창간호이지만 이후 후속 발행되지 못하여 유일한 동인지로 남고 말았다.

이상은 『시와 소설』의 편집후기 마지막에 "『시와 소설』에 대한 일체 통신(通信)은 창문사 출판부 이상한테 하면 된다"[1]라고 쓴 바 있다. 당시 그가 창문사에 근무하고 있어서이기도 하지만, 『시와 소설』을 책임편집하다시피 했다는 것을 알 수 있다. 그는 "쓰고 싶은 것을 써라 책일랑 내 만들어주마 해서 세상에 흔히 있는 별별 글탄 하나 겪지 않고 깨끗이 탄생"[2]했다고 창간호의 배경을 밝히고 있다. 여기서 책을 만들어 주겠다고 한 주체는 이상의 절친한 벗이기도 했던 편집 겸 발행인 구본웅(具本雄)이었다. 이상은 구본웅에게 감사의 뜻을 표하면서 "깨끗하다니 말이지 겉표지에서 뒷표지까지 예서 더할 수 있으랴 보면 알 게다"[3]와 같은 자부심을 나타내었다.

이와 같은 『시와 소설』의 편집 후기를 통해 흥미로운 사실들을 몇 가지 추론해 낼 수 있다. "쓰고 싶은 것을 써라"와 "세상에 흔히 있는 별별 글탄"과의 대립 관계에서 우리는 이상이 1934년 『조선중앙일보』에 「오감도(烏瞰圖)」를 연재하면서 겪었던 이른바 '글탄'[4]을 떠올리게 된다. 1936년의 "쓰고 싶은 것을 써라"의 배경과 『시와 소설』을 편집하면서 이상이 지녔던 특별한 자부심을 이해하기 위해서는 「오감도」 연재의 중단을 둘러싼 당시 독자들의 반응과 문단의 상황, 그리고 이에 대한 이상의 심리를 상기할 필요가 있다.

1 이상, 「편집후기」, 김주현 주해, 『이상문학전집 3』, 소명출판, 2005, 216면. 현대식 표기법에 맞추어 띄어쓰기를 하였다.

2 위의 글, 215면.

3 위의 글, 215면.

4 '글탄'의 사전적 의미는 '속을 태우는 걱정' 즉 '끌탕'의 방언을 뜻한다. 문맥상으로는 사전적 의미를 포함하여 '글에 대한 여러 가지 분란'이라는 뜻으로 사용된 것으로 보인다.

왜 미쳤다고들 그리는지 대체 우리는 남보다 수십 년식 떠러저도 마음 놓고 지낼 작정이냐. 모르는 것은 내 재주도 모자랐겠지만 게을러빠지게 놀고만 지내든 일도 좀 뉘우처보아야 아니하느냐. 열아문 개쯤 써보고서 시 만들 줄 안다고 잔뜩 믿고 굴러다니는 패들과는 물건이 다르다. 이천 점에서 삼십 점을 고르는 데 땀을 흘렸다. 삼십일 년 삼십이 년 일에서 용대가리를 떡 끄내여놓고 하도들 야단에 배암꼬랑지커녕 쥐꼬랑지도 못 달고 그만두니 서운하다. 깜박 신문이라는 답답한 조건을 잊어버린 것도 실수지만 이태준, 박태원 두 형이 끔찍이도 편을 들어준 데는 절한다. 철(鐵)－ 이것은 내 새 길의 암시요 앞으로 제 아모에게도 굴하지 않겠지만 호령하여도 에코－가 없는 무인지경은 딱하다. 다시는 이런－ 물론 다시는 무슨 다른 방도가 있을 것이고 위선 그만둔다. 한동안 조용하게 공부나 하고 딴은 정신병이나 고치겠다.[5]

위의 글 속에서 당시 이상의 「오감도」 연재에 대한 독자들의 반응은, "미쳤다고들 그리는", "하도들 야단", "정신병" 등으로 간추려진다. 신문에 연재되는 시에 대한 반응으로는 매우 격렬한 것이었음을 알 수 있다. 여기에 대해 이상은 여러 가지 심리로 대응하고 있는데, "내 재주도 모자랐겠지만"이라며 조건적으로 수긍을 하는 부분이 있지만, 두드러지는 것은 "대체 우리는 남보다 수십 년씩 떨어져도 마음 놓고 지낼 작정이냐", "게을러빠지게 놀고만 지내든 일도 좀 뉘우쳐보아야 아니

5 이상, 「오감도 작자의 말」, 김주현 주해, 『이상문학전집 3』, 소명출판, 2005, 207~208면. 현대식 표기법에 맞추어 띄어쓰기를 하였다.

하느냐"라는 심정이다. 즉 조선 문학의 후진성과 그로 인해 새로운 언어, 세계적인 추세에 맞는 형식을 받아들이지 못하는 독자들에 대한 원망이다. 다른 작가들과는 달리 자신의 시가 습작과정을 충분히 거쳤으며 시를 이천 점이나 썼다는 것, 「오감도」 연작은 그 중에서 삼십 점을 애써 추린 것으로 그 기획의 의도가 매우 분명하므로 독자들이 말하듯이 헛소리나 미친 소리가 아니라 의식적인 형식의 혁신을 추구한 것이라는 점도 이 원망의 부면을 이룬다.

"신문이라는 답답한 조건을 잊어버린 것도 실수지만"이라는 언급에서는 매체에 따라 독자들의 수준과 이해와 반응의 정도가 달라진다는 점을 사후적으로 인식하고 있는 점도 엿볼 수 있다. 그는 이에 대해 "철-", 즉 단단하고 견고한 의식으로 자신이 "새 길"을 굽히지 않겠다는 의지를 보여주고 있는데, 여기에는 이태준, 박태원 같은 문단의 중견들이 자신을 지지하여 "끔찍이 편을 들어" 주었다는 데 따른 자신감도 전제되어 있다. 그러나 현실적으로는 "에코-가 없는 무인지경"을 헤쳐 나가야 하는 작가로서의 안타까움과 절망감 또한 이상이 느껴야 했던 것이었다.

「오감도」 연작의 연재 중단 이후, 이상이 신문에 시 텍스트를 연속해 싣게 되는 것은 1936년 『조선일보』에 「위독(危篤)」 연작을 연재하면서이다. 그 사이 『조선중앙일보』에 「지비(紙碑)」 한 편을 실은 것 외에 다른 시의 게재는 대체로 잡지를 통해 산발적으로 이루어지게 되는데, 「오감도」 연재를 중단하면서 이상이 말한 "이천 점"의 시 습작치고 발표된 작품이 많다고는 할 수 없다. 물론 소설 작품의 창작이나 이상이 앓았던 병마, 게재 지면의 미확보 등의 다른 이유도 있었겠지만, "한동안 조용하게 공부나 하고 딴은 정신병이나 고치겠다"는 식의 실망감과 자신의 시를 이해하지 못하는 독자들에 대한 조소, 신문 지면의 문학적 보수성에 대한 인식도 어느 정도는 작용했으리라고 보인다.

1936년의 『시와 소설』은 이런 점으로 볼 때, 이상에게는 "신문이라는 답답한 조건"을 전혀 의식하지 않으면서 자신이 실험하고 싶었던 시의 형식, 즉 "쓰고 싶은 것"의 의도를 자유롭게 발현시킬 수 있었던 매체였다. 자본을 댔던 구본웅의 지원, 문학적으로 자신을 공감해 주었던 구인회 회원들 간의 동인지였다는 점, 유통 또한 신문 독자들보다는 상대적으로 더 높은 식견을 지닌 문학가 지망생이나 문학인들 사이에 이루어질 것이라는 예상 등이 가능했기 때문이다. 이상의 "예서 더할 수 있으랴 보면 알 게다"와 같은 자부심은 책의 장정과 편집, 책 앞머리에 실린 구인회 회원 아홉 명의 의기양양한 예술적 선언에서부터 작품의 수준에 대한 자신만만함이었다. 그러므로 여기 싣고 있는 「가외가전」은 이상으로서는 상당한 고심 끝에 골라낸 작품이었을 것이며, 실제로 이 텍스트에 당시 「오감도」 연재를 중단하며 이상이 지녔던 자신의 문학에 대한 방향과 독자들의 반응 사이의 거리감에 대한 의식이 드러나고 있다는 점을 주목해야 한다.

2. 「가외가전」에 대한 기존의 해석들과 제목의 의미

6연으로 구성되어 있는 「가외가전」은 구조적으로 상당히 짜임새 있는 작품이지만, 각 연과 연 사이의 연결 관계를 찾기 쉽지 않고, 연 안에서도 해독이 어려운 구절이 많다. 긴 분량의 1연, 6연의 의미를 읽어내는 것 역시 쉽지 않다. 그러다 보니 각 구절들이 비유하거나 상징하는 바를 논자의 해석 의도에 따라 무리하게 일관된 방향으로 해석하는 경우도 없지 않았다.

1 喧噪(훤조)때문에磨滅(마멸)되는몸이다. 모도少年(소년)이라고들그리는데老爺(노야)인氣色(기색)이많다. 酷刑(혹형)에씻기워서算盤(산반)알처럼資格(자격)넘어로튀어올으기쉽다. 그렇니까陸橋(육교)우에서또하나의편안한大陸(대륙)을나려다보고僅僅(근근)이삶다. 동갑네가시시거리며떼를지어踏橋(답교)한다. 그렇지안아도陸橋(육교)는또月光(월광)으로충분히天秤(천칭)처럼제무게에끄덱인다. 他人(타인)의그림자는위선넓다. 微微(미미)한그림자들이얼떨김에모조리앉어버린다. 櫻桃(앵도)가진다. 種子(종자)도煙滅(연멸)한다. 偵探(정탐)도흐지부지-있어야옳을拍手(박수)가어쨓서없느냐. 아마아버지를反逆(반역)한가싶다. 黙黙(묵묵)히-企圖(기도)를封鎖(봉쇄)한체하고말을하면사투리다. 아니-이無言(무언)이喧噪(훤조)의사투리리라. 쏟으랴는노릇-날카로운身端(신단)이싱싱한陸橋(육교)그중甚(심)한구석을診斷(진단)하듯어루많이기만한다. 나날이썩으면서가르치는指向(지향)으로奇蹟(기적)히골목이뚤렸다. 썩는것들이落差(낙차)나며골목으로몰린다. 골목안에는侈奢(치사)스러워보이는門(문)이있다. 門(문)안에는金(금)니가있다. 金(금)니안에는추잡한혀가달닌肺患(폐환)이있다. 오-오. 들어가면나오지못하는타잎기피가臟腑(장부)를닮는다. 그우로짝바뀐구두가비철거린다. 어느菌(균)이어느아랫배를앓게하는것이다. 질다.

2 反芻(반추)한다. 老婆(노파)니까. 마즌편平滑(평활)한유리우에解

消(해소)된正體(정체)를塗布(도포)한조름오는惠澤(혜택)이뜬다. 꿈—꿈—꿈을짓밟는虛妄(허망)한勞役(노역)—이世紀(세기)의困憊(곤비)와殺氣(살기)가바둑판처럼넓니깔였다. 먹어야사는입술이惡意(악의)로구긴진창우에서슬몃이食事(식사)흉내를낸다. 아들—여러아들—老婆(노파)의結婚(결혼)을거더차는여러아들들의육중한구두—구두바닥의징이다.

③ 層段(층단)을몇벌이고아래도나려가면갈사록우물이드믈다. 좀遲刻(지각)해서는텁텁한바람이불고—하면學生(학생)들의地圖(지도)가曜日(요일)마다彩色(채색)을곳인다. 客地(객지)에서道理(도리)없어다수굿하든집웅들이어물어물한다. 卽(즉)이聚落(취락)은바로여드름돋는季節(계절)이래서으쓱거리다잠꼬대우에더운물을붓기도한다. 渴(갈)—이渴(갈)때문에견듸지못하겠다.

④ 太古(태고)의湖水(호수)바탕이든地積(지적)이 짜다. 幕(막)을버틴기둥이濕(습)해들어온다. 구름이近境(근경)에오지않고娛樂(오락)없는空氣(공기)속에서가끔扁桃腺(편도선)들을알는다. 貨幣(화폐)의스캔달—발처럼생긴손이염치없이老婆(노파)의痛苦(통고)하는손을잡는다.

⑤ 눈에띠우지안는暴君(폭군)이潛入(잠입)하얐다는所聞(소문)이있다. 아기들이번번이애총이되고되고한다. 어디로避(피)해야저어른구두와어른구두가맞부딪는꼴을안볼수있스랴. 한창急(급)한時刻(시각)이면家家戶戶(가가호호)들이한데어우러저서멀니砲聲(포성)과屍斑(시반)이제법은은하다.

⑥ 여기있는것들은모도가그尨大(방대)한房(방)을쓸어생긴답답한쓰레기다. 落雷(낙뢰)심한그尨大(방대)한房(방)안에는어디로선가窒息(질식)한비들기만한까마귀한마리가날어들어왔다. 그렇니까剛(강)하든것들이疫馬(역마)잡듯픽픽씰어지면서房(방)은금시爆發(폭발)할만큼精潔(정결)하다. 反對(반대)로여기있는것들은통요사이의쓰레기다.

간다. 「孫子(손자)」도搭載(탑재)한客車(객차)가房(방)을避(피)하나보다. 速記(속기)를펴놓은床几(상궤)웋에알뜰한접시가있고접시우에삶은鷄卵(계란)한개-얖-크로터뜨린노란자위겨드랑에서난데없이孵化(부화)하는勳章型鳥類(훈장형조류)-푸드덕거리는바람에方眼紙(방안지)가찌저지고氷原(빙원)웋에座標(좌표)잃은符牒(부첩)떼가亂舞(난무)한다. 卷煙(권련)에피가묻고그날밤에遊廓(유곽)도탔다. 繁殖(번식)한고거즛天使(천사)들이하늘을가리고溫帶(온대)로건는다. 그렇나여기있는것들은뜨뜻해지면서한꺼번에들떠든다. 尨大(방대)한房(방)은속으로골마서壁紙(벽지)가가렵다. 쓰레기가막붙ㅅ는다.

—「街外街傳(가외가전)」[6]

「가외가전」의 난해한 문장은 다음 문장으로 넘어가면서 그 의미가 해소되지 못하고 다음 문장의 난해함으로 이어진다. '거리 밖의 거리'라는 이중적이고 중첩된 구성이 전개되면서 '전(傳)'이라는 하나의 구조를 이룬다. "四角形(사각형)의內部(내부)의四角形(사각형)의內部(내

6 구인회 회원 편집, 『시와 소설』, 창문사, 1936.3, 16~19면. 번호는 글쓴이가 편의상 붙인 것임.

부)의四角形(사각형)의內部(내부)의四角形(사각형)의內部(내부)의四角形(사각형)"이나 "地球(지구)를模型(모형)으로만들어진地球儀(지구의)를模型(모형)으로만들어진地球(지구)"[7]와 같이 중첩된 문장 구조 속에 발생하는 의미의 잉여와 아이러니를 이상은 즐겨 사용했다.

「가외가전」의 각 문장을 하나의 비유나 단일한 의미에 대응시키기는 쉽지 않다. 이상 시 연구에서 시어의의미를 확정함으로써 일어나는 문제들은, 체계적이고 일관되게 해석되지 않는 이상 시의 난해성과 그럼에도 불구하고 해석을 해야 하는 상황이 만들어낸 필연적인 아포리아 때문이다.

이 아포리아를 전제로 하더라도, 「가외가전」의 해석과 연구에서는 다른 이상 시 연구가 종종 그러했듯, 시어의 의미를 지나치게 일대일의 해석으로 확정함으로써 나타나게 되는 오류들이 많이 보인다.

가령, 1연에서 "아버지"는 조상보다는 "신·절대자"의 이미지라는 언급[8]이 설득력을 갖기 위해서는 시 전체적인 맥락에서 왜 그런 해석이 나왔으며 어떤 의미를 갖는지 더 설명되어야 한다. 마찬가지로 "1연과 2연은 입안의 '치아'를 대상으로" 하고 "3연과 4연은 구강에서부터 후두에 이르는 길", "5연과 6연은 허파에서 생기는 병"의 묘사이고 따라서 1연의 "'육교'는 치아가 서 있는 '잇몸'을 말하"고 2연의 '반추'는 "치아의 저작 동작을 의미"[9]한다는 해석에 오면, 텍스트의 의미를 일관되게 해석하려는 연구자의 의도가 무리하게 적용되어 텍스트의 생산적 의미를 고정시킨다는 느낌을 지울 수 없다.

---

7 「AU MAGASIN DE NOUVEAUTES」, 임종국 편, 『이상전집』, 문성사, 1966, 179면.

8 이승훈 엮음, 『이상문학전집 1』, 문학사상사, 1989, 66면.

9 권영민 엮음, 『이상 전집 1』, 뿔, 2009, 124면.

"'육교'는 그 망상속에서의 거대한 남성 생식기의 비유"[10]이고 "그것은 이 도시(나라)의 제국주의 침략자의 생식기"[11]이며 "따라서 '타인의 그림자'는 바로 침략적 자본가와 그 침략자의 앞잡이인 군인(생식기)의 지배를 암시한다"[12]는 식의 해석은 지나치게 비약적이며, "노파는 한국의 오랜 역사의 상징이고 여러 아이들의 이미지는 당시 한국과 관계를 맺은 주변국들로 구한말의 한국사정을 이야기하고 있다. '노파의 결혼'은 구한말에 한국이 맺은 외국과의 관계를 뜻하고 '거더차는 육중한 구두'는 한국을 침탈한 일본의 만행을 뜻한다"[13]는 해석에 이르면, 글쓴이의 해석적 의도가 지나치게 개입된 서사가 만들어지고 있음을 볼 수 있다.

텍스트의 구조를 이해하기 위해 제목의 의미를 유추해 보자.[14] 거리 바깥의 거리에 대한 이야기, 또는 거리 바깥의 거리에서 하는 이야기라는 뜻의 「가외가전」에서 '가(街)'는 지시적인 의미와 비유적인 의미를 동시에 갖는다.

김인환은 "여기서 말하는 거리란 입에서부터 시작하여 항문에 이르는 내장의 여러 기관이다. 자유 연상의 자동기술이므로 시구들을 소화의 각 단계에 대응시키기는 어려우나 썩는 것들은 음식이고 쓰레기는 배설물이라고 해석하고 읽으면 전체의 흐름이 포착"되며 "도시가 인간

---

10 이보영, 『이상의 세계』, 금문서적, 1998, 338면.

11 위의 책, 339면.

12 위의 책, 340면.

13 심상욱, 「「가외가전」과 「황무지」에 나타난 이상과 엘리엇의 제휴」, 『비평문학』 39, 한국비평문학회, 2011.3, 146면.

14 하재연, 「'거리' 또는 '골목' 안에서 '아픈' '몸'들의 시쓰기 - 이상의 「가외가전」과 김수영의 「아픈 몸이」에 대한 주석」(『현대시학』, 2010.8)에서 「가외가전」의 해석을 시도한 바 있다. 그 해석 중 일부를 수정하여 이 글에 반영하였다.

의 내장처럼 온갖 지저분한 것들로 차 있고, 돈이 없으면 살 수 없는 공간이라는 의미가 된다"[15]고 해석하여 '도시'라는 '街(가)'의 지시성과 '내장의 여러 기관'을 비유하는 의미에서의 '街(가)'의 의미를 포착하였다.

이경훈은 "'街(가)'는 '家(가)'와 의미적으로 대립된다. 이를테면 '街(가)'는 '家外(가외)'에 있고, '家(가)'는 '街外(가외)'에 있다. 따라서 '街外街傳(가외가전)'이란 동일한 발음으로 반대의 것을 의미하는 서로 다른 '가'를 이용한 이상의 말놀이이다. 일상적 의미로는 '家外家(가외가)'이거나 '街外家(가외가)'일 터"[16]라고 언급하면서 pun에 가까운 제목의 유희적 성격을 지적하였다. 그러나 "'街(가)'의 경우는 거리의 여자(=창녀)이고, '家(가)'는 집사람(=아내)이 될 것"[17]이라는 해석에서는 「가외가전」에 담긴 '街(가)'와 '街外街(가외가)'의 대립을 '街(가)'와 '家(가)'의 대립으로 환원시키는 과정에 비약이 따른다.

'街(가)'와 '街外街(가외가)'의 대칭 또는 대립 구조를 상징적 의미로 환원시키기 전에 있는 그대로 파악할 필요가 있다. 실재하는 거리의 바깥에 다른 거리가 존재한다. 바깥에 있는 거리는 이 도시의 거리를 조망하는 시인의 시선이 만들어낸 곳이면서 내부에 존재하는 거리와 끊임없는 관계를 맺을 수밖에 없는 공간이다.

여러 연구자들이 「가외가전」에서 매춘의 이미지를 읽어내는 한편, 시인이 관찰하는 공간이 특히 유곽이며 시에 등장하는 난해한 구절은 매춘과 같은 성행위를 암시하는 의미라고 해석하였다.[18] 이 시의 6연

15 김인환, 「이상 시 연구」, 『양영학술연구논문집』, 양영회, 1996.12, 190면.

16 이경훈, 『이상, 철천의 수사학』, 소명출판, 2000, 248면.

17 위의 책, 248면.

(⑥), "그날밤에유곽도탔다"에서 '유곽'이라는 지칭이 직접 등장하며 이상의 다른 여러 작품들에 등장하는 성적 이미지가 이 시에서도 나타나기 때문이다. '유곽'이 도시의 병과 돈이 모여드는 공간, 병든 도시의 육체를 상징하는 축도(縮圖)이기도 하므로 이와 같은 접근은 이 시의 난해성을 상당 부분 해소시킨다. 조해옥은 길 밖의 길이 의미하는 것은 "정상적인 삶이 이루어질 수 없는 일탈된 공간"을 가리키며 "그곳은 화자가 생활하는 곳이지만, 벗어나고 싶은 공간"이라고 풀이하였다. 특히 "폐환으로 장부가 곪아가는 화자 자신의 육체를 입에서 장부에 이르기까지 세밀하게 관찰하는 화자의 시선은 음습하고 황폐한 유곽의 내부를 관찰하는 시선과 중첩된다"[19]고 해석하여 자신의 육체와 유곽이라는 내부를 관찰하는 '시선'과 그 두 가지 의미의 중첩에 주목하였다.

이 시의 구조를 도해하는 것이 쉽지는 않으나, 시를 해석하는 데 중요한 단서가 되는 것은 1·6연의 대칭 구조와 그 가운데 있는 2, 3, 4, 5연의 대비이다. 이 대칭과 대비는 시 속의 단어와 단어들 간의 대비적 관계를 통해서도 드러난다. "'바깥의 거리(街外) 구조'는 바깥의 거리 구조대로, '몸속의 거리(街) 구조'는 몸속의 거리 구조대로 상호 별개이다. 말하자면, 바깥의 거리(街外)가 몸의 내부구조(街)를 비유하거나 의미하지 않는다. 마찬가지로 몸의 내부구조가 바깥의 거리 구조를 비유하거나 의미하지 않는다."[20]는 해석보다는 "이때 '거리

---

18 이경훈, 조해옥의 글 참조. 김정란은 "이 시는 어떤 빈민가(좀더 구체적으로 사창가인 것 같기도 하다)의 정경을 묘사"(김정란, 「몽환적 실존－이상 시 다시 읽기」, 권영민 편저, 『이상 문학 연구 60년』, 문학사상사, 1998, 99면)한 것이라 보았다.

19 조해옥, 『이상 시의 근대성 연구－육체의식을 중심으로』, 소명출판, 2001, 76면.

20 최금진, 「PUN으로 바라보는 두 개의 풍경－이상론－시 「가외가전」, 「행로」를 중심

바깥의 거리'는 풍경의 대상이 된 앓고 있는 거리가 곧 시선의 주체 자신의 육체이기도 하다는 점에서 시인 자신의 몸을 의미하는 자기지시적인 언표라고 해석해 볼만한 여지가 생긴다"[21]는 해석이 타당한 것으로 여겨지지만, 구조상의 특징과 그것의 의미를 파악하기 위해 1, 6연과 2, 3, 4, 5연의 구조를 분리해 살펴볼 필요가 있다.

3. 「가외가전」의 구성과 글쓰기에 관한 비유

「가외가전」을 전체적으로 볼 때 2, 3, 4, 5연과 1, 6연은 내부와 외부의 프레임, 즉 액자와 같은 구조로 구성되어 있다. 2, 3, 4, 5연은 '街外街(가외가)'의 첫 번째 '街(가)', 실재하는 거리이자 시인이 바라보고자 하는 도시 내부의 공간에 대한 서술이다. 1연과 6연은 거리 바깥의 거리인 두 번째 '街(가)' 즉 상상적 공간이며 시적 화자가 이야기를 진술하고 있는 공간에 대한 서술이다. 2, 3, 4, 5연의 형식과 분량이 비슷하고 1, 6연의 형식과 분량이 거의 비슷하게 배치되고 있는 것도 이 때문이다.

"老婆(노파)", "아들들", "學生(학생)들", "暴君(폭군)", "아기들" 그리고 "家家戶戶(가가호호)들"이 어우러져서 내부의 풍경을 구성한다면, 바깥에 있는 풍경을 구성하는 것은 "老爺(노야)"인 화자 그리고 화자의

으로」, 『시와세계』 29, 시와세계사, 2010.3, 135면.

21 함돈균, 「시의 정치화와 시적인 것의 정치성 – 임화의 「네 거리의 순이」와 이상의 가외가전(街外街傳)」에 나타난 시적 주체(화자) 유형에 대한 해석을 중심으로」, 『열린정신 인문학연구』, 원광대학교 인문학연구소, 2011.6, 276면.

"磨滅(마멸)되는 몸"이다. 그는 "磨滅(마멸)"되어 가면서 "偵探(정탐)"한다. "喧噪(훤조)" 때문에 마멸되지만, 그것을 견디며 "黙黙(묵묵)히" 거리를 보고 있는 것이다. "陸橋(육교)" 위에서 그 아래에 있는 "大陸(대륙)"을 내려다보듯이, 이 '묵묵한 정탐'을 위해 그는 거리 안에 살면서도 짐짓 '거리 바깥의 거리'라는 상상적 공간을 창출해 낸 것이다.

1연에서는 화자와 "他人(타인)"의 '말'들의 대조를 눈여겨볼 수 있다. 화자의 몸은 시끄러운 소리 즉 "喧噪(훤조)" 때문에 마멸되고 "동갑네"는 "시시거리며떼를지어" 다리를 건너는 데 반해, 화자는 "黙黙(묵묵)히" "企圖(기도)를封鎖(봉쇄)한체하고말을" 하면 "사투리"다. 화자 외부의 목소리들은 시끄럽고 시시거리고 떼를 지어 행해지지만, 화자는 묵묵하거나 말을 하면 사투리가 된다. 그리고 시인은 다시 "아니-이無言(무언)이喧噪(훤조)의사투리리라"라고 자신의 말을 "無言(무언)"이라 표현한다. 이 대조가 '말'의 비유로 이루어진다는 것은 의미심장하다. 사투리는 표준어에 포섭되지 못하고 외부로 밀려나거나 개인의 언어로 치부된 언어를 뜻한다. 그는 짐짓 "企圖(기도)를封鎖(봉쇄)한체하고" 즉 자신의 의도를 숨겨 말을 꺼내지만, 그것은 시시거리며 떼를 지은 동갑네들의 언어와는 다르므로 쉽게 배제 당한다. 그러므로 그의 "無言(무언)"은 배제당한 자의 전략임과 동시에 닫힌 입으로 사투리라는 개인의 언어를 실현하는 행위, 즉 글쓰기에 대한 비유다.

"喧噪(훤조)"는 거리가 만들어내는 소음이자 시인을 성가시게 하는 시끄러운 소리이므로 이상이 끝내 저버리지 못했던 가족의 목소리일 수도 있고, 그를 괴롭혔던 폐병과 기침의 이미지도 여기에 중첩된다.[22]

---

22 이상은 그의 다른 시 「행로」에서 그의 몸 내부를 갉아먹는 기침을 "기침은사념위에

그러나 여기에서는 그에게 '미쳤다고들' 한 독자들의 시끄러움과 대중의 조소와 비난을 더 전면적으로 떠올릴 수 있다. "모도少年(소년)이라고들그리는데"라는 말에서 자신의 문학을 치기 어린 헛소리로 치부했던 독자들의 반응이 겹쳐진다. 그러나 스스로는 "老爺(노야)"라고 생각한다. 여기에는 마멸되는 몸으로서의 노야와, 삶을 미리 체험하는 예술가로서의 노야의 의미가 다 들어있다.

외부의 혹독한 비난과 예술가의 고행에 가까운 길 즉 "酷刑(혹형)"에 마모되는 자신을 시인은 주판알처럼 "튀어올으기" 쉬운 존재라고 표현하였다. 따라서 '육교'라는 공간은 현실이라는 "편안한大陸(대륙)"에 안착할 수도 그렇다고 아예 그 대륙을 떠날 수도 없는, 예술가로서의 자신이 "僅僅(근근)이" 살아가는 위태롭고 아슬아슬한 곳을 비유한다. 그러나 거기는 때로는 "동갑네들"이나 "他人(타인)"의 "微微(미미)한그림자들"의 무게를 느끼지 않을 수 없는 공간이기도 하다. 타인의 평가와 동시대의 반응을 의식하면서 그는 근근이 살아가는 것이다.

육교 위에서의 정탐이 흐지부지되는 상황은 그의 글쓰기가 마음먹은 대로 이루어지지 않는 상황을 암시적으로나마 비유하고 있다. 실제로 이상의 「오감도」 연재가 흐지부지되었던 상황도 환기시킨다. 뒤에 이어지는 문장들은 이러한 암시적 의미를 더욱 잘 드러낸다. "있어야옳을拍手(박수)가어쨌서없느냐. 아마아버지를反逆(반역)한가싶다"라는 표현은 자신의 문학에 대한 반응 즉 '박수'가 없는 상황에 대한 명백한 암시다.

이상은 「오감도」를 연재하면서 "시인이라는 무리들이 이 걸작을 읽

그냥주저앉아서떠든다"라고 표현하였다.

는 순간, 얼굴이 창백해져서 어찌할 바를 모를 것이고, 이런 유상무상들이 모조리 무색해질 것을 생각하니 참으로 통쾌무쌍"[23]이라는 포부까지 표현하였다. 그러한 포부의 결정체이며 스스로 걸작이라 생각한 작품들을 '이 무슨 개수작'이냐고 평가받았을 때의 심정을 그는 "있어야옳을拍手(박수)가어쨓서없느냐"라는 절망감으로 표현하고 있는 것이다. 그리고 그 이유를 "아마아버지를反逆(반역)한가싶다"라는 문장으로 부연한다. 당시까지 조선문단에서 주류를 이루었던 시형식의 전통에서 가장 멀리 떨어져 있던 이는 이상이었다.[24] 그 전통과의 거리야말로 아버지에 대한 반역이었던 것이다. 자신의 시가 전통을 가장 극렬한 방식으로 부정했고 그 형식이 시대를 앞서가고 있음을 감지한 그는 '휜조'에 '무언'으로 대응할 수밖에 없었던 것이다.

이상이 처했던 현실과 그의 외부를 뜻하는 "편안한大陸(대륙)"과, 그가 현실과 자신의 거리를 뼈저리게 실감하며 상상적으로 구축한 심리적이고 내면적인 공간인 "陸橋(육교)우"라는 공간의 대조는 6연에서는 "尨大(방대)한房(방)"과 "여기"라는 공간의 대조로 변주된다. "尨大(방대)한房(방)"이라는 공간은 "精潔(정결)"하지만 아이러니컬하게도 "금시爆發(폭발)할" 것 같은 불안과 혼돈이 있는 공간이다. "속으로골마서壁紙(벽지)가가려"운 방인 것이다. 이때 "편안한"과 "精潔(정결)"함과

---

23 장석주, 『이상과 모던뽀이들-산책자 이상 씨와 그의 명랑한 벗들』, 현암사, 2011, 46~47면.

24 김인환은 "한국의 현대시인들 가운데 시조에 가깝게 있는 시인은 김소월이고, 시조에서 가장 멀리 있는 시인은 이상이다. 규칙적인 율격을 파괴하고 유사성에 근거한 비유를 부정하였다는 점에서 이상은 현대시의 한 극한이다. 아마 앞으로 나올 어떤 시인도 이상을 넘어서 더 과격한 실험을 할 수는 없을 것이다"라고 말하면서 이상의 시가 한국시의 전통에서 가장 먼 거리에 있음을 논하였다. 김인환, 『기억의 계단』, 민음사, 2001, 282면.

같은 수사는 대륙과 방이라는 방대한 공간 즉 도시의 내부를 바라보는 시인의 아이러니적 태도를 반영한다.

속으로 곪은 방의 이미지와 1연의 "추잡한혀가달닌肺患(폐환)"을 간직한 문과 골목의 이미지는 유사하다. "썩는것들이落差(낙차)나며골목으로몰리"는 1연의 광경과 "모도가그尨大(방대)한房(방)을쓸어생긴답답한쓰레기"가 모여 있는 "여기"의 "쓰레기가막붙ㅅ는" 6연의 풍경 또한 유비적이다. 6연에 등장하는 "까마귀"의 존재도 의미심장하다. 「오감도(烏瞰圖)」의 까마귀의 시선을 다시 한 번 환기시키는 이 까마귀의 존재와 1연에서의 화자의 정탐, 육교 위에서 내려다보는 시선도 묘하게 겹쳐진다. 병법인 "「孫子(손자)」도搭載(탑재)한客車(객차)"도 방을 피할 만큼 방의 이미지는 대항할 수 없게 거대하고 정결하다. 그러나 화자는 거기 곪아 있는 속, 즉 내부를 파악하는 자이다. 이 내부를 파악한 자에게는 "쓰레기가막붙ㅅ는다".

그러므로 썩는 것들이 몰리는 "골목"과 쓰레기가 막 붙는 "여기"는 도시를 관찰하고 그 내부의 진상을 파악한 화자 그리고 그 도시의 소음에 마멸되고 있는 화자의 몸과도 겹쳐진다. 도시의 썩는 것들과 쓰레기를 관찰하고 정탐하고 바라보는 시선을 지닌 '노야'인 시인의 몸은 내부에 의해 잠식당한다. 골목은 뚫리고 내부와 외부는 통하는 것이다. 더 이상 "싱싱한陸橋(육교)"의 싱싱함은 남아 있지 못하고 그의 '육교'는 뚫린 골목을 통해 썩는 것들과 교통한다.

바깥은 안에 받아들여지지 못함으로써 외부가 되었으나, 내부를 정탐하고 묘사하기 위해서는 그 안의 쓰레기와 썩는 것들이 붙는 것들을 감내할 수밖에 없다. 거리 바깥이라는 상상적 공간도 결국 다시 거리의 속성을 지니게 되는 아이러니, 이것이 곧 "가외가전"이라는 이야기인 것이다.

4. 거리—도시—자본주의라는 내부의 프레임

이상은 그의 여러 글들에서 자주 여자를 '치사(侈奢)'하다고 표현하였다. '사치(奢侈)'의 다른 말이면서 '치사(致死)', '치사(恥事)' 등을 연상시키는 그만의 표현법이다. 1연의 "侈奢(치사)스러워보이는門(문)"이란 여자의 육체를 상기시키며 그에게 여자의 육체란 이 도시의 썩는 냄새를 "추잡"하게 증거하는 자본주의적 몸이다. 사치스럽고 "금니"로 번쩍거리지만 실은 썩어가고 있는 "肺患(폐환)"과도 같다. 화자의 "無言(무언)"과 대조적으로 동갑네의 "시시거리"는 목소리, 그리고 "추잡한혀"가 존재한다. 도시에서 우리들은 한번 "들어가면나오지못하고" 산다. 진창과 같은 "기피", 도시의 골목들은 구불구불한 모습으로 질환을 달고 사는 인간의 "臟腑(장부)"를 닮아 있다.

한편으로 들어가면 나오지 못하는 이 깊이는 '문'이 암시하는 여자의 이미지와도 이중적으로 겹친다. "그우로짝바뀐구두가비철거리"는 모습은, 이상이 여러 소설에서 묘사하였듯, 자신을 배반하였거나 간음하는 아내의 이미지를 떠올리게 한다. 시인은 이 모습을 "어느菌(균)이어느아랫배를앓게하는것"이라고 표현한다.

6연에 등장하는 "난데없이孵化(부화)하는勳章型鳥類(훈장형조류)" 또한 여자의 이미지를 비유한다. 이상은 다른 여러 시에서 여자의 허위와 기만적인 상을 '조류'의 이미지에 투영했다. 여기서 "훈장"은 이상의 다른 시에 나타나는 "정조뺏지"(「백화(白畫)」)를 떠올리게 한다. "繁

殖(번식)한고거즛天使(천사)들" 또한 이상의 다른 시들에서 매춘부나 여자를 비유했던 '천사'의 거짓과 허위의 이미지를 담고 있다.

조류의 푸드덕거림 때문에 "方眼紙(방안지)"는 찢어지고 만다. "흐지부지"한 정탐의 괴로움을 견디면서 어떻게든 "速記(속기)"라도 해보려 애쓰는 화자의 기도는 여자나 천사들로 인해 어지러이 흐트러진다. "座標(좌표)잃은符牒(부첩)떼가亂舞(난무)"하듯 시인의 글쓰기는 방향을 잃고 만다. "方眼紙(방안지)"는 원고지를 연상시키는데 "卷煙(권련)에피가묻"는 이미지는 자연스럽게 이상의 객혈을 떠올리게 만든다.

"遊廓(유곽)도탔다"는 진술 또한 실제 이상이 1936년 3월 당시 겪었던 이웃의 화재 사건과도 흐릿하게 겹쳐진다.[25] 그러나 이를 직접적으로 현실과 연결시키기보다는 글쓰기의 상상적 과정과 그것을 어지럽히는 파국의 이미지들로 보는 편이 좋을 것이다. "뜨뜻해지면서한꺼번에들떠드"는 것들을 '묵묵히' 기록하는 것이 시인의 몫인 것이다.

2, 3, 4, 5연이라는 내부의 프레임은 그 속기의 기록이라고 할 수 있다. "老婆(노파)"라는 되새김질은 노파이기 때문에 느리고 힘들게 할 수밖에 없는 것이지만, 기억을 직조하는 행위로서의 글쓰기가 갖는 속성이 바로 되새김질이기도 하다. 화자가 바라본 안쪽의 거리는 유곽을 포함한 도시 전체다. 거기는 "太古(태고)"에서부터 지금 이 자본주의 도시인 경성의 "貨幣(화폐)의스캔달"을 아우르는 시간이 켜켜이 쌓여 있는 곳이다. '노파'인 화자의 상상적 시간을 거슬러 올라가면 "學生(학생)들의地圖(지도)가曜日(요일)마다彩色(채색)을고치"는, 곧 시간의

---

25 산문 「조춘점묘」에서는 바로 이웃에서 일어난 화재에 관해 서술하고 있는데, 이것이 연재된 시기가 1936년 3월이다. 이상, 「조춘점묘」, 김주현 주해 『이상문학전집 3』, 56~58면.

흐름에 따라 지도를 변화시키며 역사적으로 형성된 곳이다. 그리고 지금은 "砲聲(포성)"이나 "屍斑(시반)"과 같은 전쟁으로 인한 죽음의 기운도 어디선가 풍겨오는 동네다.

"이세기의困憊(곤비)와殺氣(살기)가바둑판처럼넓니깔"린 도시의 거리 안에서, "먹어야사는입술", 어쩔 수 없는 인간이라는 존재는 "食事(식사)흉내를낸다". 먹기 위한 노역인지 살기 위한 노역인지 꿈처럼 허망하고, 실제로 먹고 있는 것인지 다만 흉내를 내고 있는 것인지, 이상의 다른 텍스트들에서 진품과 모조품이 늘 서로가 서로의 흉내를 내듯 여기서도 "입술"은 진짜 먹는 것이 아니라 "흉내를 내"고 있는 것이다. 여러 아들들이 "結婚(결혼)"을 걷어차며 자신들의 뿌리까지 부정하고 있는 이 거리 위에서, 어머니를 걷어차는 아들들의 육중한 구두바닥의 징이 갖는 난폭함이 두드러진다.

도시라는 이야기, 거리의 전(傳)을 반추하는 화자의 시선은 "층단" 아래로, "太古(태고)"로 거슬러 내려간다. 도시는 모든 이들에게 "客地(객지)"와도 같고 그 안의 사람들은 나그네가 된다. "여드름 돋는 계절"처럼 금방 생겨난 것 같은 취락들의 기원을 반추해 보았자, 끄덕거리는 졸음은 "잠꼬대"와 같고 시원하게 해소되는 것은 없다. "더운물"에 목이 마르듯 갈증만 더할 뿐이다. 도시는 태곳적에 호수의 바탕이었을지도 모르지만 지금은 짜디 짠 "地積(지적)"을 지니고 있을 뿐이다. 시원한 평활함, 화자가 갈구하는 모습은 없다. 비는 시원스레 내리지 않고 도시의 기둥들은 "濕(습)해들어오"고 "가끔扁桃腺(편도선)들을알는다". 다만 공기 속에 떠도는 것은 "화폐의스캔달"뿐이어서, 노파에게 손을 내민다. "痛苦(통고)"를 위로해 주는 손과의 악수가 아니라 사나운 구두바닥과 같은 발이 건네는 악수인 것이다.

거리로는 "暴君(폭군)이潛入(잠입)하얏다는所聞(소문)"이 돈다. 소문은 정체 없이 도시를 장악한다. 화폐가 아니라 화폐의 스캔달이 도시에 만연하듯, 이 정체 불분명한 폭군의 소문에 "아기들이번번이애총이되고되고" 만다. 이 애총의 이미지는 같은 해에 나온 이상의 산문과 상호텍스트적으로 연결된다.

> 상해에서는 기아를—그것도 보통 죽은 것을— 흔히 쓰레기통에 한다. 새벽이면 쓰레기 처가는 인부가 와서는 휫바람을 불어가며 쓰레기를 치는데 그는 이 흉악한 기아를 보고도 별반 놀나지 않을 쑨만 아니라 그 애총을 이리 비켜놋코 저리 비켜놋코 해서 쓰레기만 처가지고 잠잣코 돌아간다는 것이다. 요컨넨 기아야 뭐이 그리 이상하랴. 다만 이것은 쓰레기는 아니닛가 내가 처가지 안을 싸름 엇더게 되는 걸 누가 알겟소—이 뜻이다. 설마—햇지만 또 생각해보면 잇슬 법도 한 일이다. 참 도회의 인심은 어느만큼이나 박하고 말녀는지 종 잡을 수가 업다.[26]

이 산문의 제목이 「도회의 인심」인 점도 흥미롭다. 아기가 애총이 되어 쓰레기통에 던져지는 모습과 폭군과도 같은 도시의 이미지 그리고 화폐의 스캔들은 긴밀하게 연관된다. 아기는 애총이 되어가고 "어른구두와어른구두가맞부딧는" 전쟁, "家家戶戶(가가호호)들"이 한데 어우러지는 이 만인의 전쟁을 이상은 "은은하다"는 반어로 표현하였다. 1연의 "편안한大陸(대륙)"이나 6연의 "精潔(정결)"한 방에 쓰이고 있는

26 「조춘점묘-도회의 인심」, 김주현 주해 『이상문학전집 3』, 67면.

아이러니와 동일한 선상에 있는 것이라 볼 수 있다.

도시는 "砲聲(포성)과屍斑(시반)"이 난무하는 곳이며 "썩는것"들과 "쓰레기"를 양산하는 곳이다. 그 자체로 쓰레기와 다름없는 존재인 도시는 방 밖으로 쓰레기들을 쓸어내면서 존재한다. 도시의 존재방식이 그러하다는 것을 파악하는 순간, 주체에게 쓰레기들은 달라붙는다. 함께 썩어가지 않고서는 그 썩음이라는 존재 자체를 증명할 수 없다. 썩어가는 존재를 응시하는 의식의 형형함을 보존하기 위해 이상이 사용한 기교는 어지럽게 시 전체에 흩어져 있다.

「가외가전」은 유곽처럼 음습하고 썩어가는 냄새를 풍기는 도시의 골목과 골목을 구불구불 탐색하는 이야기가 된다. 혼란스럽고 어지러운 지도를 탐색해 가며 자신만의 새로운 지도라는 형식을 만들어내기 위해 앓고 있는 예술가, 이상 자신에 대한 이야기이자 자신의 글쓰기에 대한 이야기인 것이다. 근대 자본주의의 병을 고독하게 앓고 있는 주체의 시선으로, 이상은 도시의 거리와 골목들을 탐사하였다.

이상은 「날개」에서 경성이라는 도시의 공간, 그 속에서의 자아와 타인의 관계, 자본주의 내부의 병을 앓으며 박제되어 가는 예술가의 초상을 그려내었다. 「가외가전」은 또 하나의 변주다. '방대한 방'으로 상징되는 1930년대 경성의 거리에 대한 탐구가 만들어 낸 거리 바깥의 거리란 그러므로 이상의 지도에만 등재된 새로운 거리이다.[27] 이 거리에

---

27 「가외가전」이 실린 『시와 소설』의 발간 당시 이상의 주소는 지금의 명동에 해당하는 수하정(水下町)이었다. 책 말미에 실린 그의 주소는 "水下町 二九의七"로 되어 있다. (1914년 행정구역 통폐합에 따라 수하동·상리동·하리동·석동 등의 각 일부가 통합되어 일본식 지명인 경성부 수하정이 되었으며, 1943년 6월 구제(區制) 실시로 중구 수하정이 되었다. 1946년 일제 잔재 청산의 일환으로 정(町)을 동(洞)으로 개편할 때 수하동이 되었다. 법정동으로 행정동인 명동(明洞) 관할하에 있다.)

서 행해지는 자신의 글쓰기를 이상은 '전(傳)'이라 이름 붙였던 것이다.

5. 이상의 시와 창작이라는 절망

이상의 시는 그 형식이 보여주는 실험적이고 급진적인 성격으로 인해 새롭고 모던한 조선시를 갈망하던 젊은 세대와 당시 문단에서 영향력이 있었던 정지용, 박태원, 김기림, 이태준, 최재서 등의 지지를 받았다.[28] 그런 한편으로 기호나 수식 및 조어에 가까운 한자어 등의 사용과 구조가 유발하는 난해성 때문에 독자들의 지탄을 받기도 했다.

이상이 조선어로 된 작품을 처음 발표한 해는 1932년이고 그것이 종결되는 때는 1937년이다. 이해와 몰이해, 실험성과 대중성 등의 양축 사이에서 진자 운동을 하듯 끊임없이 자신의 글쓰기에 관한 자의식적 되새김질을 해야 하는 것은 작가의 운명과 같은 것이다. 그러나 특히 몇 편의 조선어 시를 발표하고 난 후 본격적인 연작시 「오감도」를 연재하는 1934년에서 동경으로 건너가 사망하는 1937년까지의 짧은

28 이상의 구인회 가입은 김기림과 정지용의 추천에 의한 것이었다고 한다. 이상은 정지용의 추천으로 1933년 『가톨릭청년』에 조선어로 된 시로는 처음으로 「꽃나무」, 「이런 시」, 「一九三三. 六. 一」, 「거울」을 게재하며 본격적으로 시를 발표하게 된다. 1934년 7월 「오감도」 연작을 발표하기 직전에 김기림이 현대시의 발전에 대해 논하면서 이상을 스타일리스트의 예로 든 글을 『조선일보』에 싣는다. 1934년 『조선중앙일보』의 학예부장으로 있던 이태준은 사표를 써서 안주머니에 넣고 다니면서 이상의 「오감도」를 15회 연재까지 하도록 주선하였다. 최재서는 1936년 11월에 『조선일보』에 「리얼리즘의 확대와 심화」라는 제목으로 이상의 「날개」에 대한 논의를 싣는다. 이상은 박태원과 친해지면서 「소설가 구보씨의 일일」을 연재할 때 삽화를 그려주기도 하였다. 이상과 문단의 교우 관계 등에 대해서는, 고은, 『이상 평전』, 향연, 2003과 장석주, 『이상과 모던뽀이들-산책자 이상 씨와 그의 명랑한 벗들』, 현암사, 2011을 더 자세히 참고할 수 있다.

시기 동안 젊은 세대의 환호와 대중의 몰이해라는 양 극단의 간극을 가장 크게 경험한 작가로서, 조선문학사 넓게는 한국문학사에서 이상만한 이를 찾기는 어렵다.[29]

『시와 소설』의 편집후기에서 이상은 "차차 페이지도 늘일 작정이다. 회원 밖의 분 것도 물론 실린다. 지면 벨으는 것은 의논껏 하고 편집만 인쇄소 관계상 이상이 맡아보기로 한다. 그것도 역 의논후의 일이지만"[30]이라고 말하면서 『시와 소설』의 후속호에 대한 요량까지 하고 있음을 보여준다. 그로서는 『시와 소설』에 대한 애정과 포부가 상당했으나, "어쩌다 예회(例會)라고 모이면 출석보다 결석이 더 많으니 변변히 이야기도 못하고 흐지부지 헤어지곤 하는 수가 많"[31]은 구인회의 사정 등으로 인해 후속호는 나오지 못하고 말았다. 단 한 번의 간행으로 끝나고 만 『시와 소설』의 앞머리에 이상은 "어느 시대에도 그 현대인은 절망한다. 절망이 기교를 낳고 기교 때문에 또 절망한다."[32]는 유명한 에피그램(epigram)을 실었다. 이상의 에피그램은 자신의 문학적 행정(行程)과 관련하여 의미 있는 메시지를 전달하고 있다.

이상의 에피그램에 따르자면 '현대인'은 어느 시대에나 있는 것이다. 역사적 현재로서의 지금인 현대 사회에 존재하는 일반인이 아니라,

29 서정주에 의하면 서정주, 함형수, 오장환, 이성범 등은 1935년 가을 이상을 무작정 방문하였으며 오장환이 느닷없이 자신의 시를 꺼내 낭송한 일로 함형수와 싸움이 일어나기도 했다고 한다. 서정주, 「이상의 일」, 김유중·김주현 엮음, 『그리운 그 이름, 이상』, 지식산업사, 2004. 1934년 「오감도」의 연재 당시 독자들의 반응은 부정적이었지만, 문단에 이름을 알린 지 얼마 안 된 이상을 문학청년들은 새로운 문학의 선구로 여기고 있었음을 알 수 있는 예화 중의 하나이다.

30 이상, 「편집후기」, 216면.

31 위의 글, 215면.

32 김주현 주해, 『이상문학전집 3』, 217면.

어느 시대건 그 시대의 중심을 살아가고 그러므로 다음 시대를 앞당기는 현대성을 체험하는 자가 이상이 말한 "그 현대인"의 의미이다. 진정한 의미의 현대인은 시대의 한가운데서 시대를 온몸으로 느끼며 절망한다. 이상에게 기교란 절망의 예술적 형식 곧 예술의 다른 말이기도 했다. 시대의 중심을 예민하게 체험하는 절망, 시대를 앞서 살아나가는 예술가의 절망을 형식화한 것이 기교라면, 이 기교는 그 선진성과 개성으로 인해 다시 절망을 낳는다. 대중에게 이해받지 못하는 소외감과 예술 행위의 괴로움 그리고 이상(理想)과 실제 창작의 괴리가 그에게 절망감을 가져다주기 때문이다.

「가외가전」이 전달하고 있는 메시지와 형식은 이와 같은 이상의 에피그램을 시적인 방식으로 변환하여 보여준다. 이상은 시와 소설에 걸쳐 글쓰기 작업이나 문학 창작 행위에 대한 메타포를 많이 남겼다. 이것은 주체의 내면과 심리를 응시하고 거기서 일어나는 파동과 궤적을 때로는 관찰자의 냉정함으로 때로는 아이러니의 방식으로 언어화하고자 했던 이상 특유의 글쓰기가 낳은 결과이다. 이 결과 속에서 우리가 확인하는 것은, 창작이라는 예술적 행위가 갖는 본질적 속성을 탐구하고 그와 대결하고자 했던 실존적 고투의 흔적이다. 더 특수하게는 병에 침식당하고 있는 육체의 소멸에 맞서, 그것을 기록해 내려는 형형한 보존의 욕망이기도 하다. 이때 병이란 이상 자신의 신체적 질병이자 동시에 식민지 자본주의의 도시 경성이 만들어낸 질환이라는 점에서, 시대가 앓고 있는 증상을 지시하는 것이었다.

개인의 언어와 공동체의 언어

— 서정주의 『질마재 신화』론

1. 『질마재 神話신화』의 위치

『화사집』 이후 서정주의 다른 시집들도 그러했지만, 『질마재 신화』는 그에 대한 평가가 극단적이라고 할 만큼 갈라진다.[1]

서정주의 긴 시적 이력도 희귀한 것이지만, 그만큼 다양하고 때로는 상반되는 문학적 파장을 불러일으킨 경우는 흔치 않다. 시의 언어와 시인의 의식 사이의 관계를 논할 때 서정주만큼 문제적인 인물을 우리 문학사에서 찾아보기는 어렵다. 서정주 시에 대해 부정적인 논자들은 시와 시인의 분리론에 동의하지 않는다. 혹은 그 문제를 배제하고서도 남는 서정주 시의 언어가 이룬 미학적 성취에 동의하지 않는다. 이

1 대표적인 예로 시집이 막 출간될 무렵의 두 가지 견해를 들어볼 수 있다. 조병무는 『질마재 신화』가 시에서 이룩할 수 있는 서사적인 가능성과 해학을 보여 줌과 동시에 모든 인간이 희구하는 영원성을 구현하였다고 고평하였다. 반면 황동규는 이 시집의 「해일」 같은 시가 이미 정교한 시로 만든 것을 다시 풀어놓고 있다며, 『질마재 신화』는 풍속을 움직이는 힘에 대한 통찰이 없고 지루한 정적 구조로 이루어져 있다고 평하였다. 이같은 상반된 견해는 이후의 논의들에서 변주, 확대된다. 조병무, 「영원성과 현실성－미당 「질마재 신화」 고(考)」, 『현대문학』, 1975.5와 황동규, 「두 시인의 시선」, 『문학과 지성』, 1975년 겨울 참조.

두 가지 부정에는 시인의 의식과 시인의 언어를 분리할 수 없다는 사고가 근원에 자리 잡고 있다. 서정주의 시는 우리 문학사, 그 중에서도 이른바 사회·정치적 배경과 거리가 멀어 보이는 경향의 시를 논할 때 배제하기 쉬운, 그리고 시인 자신이 배제하려 했던 언어와 이데올로기의 문제를 끊임없이 환기시킨다. 이런 역설은 서정주 시를 평가하고자 하는 논자들이 필연적으로 맞닥뜨리게 되는 상황이다.

『질마재 신화』에 대한 가치 평가의 문제는 좀 더 중층적인 것이 된다. '신화'라는 명명에는 서정주가 앞서 천착했던 '신라 정신'의 흐름이 분명히 존재한다. 하지만 질마재 시편들은 '질마재'라는 공간과 그 속에 실재한 인물들을 재현하면서, 『귀촉도』 이후의 시들보다 현실적이고 구체적인 시적 언어를 얻는다. 따라서 서정주 시의 전개 과정 속에서 『질마재 신화』를 어떻게 평가할 것인가 하는 문제는, 또 다른 상이한 입장을 낳는다.

김인환은 서정주 시의 고통을 자각하는 강도가 점점 희박해진다고 하면서 「질마재 신화」 시편들의 산문시적 특성은 오히려 정돈된 수필로 보는 것이 좋을 정도라고 평하였다.[2] 유종호는 『질마재 신화』에서 변두리 형식이 상위형식으로 부상하는 구체적인 사례를 볼 수 있다고 하면서, 서정주의 시들이 여기에서 현실성과 산문성의 깊이를 획득하였다고 논하였다.[3] 우리는 여기에서 『질마재 신화』를 평가하는 공통된 두 가지 기준이 상정되어 있음을 본다. 그것은 이 시집이 현실에 얼마만큼 밀착되어 있느냐 하는 문제와, 그 형식이 성공적이었는가의 문제

2 김인환, 「서정주의 시적 여정 – 『화사』에서 『질마재 신화』까지의 거리」, 『문학과 지성』, 1972년 여름 참조.

3 유종호, 「소리지향과 산문지향 – 미당 시의 일면」, 『작가세계』, 1994년 봄 참조.

이다. 이는 『질마재 신화』가 서정주 시의 이력 속에서 차지하는 독특한 위치에 대한 규명과도 관계맺는 문제이기도 하다.

이러한 몇 가지 사실들은 『질마재 신화』에 대한 더 섬세한 읽기와 평가를 요구한다. 『질마재 신화』가 서정주의 다른 시집들과 구분되는 현실성과 형식을 갖춤으로써(혹은 더욱 현실에서 멀어지거나 정돈되지 않은 형식을 가짐으로써) 거둔 미학적 효과를 온당하게 평가하기 위해서는, 『질마재 신화』의 언어들에 대한 세밀한 독해가 선행되어야 한다. 그리고 그 읽기는 다시 한 번 문학사적 의미라는 외부로 뻗어 나와야 한다. 결국은 하나의 독해가 되어야 할 이 두 가지 읽기의 방식이 소통되지 않고 자주 단절되고 있는 것은, 서정주 문학의 특수성이기도 하지만 우리 문학사의 특수성이기도 하기 때문이다. 이 글에서는 『질마재 신화』가 보여 주는 시간 의식과 그것이 구현한 보편성의 공과(功過), 거기에 사용된 화법과 형식적 측면을 논함으로써 『질마재 신화』의 현실성과 형식적 측면이 어떤 시적 의의를 갖는지 고찰해 보려 한다.

2. 『질마재 신화』의 시간과 현실—'틈 없는 시간'의 구현

『질마재 신화』에는 사소하고 비루해 보이는 인물들과 삶의 순간들이 포착된다. 서정주는 신성한 인물들과는 거리가 먼 대상과 인물들을 '신화'의 자리까지 끌어올린다. 그는 '신성하다'는 말이 환기하는 엄숙함과 거리감에 개입하여 새로운 신성함의 시적 공간을 만들어 내고자 한다. 또 '신화'라는 명명에는, 신성성에 대한 사고와 경험이 거의 사라져 가는 현실을 부정하고 넘어서려는 시도가 담겨 있기도 하다. 질마재 시편들에는 현실의 시간에 대응하는 새로운 시간의 모습이 형상화된다.

옛날 옛적에 中國(중국)이 꽤나 점잖했던 시절에는 〈수염 쓰다듬는 時間(시간)〉이라는 時間單位(시간단위)가 다 사내들한테 있었듯이, 우리 질마재 여자들에겐 〈박꽃 때〉라는 時間單位(시간단위)가 언젠가부터 생겨나서 시방도 잘 쓰여져 오고 있습니다.

「박꽃 핀다 저녁밥 지어야지 물길러 가자」 말 하는 걸로 보아 박꽃 때는 하로낮 내내 오물었던 박꽃이 새로 피기 시작하는 여름 해으스름이니, 어느 가난한 집에도 이때는 아직 보리쌀이라도 바닥 나진 안해서, 먼 우물물을 동이로 여나르는 여인네들의 눈에서도 肝腸(간장)에서도 그 그득한 純白(순백)의 박꽃 時間(시간)을 우그러뜨릴 힘은 하늘에도 땅에도 전연 없었습니다.

그렇지만, 혹 興夫(흥부)네같이 그 겉보리쌀마저 동나버린 집안이 있어 그 박꽃 時間(시간)의 한 귀퉁이가 허전하게 되면, 江南(강남)서 온 제비가 들어 그 허전한 데서 파다거리기도 하고 그 파다거리는 춤에 부쳐 「그리 말어, 興夫(흥부)네, 五穀百果(오곡백과)도 常平通寶(상평통보)도 金銀寶貨(금은보화)도 다 그 박꽃 열매 바가지에 담을 수 있는 것 아닌갑네」 잘 타일러 알아듣게도 했습니다.

그래서 이 박꽃 時間(시간)은 아직 우구러지는 일도 뒤틀리는 일도, 덜어지는 일도 더하는 일도 없이 꼭 그 純白(순백)의 金質量(금질량) 그대로를 잘 지켜 내려오고 있습니다.

— 「박꽃 時間(시간)」[4]

4 서정주, 『미당 시전집1』, 민음사, 1994. 이후의 시들은 모두 여기에서 인용하며, 일부

시간을 분할하고 계량화하는 근대적 시간관 속에서는, 삶이라는 구획되지 않는 시공간 속에 존재하는 인간 생활의 구체적 결이 거세된다. 중국 사내들의 "수염 쓰다듬는 시간"에는 이같은 근대적 시간관에 침해되기 이전의 "옛날 옛적"의 시간관이 담겨 있다. 여기에는 생활의 정감이 살아 있으며 시간과 감각이 구체적으로 결합된다.

질마재의 "박꽃 때"에는 더 생생한 감각과 구체성이 담겨 있다. "박꽃 때"라는 시간은 박꽃이 피고 지는 자연의 순환적 현상과 맞물려지면서 자연과 인간 삶의 주기를 반영한다. 그것은 숫자로 분할되는 것이 아니라 육체에 새겨진 감각과 자연의 심상을 통해 자연스럽게 나누어지는 시간이다. "박꽃 때"라는 말은, 밥을 짓고 인간의 '살림'을 책임지는 여자들의 언어이다. 낮 내내 오물었던 박꽃이 피기 시작하는 시간은 물을 길어 밥을 지어 식구들을 먹이는 아낙들의 시간, 아낙들이 활기차게 식구들을 거두고 돌보는 시간이다. 여인네들의 풍요로움은 박꽃의 풍요로운 아름다움의 이미지와 겹쳐진다.

감각적으로 육화된 "박꽃 시간"은 숫자화된 관념으로 머릿속에 존재하고 있는 것이 아니라 "여인네들"의 "눈"과 "간장"에 순백으로 그득한 것이 된다. "하늘"로 표상되는 초월적인 힘이나 "땅"으로 표상되는 현실의 가난함과 비루함도 이 육화된 아름다움의 가치를 훼손하지 못한다. 화자는 "아직 보리쌀이라도 바닥나진 안해서" 박꽃 시간이 우그러지는 일이 없다고 말하지만, 보리쌀이 바닥난다고 해도 박꽃 시간으로 표상되는 여인네들의 풍요는 바닥나지 않는다. 제비가 흥부네에게 건네는 말은 이같은 화자의 전언을 담음으로써 가난에서 고통의 이미

현대어 표기법에 맞추어 수정함.

지를 제거한다.

따옴표 안에 들어간 제비의 말은 오곡백과나 금은보화에 대한 민중적 소망을 잠시나마 충족시켜 준다. 그러나 제비가 흥부네에게 건네는 말속에서 그들의 가난이 정말로 사라질 것이라는 기대감을 가지기는 어렵다. 차라리 "五穀百果(오곡백과)", "常平通寶(상평통보)", "金銀寶貨(금은보화)"라는 한자어들의 무거운 나열은 그것들이 가난한 이들의 삶에서 멀리 있는 것임을 암시한다. 흥부전은 여기서 변용되는데, 이 시에서 가난이 절망적이지 않은 것은, "박꽃 열매 바가지"가 지니는 구체성에 의해서이다. 풍요로움과 아름다움의 이미지를 함께 갖는 자연과 여인네들의 아름다움은 가난에도 소진되지 않을 것이기 때문이다.

서정주는 "꼭 그 純白(순백)의 金質量(금질량) 그대로를" 지켜 내려오는 삶의 한 순간을 형상화함으로써 단절되지 않는 시간성을 새롭게 구현하고자 했다. 한국의 근현대사가 겪은 심각한 격절과 훼손은, 개인이 자신의 정체성을 구성하는 과정을 혼란스럽게 했다. 과거의 시간을 잇고 통합하는 역사적 흐름을 인식함으로써 개인은 자신의 정체성을 구성할 기반 위에 선다. 자기동일성이란 결국 집단적 기억의 흐름과 복원 아래 개인의 기억을 추가하고 첨가시키면서 형성되는 것이라 할 수 있기 때문이다. 그러나 과거와 역사에 대한 심각한 부정을 거쳐야만 했던 우리 역사에서, 개인들은 자기동일성의 분열이라는 곤혹스러운 상황에 처해야 했던 것이다.

이 같은 분열에 대응하는 문학적 방식의 한 가지는 단절된 역사의 흐름을 고통스럽게 확인하면서 왜곡되고 틈새가 생긴 시간의 지층을 메우고자 노력하는 일일 것이다. 그것은 개인의 기억을 언어로 구체화시켜 집단의 기억의 폭을 넓히는 창작의 시도나, 한 역사적 시기에서 다른 역사적 시기 사이의 고리를 찾아내는 비평적 작업들이 하고 있는 일이다. 또 한 가지는 그와 같은 현실의 단절과 훼손을 넘어서는 통합적이고 온전한 세계의 새로운 원형을 문학적으로 창조하는 방식이다.

「紙鳶勝負(지연승부)」에서 "山(산)봉우리 우에서 버둥거리던 鳶(연)이 그 끊긴 鳶(연)실 끝을 단 채 하늘 멀리 까물거리며 사라져 가는데, 그 마음을 실어 보내면서 〈어디까지라도 한 번 가 보자〉던 전 新羅(신라) 때부터의 한결 같은 悠遠感(유원감)에 젖는 것입니다"라고 할 때이 "신라 때부터의 한결 같은 유원감"은 과거의 시간과 현재의 시간을 온전히 잇는 시적 시간이다. 그것은 단절과 훼손을 겪지 않았으며 틈이 없는 시간이다. 이 틈 없는 시간은 지금의 결여를, 결여가 없는 시간인 신라의 시간과 맞붙여 놓음으로써 부정한다. 화자는 "그래서 그들은 마을의 生活(생활)에 실패해 한정없는 나그네 길을 떠나는 마당에도 보따리의 먼지 탈탈 털고 일어서서는 끊겨 풀려 나가는 鳶(연)같이 가뜬히 가며, 보내는 사람들의 인사말도 〈팔자야 네놈 팔자가 상팔자구나〉 이쯤 되는 겁니다"라고 말하는데 여기서 '생활의 실패'를 넘어설 수 있는 힘은, 결여를 메우는 시간의 힘에서 솟아 나온다. 온전히 보존되어 온 시간의 원형에는 무엇도 훼손할 수 없는 '그들'의 힘이 담겨 있다.

변하지 않는 가치에 대한 믿음에서 나온 시간의 이어짐은 「沈香(침향)」에도 존재한다. "훨씬 더 먼 未來(미래)의 누군지 눈에 보이지도 않는 後代(후대)들을 위해" 침향을 준비하는 이들의 모습은 이 이어짐이 미래의 시간에까지 지속될 것임을 보여 준다. 그래서 "이것을 넣는 이와 꺼내 쓰는 사람 사이의 數百(수백) 數千年(수천년)은 이 沈香(침향) 내음새 꼬옥 그대로 바짝 가까이 그리운 것일 뿐, 따뿐할 것도, 아득할 것도, 너절할 것도, 허전할 것도 없"다. '따분하고 아득하고 너절하고 허전한' 인간사의 갈등과 결여에 대해 서정주는 통합적이고 온전한 시간의 흐름이 존재함을 보여 줌으로써 그것을 넘어서려 했던 것이다.

시간의 특수성이 무화되는 상태에서는 공간도 함께 확대된다. 어떤 공간이라는 것은 언제나 일정한 시간의 지평 안에서 존재하는 것이기 때문이다. 『질마재 신화』에 나타나는 많은 공간들이 보편적이고 무한한 공간성을 띠게 되는 것은 이 같은 사실에 기인한다.

> 질마재 上歌手(상가수)의 노랫소리는 답답하면 열두 발 상무를 젓고, 따분하면 어깨에 고깔 쓴 중을 세우고, 또 喪輿(상여)면 喪輿(상여)머리에 뙤약볕 같은 놋쇠 요령 흔들며, 이승과 저승에 뻔쳤습니다.
>
> 그렇지만, 그 소리를 안 하는 어느 아침에 보니까 上歌手(상가수)는 뒤깐 똥오줌 항아리에서 똥오줌 거름을 옮겨 내고 있었는데요. 왜, 거, 있지 않아, 하늘의 별과 달도 언제나 잘 비치는 우리네 똥오줌 항아리, 비가 오나 눈이 오나 지붕도 앗세 작파해 버린 우리네 그 참 재미있는 똥오줌 항아리, 거길 明鏡(명경)으로 해 망건 밑에 염발질을 열심히 하고 서 있었습니다. 망건 밑으로 흘러내린 머리털들을 망건 속으로 보기좋게 밀어넣어 올리는 쇠뿔 염발질을 점잔하게 하고 있어요.
>
> 明鏡(명경)도 이만큼은 특별나고 기름져서 이승 저승에 두루 무성하던 그 노랫소리는 나온 것 아닐까요?
>
> ―「上歌手(상가수)의 소리」

한국식 '똥간'은 인간이 먹고 난 것을 땅으로 되돌린다. 똥오줌이 거름이 되어 곡식의 기운을 돋우고 그것이 다시 먹을 것이 되는 과정은 삶의 내부에 깊숙이 스며 있는 자연과 생명의 순환 과정을 함축한다. 그 순환에는 소멸과 죽음이 포함되어 있으나, 이들은 생명과 영원의 무한한 연쇄에 포함된다. 특별나고 기름진 명경인 똥오줌 항아리, 재래식 화장실은 하늘과 땅의 기운에 조화되는 한국적 삶의 공간이 갖는 특징을 보여 준다.

상가수 노랫소리의 무한히 포용하는 아름다움은 하늘의 별과 달마저 비치는 똥오줌 항아리의 반들반들한 아름다움과 닮아 있다. 똥오줌이 거름이 되고, 하늘이 똥오줌 항아리에 비치면서 땅과 하늘은 서로가 서로에게 열려 있다. 상가수의 노래가 이승과 저승에 뻗치면서 삶과 죽음을 넘나드는 것처럼 말이다.

3. 「질마재 신화」의 시적 비약-비루함에서 신비로움으로

하나의 원형(圓形)처럼 이어진 시공간의 온전한 통합을 시속에 구축하는 방식은 현실의 격절과 훼손, 결여에 대한 시인의 문학적 발언임이 분명하다. 여기에는 어떤 상황에서도 망가지지 않아야 할 삶의 순수한 가치에 대한 시인의 믿음이 존재한다. 서정주가 『질마재 신화』에서 '질마재'라는 지극히 현실적이고 비루한 삶의 공간을 시적 출발로 삼으면서도, 거기에 '신화'라는 이름을 붙일 수 있었던 것은 언제나 현실을 넘어서는 신비로움과 경이를 재현할 수 있었기 때문이다. 이 재현에 관여하는 것이 서정주의 삶에 대한 믿음임과 동시에, 그의 시적 형상화의 방식이다.

陰(음) 七月(칠월) 七夕(칠석) 무렵의 밤이면, 하늘의 銀河(은하)와 北斗七星(북두칠성)이 우리의 살에 직접 잘 배어들게 왼 食口(식구) 모두 나와 딩굴며 노루잠도 살풋이 부치기도 하는 이 마당 土房(토방). 봄부터 여름 가을 여기서 말리는 山(산)과 들의 풋나무와 풀 향기는 여기 저리고, 보리 타작 콩타작 때 연거푸 연거푸 두들기고 메어 부친 도리깨질은 또 여기를 꽤나 매끄럽겐 잘도 다져서, 그렇지 廣寒樓(광한루)의 石鏡(석경) 속의 春香(춘향)이 낯바닥 못지않게 반드랍고 향기로운 이 마당 土房(토방). 왜 아니야. 우리가 일년 내내 먹고 마시는 飮食(음식)들 중에서도 제일 맛좋은 풋고추 넣은 칼국수 같은 것은 으레 여기 모여 앉아 먹기 망정인 이 하늘 온전히 두루 잘 비치는 房(방). 우리 瘧疾(학질) 난 食口(식구)가 따가운 여름 햇살을 몽땅 받으려 홑이불에 감겨 오구라져 나자빠졌기도 하는, 일테면 病院(병원) 入院室(입원실)이기까지도 한 이 마당房(방). 不淨(부정)한 곳을 지내온 食口(식구)가 있으면, 여기 더럼이 타지 말라고 할머니들은 하얗고도 짠 소금을 여기 뿌리지만, 그건 그저 그만큼한 마음인 것이지 迷信(미신)이고 뭐고 그럴려는 것도 아니지요.

—「마당房(방)」 부분

"하늘의 은하와 북두칠성"의 기운을 받아들이고 "산과 들의 풋나무와 풀 향기"가 어리는 "마당방"은 수직/수평적으로 열려 있는 공간이다. 천체의 기운과 땅의 기운은 이 곳에서 뒤섞이고 자연과 우주의 운행 속에 인간들의 삶도 무리 없이 조화된다. "보리 타작과 콩타작 때"의 "도리깨질"이나 "제일 맛좋은 풋고추 넣은 칼국수 같은 것"을 모여 앉아 먹는 생활의 장면들이 깃들면서 마당은 삶과 노동을 아우르는 장소가 된다. 생활과 노동과 자연이 서로를 침해하지 않고 균형 있게 존재하면서 "마당방"은 "춘향이 낯바닥 못지않게 반드랍고 향기로운" 심미성을 획득한다. "하늘 온전히 두루 잘 비치는 방"인 마당방에 대한 묘사가 심미적 차원과 신화적 차원을 동시에 지시하는 묘사가 될 수 있는 것은, 생명과 노동에 대한 긍정이 천체의 운행이라는 우주적 섭리 속에 감각화되고 있기 때문이다. '마당방–하늘'의 이같은 연결을 통해 이 공간은 "학질 난 식구"들을 치료하는 신성한 치유의 힘마저 갖게 된다.

잘 다져진 마당방의 반드라움은 삶의 온갖 허접스럽고 누추하고 가지각색인 모습들이 거기에 차곡차곡 쌓여 이루어진 것이다. 세세한 삶의 결들은 때가 되고 이때는 오랜 시간의 적층을 통해 오히려 반드랍고 향기로운 것으로 전화된다. 누추함에서 심미적인 것으로의 전화는 '상가수의 똥오줌 항아리'에도 있고, 외할머니의 손때와 딸들의 손때가 칠해져 거울로 닦여진 '외할머니의 뒤안 툇마루'에도 있다. 어린 화자를 치료하고 병과 죽음을 넘어서는 반들반들한 공간은 땅과 하늘과 통하면서 자연의 우주적 힘을 구현한다.[5] 그러나 기실 이 치유의 힘은 오래도록 묵혀 쌓아진 생활의 힘, 그 누추함의 지혜에서 온 것으로 그것이 인간의 힘인지 자연의 힘인지 그 연원을 혼동하게 한다.

서정주 시의 자연과 인간의 관계는, 인간이 마음대로 변형을 가할

---

5 서정주 시가 때로 어린 아이의 화법을 쓰고 있다는 점은, 유년 시절이 우주적 몽상의 이미지와 연결되어 있다는 바슐라르의 지적에서 그리 멀리 떨어져 있지 않을 것이다. 유년 시절은 행복의 원형적 이미지를 간직하고 있고 시인의 몽상은 우리 속에 있는 유년 시절의 우주성을 일깨운다. 최초의 우주는 우리의 유년 시절에 대한 기억 속에 남아 있다. 가스똥 바슐라르, 김현 역, 『몽상의 시학』, 기린원, 1989, 123면, 141~144면 참조.

수 있는 객체로서 자연을 대상화하는 서양의 그것에 비해 분명 동양적 자연관의 전통에 연결되어 있다. 그런데 『질마재 신화』의 인간들은 자연의 일부로서 조화됨과 동시에 능동적으로 자연에 힘을 행사하는 특이한 모습을 보여 준다.

> 아이를 낳지 못해 自進(자진)해서 남편에게 小室(소실)을 얻어 주고, 언덕 위 솔밭 옆에 홀로 살던 한물宅(댁)은 물이 많아서 붙여졌을 것인 한물이란 그네 親庭(친정) 마을의 이름과는 또 달리 무척은 차지고 단단하게 살찐 玉(옥)같이 생긴 女人(여인)이었습니다. 질마재 마을 女子(여자)들의 눈과 눈썹 이빨과 가르마 중에서는 그네 것이 그 중 端正(단정)하게 이쁜 것이라 했고, 힘도 또 그 중 아마 실할 것이라 했습니다. 그래, 바람부는 날 그네가 그득한 옥수수 광우리를 머리에 이고 모시밭 사이 길을 지날 때, 모시 잎들이 바람에 그 흰 배때기를 뒤집어 보이며 파닥거리면 그것도 「한물宅(댁) 힘 때문이다」고 마을 사람들은 웃으며 우겼습니다. (중략)
>
> 그래 시방도 밝은 아침에 이는 솔바람 소리가 들리면 마을 사람들은 말해 오고 있습니다. 「하아 저런! 한물宅(댁)이 일찌감치 일어나 한숨을 또 도맡아서 쉬시는구나! 오늘 하루도 그렁저렁 웃기는 웃고 지낼라는 가부다」고……
>
> —「石女(석녀) 한물宅(댁)의 한숨」 부분

아이를 낳지 못하는 한물댁은 생산의 힘 대신 다른 힘을 지니고 있다. 그것은 모시잎의 배때기를 뒤집게 하는 힘이며 남녀노소 심지어 개나 고양이를 웃음 짓게 하는 힘이다. 그의 힘은 "차지고 단단하게 살찐 옥"같고 "눈과 눈썹 이빨과 가르마 중에"서도 "그 중 단정하게 이쁜" 그의 생김에 의해 더 실감을 얻는다. 모두를 미소 짓게 한다는 그네의 특징은 소소한 것일 수 있으나, '남녀노소' 모두에게 적용되면서 예사롭지 않은 것이 된다. "막강"하다는 화자의 평가는 이 예사롭지 않음을 더욱 확고하게 만든다. "개나 고양이도 보고는 그렇더라는" 소문을 능청스럽게 진짜인 양 전하는 화자의 목소리는 그네의 힘을 믿는 마을 공동의 목소리로 전이된다.

한물댁의 한숨 소리는 솔바람 소리처럼 은은하고 맑은 것이 되면서 현실의 시름과 고통의 이미지를 승화시킨다. 그가 도맡아서 쉬는 한숨 덕에 마을 사람들의 "그렁저렁 웃기는 웃고 지내"는 생활이 가능해진다. 현실과 육체의 불모성을 극복해 낸 한물댁의 힘은, 때로는 자연과 동화되고 때로는 사람과 자연을 움직이면서 죽음 후에도 신령, 자연, 대기처럼 질마재 마을을 감싸 안는다.

한물댁의 행적과 그에 대한 평가를 전하는 화자의 목소리가 소문에 기대 나오는 것은, 그녀의 힘에 대한 믿음이 마을 사람들 전체의 것임을 은근히 알려 주는 표지이다. "그 중 아마 실할 것이라 했습니다"는 전언이나 "마을 사람들은 웃으며 우겼습니다", "모두 그랬었지요", "아직 이어 내려오고 있습니다", "마을 사람들은 말해 오고 있습니다"와 같은 표현들은 소문을 전하는 화법을 통해 반복된다. 이같이 반복되는 표현들은, 한물댁의 '불모(不毛)'의 육체가 자연에 포개어져 '대모(大母)'의 육체로 승화되는 순간의 경이로움이 확고한 공동의 믿음으로 바뀌는 과정에 신빙성을 부여한다.

小者(소자) 李(이) 생원네 무우밭은요. 질마재 마을에서도 제일로 무성하고 밑둥거리가 굵다고 소문이 났었는데요. 그건 이 小者(소자) 李(이) 생원네 집 식구들 가운데서도 이 집 마누라님의 오줌 기운이 아주 센 때문이라고 모두들 말했습니다. (중략)

마을의 아이들이 길을 빨리 가려고 이 댁 무우밭을 밟아 질러가다가 이 댁 마누라님한테 들키는 때는 그 오줌의 힘이 얼마나 센가를 아이들도 할수없이 알게 되었습니다. ―「네 이놈 게 있거라. 저 놈을 사타구니에 집어 넣고 더운 오줌을 대가리에다 몽땅 깔기어 놀라!」 그러면 아이들은 꿩 새끼들같이 풍기어 달아나면서 그 오줌의 힘이 얼마나 더울까를 똑똑히 잘 알 밖에 없었습니다.

―「小者(소자) 李(이)생원네 마누라님의 오줌 기운」 부분

알뫼라는 마을에서 시집 와서 아무것도 없는 홀어미가 되어 버린 알묏댁은 보름사리 그뜩한 바닷물 우에 보름달이 뜰 무렵이면 행실이 궂어져서 서방질을 한다는 소문이 퍼져, 마을 사람들은 그네에게서 외면을 하고 지냈읍니다만, 하늘에 달이 없는 그믐께에는 사정은 그와 아주 딴판이 되었습니다. (중략)

방 한 개 부엌 한 개의 그네 집을 마을 사람들은 속속들이 다 잘 알지만, 별다른 연장도 없었던 것인데, 무슨 딴손이 있어서 그 개피떡은 누구 눈에나 들도록 그리도 이뻐게 만든 것인지, 빠진 이빨 사이를 사내들이 못 볼 정도로 그 이빨들은 그렇게도 이뿌게 했던 것인지, 머리털이나 눈은 또 어떻게 늘 그렇게 깨끗하게 번즈레하게 이뿌게 해낸 것인지 참 묘한 일이었습니다.

―「알묏집 개피떡」 부분

욕 잘하는 이생원네 마누라의 오줌발은 "질마재 마을에서도 제일로 무성하고 밑둥거리가 굵"은 무우를 길러내는 힘의 근원이다. "밑둥거리가 굵"은 무우나 "저 놈을 사타구니에 집어 넣"는다는 원초적인 이미지들은 매우 생생한 것이어서 이생원네 마누라의 힘, 무우밭을 기르는 것으로 상징되는 생산의 힘을 '더운' 언어로 전달한다. 이 힘에 의해 이생원네 마누라는 '마누라님'이라는 위풍당당한 호칭을 마을 사람들에게서 얻게 되는 것이다.

「알묏집 개피떡」의 알묏댁은 서방질을 한다거나, 이빨이 빠졌다는 결함에도 불구하고 그네의 솜씨 좋은 개피떡으로 마을 사람들 모두에게 인정을 받는다. 여기에는 몇 가지 경이로움이 개재되어 있다. 먼저 빠진 이빨에도 불구하고 연애를 잘한다는 것에 대한 경이로움. 그리고 아무것도 없이 오직 그네의 손맵시 하나로 누구의 맘에 다 들도록 개피떡을 만든다는 사실의 경이로움이다. 알묏댁의 행동은 차고 이지러지는 달의 순환과 맞물리면서 신비한, 그러나 자연스레 수긍되는 것이 된다.[6]

『질마재 신화』가 보여주는 여성들의 형상은 이처럼 스스로 자신과 현실의 결여를 메우고 자연의 힘을 북돋우는 것이다. 그들이 현실의 결핍과 괴로움에 소진되지 않고 생산성의 힘을 얻는 것은, 누추하고 저속한 일상이 경이롭고 아름다운 것으로 탈바꿈하기 때문이다.[7] 저열

---

6 인간 사회에서 여성의 조건은 인간 생명의 탄생과 유지와 매우 밀접한 관계를 맺는데, 어떤 의미에서 여성은 남성보다 더 자연의 중심에 위치한다. 구석기 시대의 비너스 입상들에서도 발견할 수 있듯이, 여성의 월경의 주기와 달의 주기 사이의 공통점이라던가 천상의 생명주기와 지상의 생명주기 사이의 대응 관계가 대개 여성의 신체를 통해 표현된다는 것은 매우 보편적인 상징 체계에 속한다. 조지프 캠벨, 과학세대 역, 『신화의 세계』, 까치, 1998, 6면, 19면 참조.

하거나 사소하게 여겨질 수도 있는 인물들이 공동체 모두에게 심미적인 대상으로 바뀌는 이 과정에는 일종의 비약이 존재한다. 공동체의 목소리를 전하는 화자의 화법에는 사실 시인 자신의 목소리를 공동체의 그것에 투영하는 과정이 미리 존재하기 때문이다.

현실의 비루함이 신비함이나 경이로움, 아름다움으로 나타날 수 있다면 그것은 일종의 시적 승화를 통해 가능하다. 「눈들 영감의 마른 명태」에서 억센 명태를 이 하나 없는 여든 살짜리 할아버지가 먹는 광경은 "참, 용해요"라거나 "신화의 일종"이라는 수사로 표현된다. 그리고 「神仙(신선) 在坤(재곤)이」에서, 가난함과 삶의 고통은 신비롭고 경이로운 것으로 승화된다.

비루함을 아름다운 것으로 승화시키는 사고 속에는 '삶은 비루하지만 아름다운 것'이라는 하나의 태도가 있을 수 있다. 가령, 박재삼의 "진주 남강 맑다 해도/오명 가명/신새벽이나 밤빛에 보는 것을,/울엄매의 마음은 어떠했을꼬./달빛 받은 옹기전의 옹기들같이/말없이 글썽이고 반짝이던 것인가."(「추억에서」 부분)[8]라는 구절에는 가난하고 고

---

7 서정주는 그의 자서전에서 이생원네 마누라에 대해 다음과 같이 말하고 있다. "소자 이 생원 내외는 이런 대결이 끝난 날 밤들을, 그 이생원의 낚시질판과 내리미질판에 헤엄치고 뛰놀던 숭어와 갈매기를 눈앞에 그리며 무엇을 생각하고 느끼고 살았을까? 혹 그것은 온몸이 으스러질 듯한 굉장히 황홀한 감각이었을는지도 모른다. 신바람나는 회오리바람이 이는 굉장한 것이었을는지도 모른다. 사람들과 같이 사는 지혜와 정조에 있어선 모자랐다 할망정, 시끄러운 접전이 많아 흠이지 감각이 신나기는 이 집이 신나는 거였을는지도 모르겠다"(서정주, 「질마재」, 『미당 자서전』, 민음사, 1994, 88~89면). 아마도 서정주는 함께 사는 지혜가 모자라고 시끄럽다는 결함을 가진 이 인물에게서 '신나는 감각'을 취해, 이 시와 같은 형상으로 윤색한 것일 터다. 여기서 그가 현실의 결함 많은 인물들을 어떻게 온전한 형상으로 뒤바꿔 놓는지를 볼 수 있다.

8 박재삼, 『박재삼 시전집 1』, 민음사, 1998.

통스럽지만, 서글프게 아름다운 시절의 순간이 형상화된다. 반면 '삶은 비루하므로 아름답다'라는 태도 또한 있을 수 있다. 그런데 서정주의 시적 승화에는 이 같은 태도들과는 또 다른 지점이 있다. 아마도 '삶은 비루함과 관계 없이 아름답다'라는 태도라 볼 수 있을 것 같은데, 이것은 그가 「무등을 보며」에서 "가난이야 한낱 襤褸(남루)에 지내지 않는다"라고 했을 때의 그러한 인식이다. 『질마재 신화』는 현실의 비루함에서 출발하되 그것을 뛰어넘는 시적 비약을 보여 준다. 그리고 이 비약을 가능하게 하는 것은, 개인의 목소리를 공동체의 목소리로 바꾸는 화법과 형식 즉 언어의 비약이다.

4. 개인의 언어와 공동체의 언어

서정주가 『신라초』와 같은 시집에서 경도되었던 관념적인 몸짓을 『질마재 신화』에서 피해갈 수 있었던 것은, 그리고 현실을 초월하는 그의 낙천성이 텅 빈 것이 되지 않을 수 있었던 것은 여러 논자들이 지적한 바대로 『질마재 신화』의 형식이 있었기에 가능했다.[9] 『질마재

---

9 김선학은 『질마재 신화』의 설화 수용에 의의를 두면서 「新婦(신부)」를 이 시집의 가장 성공적인 예로 들고 있다. (김선학, 「설화의 시적 수용-『질마재 신화』를 중심으로」, 『한국문학연구』 3, 1981.2 참조). 형식적 측면에 대한 이후의 여러 논의들 역시 『질마재 신화』의 서술시적 성격, 혹은 이야기시로서의 성공을 논하고 있다. '이야기시=민중시'로까지 확대되는 이같은 논의들은 그 규정의 폭이 모호하고, 장르적 성격을 시의 형식과 매개 없이 연결시키는 비약을 하고 있다고 생각된다(유종호, 앞의 글과 유종호, 「서라벌과 질마재 사이」, 『현대문학』, 2001.2 참조). 이 글에서는 『질마재 신화』의 장르적 문제보다는 작품의 화법과 어조, 문체 등의 내부적 특성에 주목하려 한다.

신화』의 언어와 화법들은 스스로 흘러넘쳐 『질마재 신화』를 이루는 하나의 내용이 된다.

> 「누구네 마누라허고 누구네 男丁(남정)네허고 붙었다네!」 소문만 나는 날은 맨먼저 동네 나팔이란 나팔은 있는 대로 다 나와서 〈뚜왈랄랄 뚜왈랄랄〉 막 불어자치고, 꽹과리도, 징도, 小鼓(소고)도, 북도 모조리 그대로 가만 있진 못하고, 퉁기쳐 나와 법석을 떨고, 男女老少(남녀노소), 심지어는 강아지 닭들까지 풍겨져 나와 외치고 달리고, 하늘도 아플 밖에는 별 수가 없었습니다.
>
> 마을 사람들은 아픈 하늘을 데불고 家畜(가축) 오양깐으로 가서 家畜用(가축용)의 여물을 날라 마을의 우물들에 모조리 뿌려 메꾸었습니다. 그러고는 이 한 해 동안 우물물을 어느 것도 길어 마시지 못하고, 산골에 들판에 따로 따로 生水(생수) 구멍을 찾아서 渴症(갈증)을 달래어 마실 물을 대어 갔습니다.
>
> ―「姦通事件(간통사건)과 우물」 부분

> 白舜文(백순문)의 四兄弟(사형제)는 뱃사람이었는데, 乙丑年(을축년) 봄 風浪(풍랑)에 맏兄(형) 舜文(순문)이 목숨을 빼앗긴 뒤 남은 三兄弟(삼형제)는 深思熟考(심사숙고)에 잠겼습니다.
>
> 深思熟考(심사숙고)는 그러나, 그걸 오래 오래 하고 지내보자면 꼭 그것만으로는 견디기 어려운 것이어서, 큰 아우 白冠玉(백관옥)이는 술로 그 長短(장단)을 맞추었던 것인데, 이 사람은 술도 가짜 술은 영 못 마시는 性味(성미)라, 해마다 密酒(밀주)를 담아서는 숨겨두고 찔큼찔큼 마시고 앉았다가 巡警(순경)한테 들키면 그 때마다 罰金(벌

금)만큼 懲役(징역)살이를 되풀이 되풀이해 살고 나와야 했습니다. 둘째 아우 白士玉(백사옥)이도 그 긴 深思熟考(심사숙고)의 사이, 마지못해 사용한 게 술은 술이었지만, 그래도 白士玉(백사옥)이 술은 眞假(진가)를 까다롭게 가리지도 않는 것이어서 아무것이나 생기는 대로 처마셨기 때문에 罰金條(벌금조)로 또박또박 懲役(징역)살러 갈 염려까지는 없었지마는, 그놈의 惡酒毒(악주독)으로 가끔 거드렁거리고, 웃통을 벗고 덤비고, 네갈림길 넓적바위 같은 데 넓죽넓죽 나자빠져 버리고 하는 것이 흉이었습니다.

—「深思熟考(심사숙고)」 부분

「간통사건과 우물」에서 간통 사건의 상처는 동네 사람들 공동의 상처로 전이된다. 가축용 여물을 공동의 우물에 푸는 행위는 받아들임을 위한 상징적 제의다. 이 의식(儀式)은 괴로움과 죄책감을 마을 전체의 것으로 끌어안겠다는 생각을 담고 있다. 죄에 대한 벌을 당사자에게 내리는 것이 아니라, '갈증'을 통해 함께 벌받고 기억하는 공동체의 행위에 의해 간통 사건의 파장은 포용되고 치유된다. 이러한 긍정의 미학은 인용 부분의 낙천적 언어들에 의해 힘을 얻는다. 나열되는 대상들의 수선스러움은 얼핏 간통 사건이 한 마을 안에 끼친 커다란 파장을 증명하는 것처럼 보이지만, "뚜왈랄랄 뚜왈랄랄 막 불어자치고", "퉁기쳐 나와 법석을 떨고", "풍겨져 나와 외치고 달리"는 사물과 사람에 대한 묘사를 따라 읽어가다 보면 어느새 고통과 상처의 이미지가 낙천적 어조와 말의 구사에 의해 정화되고 있음을 알 수 있다.[10]

10 정효구는 『질마재 신화』를 논하는 자리에서 연민과 사랑, 신비와 외경의 감정은 우주

다음 시에서 "심사숙고"란 제목은 맏형의 죽음이라는 커다란 사건에 대한 형제들의 괴로움을 무겁게 전달하는 표지이다. 그러나 이 시에서 비극적 사건을 겪고 난 형제들의 모습은 희화화되는데, 그것은 그 내용으로서가 아니라 그것을 묘사하는 표현에 의해서 그렇게 된다. 시의 화자는 형제들의 괴로움에 "심사숙고는 그러나, 그걸 오래 오래 하고 지내 보자면 꼭 그것만으로는 견디기 어려운 것이어서"라고 슬쩍 끼어든다. 화자의 끼어듦은 그들의 행동을 전달함과 동시에 그 모습의 느낌에 적극적으로 개입하고 그것을 변형한다. "찔큼찔큼 마시고 앉았다가", "되풀이 되풀이해 살고 나와야 했습니다", "아무것이나 생기는 대로 처마셨기 때문에", "또박또박 징역살러 갈 염려까지는 없었지마는", "넓죽넓죽 나자빠져 버리고 하는 것이 흉이었습니다"에서 '찔큼찔큼, 또박또박, 넓죽넓죽'과 같은 부사나, '앉았다가, 처마셨기 때문에, 나자빠져 버리고'와 같은 서술어는 대상을 희화화시키고 '심사숙고'의 무거움을 가벼운 것으로 바꾼다. 가난의 고통은 잉여적이고 익살스런 말 재미에 녹아든다.

> 여자의 아이 낳는 구멍에 말뚝을 박아서 멀찌감치 내던져 버리는 놈하고 이걸 숭내내서 갓 자라는 애기 호박에 말뚝을 박고 다니는 애녀석들만 빼놓고는 인젠 아무도 벼락을 무서워하는 사람은 거의

와 삼라만상에 대하여 신화적 인간이 가질 수 있는 것으로 동전의 양면과도 같이 맞물려 있다고 말하였다. 우주의 '비극적 진실'과 '경이적 진실'을 함께 인식할 때 인간은 우주 만물과 함께 공동체적 삶을 살아갈 수 있으며 신 같은 존재로 승화된다는 것이다(정효구, 「우주 공동체와 문학」, 『현대시학』, 1994.1, 263면 참조). 이것은 신화의 보편론인데, 위의 시에서 연민이 긍정으로 환치되는 지점은 언어적 측면에 기대 있는 것처럼 보인다.

없이 되어서, 아무리 번개가 요란한 궂은 날에도 삿갓은 내리는 빗 속에 머윗잎처럼 自由(자유)로이 들에 돋게 되었습니다.

—「분지러 버린 불칼」 부분

「분지러 버린 불칼」의 인용 부분은 '못된 애녀석들 빼고는 아무도 벼락을 무서워하지 않고 자유로이 들에 나다녔다'는 간명한 의미로 옮길 수 있다. 사실 "여자의 아이 낳는 구멍에 말뚝을 박아서 멀찌감치 내던져 버리는 놈"은 있을 법하지 않은 일에 대한 상상이고, "갓 자라는 애기 호박에 말뚝을 박고 다니는"이라는 구절은 행동의 구체화며, "삿갓은 내리는 빗 속에 머윗잎처럼 자유로이 들에 돋게 되었습니다"는 들에 다니는 사람들에 대한 비유라는 점에서 의미론적으로는 모두 잉여적인 표현이다. 그러나 이러한 말의 잉여가 전봉준이나 벼락과 관련된 이 시의 설화를 윤택하게 읽어낼 수 있도록 한다. 이 시의 뒷부분에서 "「하나, 둘, 셋, 넷, 다섯, 여섯, 일곱, 여덜, 아홉, 열」 그렇게 세는 것이 아니라 「한나, 만나, 淸國(청국), 大國(대국), 얼기빗, 참빗, 胡(호)좆, 말좆, 벙거지, 털렁」" 세는 모습 또한 『질마재 신화』의 말의 잉여가 큰 시적 효과를 담당하고 있음을 보여 준다.

이와 같은 『질마재 신화』의 언어들은 공동체의 언어를 이어받아 그것을 다시 새롭게 창조해 내는 개인의 언어이다. 말의 잉여와 낙천적 어조, 사건을 윤색하여 전달하는 화자의 화법과 문체가 없었다면 '질마재'에서 '신화'로의 비약은 불가능했을 것이다. 『질마재 신화』의 시들은 현실에 존재하는 공동체의 언어에서 출발하여 서정주라는 개인의 언어가 되었다.

그리고 이제 남는 문제가 또 하나 있다. 다시, 서정주 개인의 언어는 공동체의 언어가 되고 있는가? 공동체가 지닌 언어의 토양에서 서정주 개인의 언어가 탄생하며 이루어진 시적 비약은, 그 반대의 과정에서도 비약을 허용하는가? 이러한 문제는 궁극적으로 앞 단락에서 논하였던 서정주 시가 구현하는 현실, 현실을 넘어서는 보편적 시간과 공간의 문제에까지 연결된다.

5. 한국현대시사와 『질마재 신화』의 성취

근대가 태동되는 시기, 판소리와 탈춤의 언어들은 당대 민중의 욕망과 역동적 에너지를 담음으로써 그 시대의 필연적인 문학적 형식이 되었다. 김소월의 시는 "자연에의 초월이 거의 불가능해진 현대인의 좌절"[11]을 고유한 형식으로 읊음으로써, 우리 현대시의 전통이 되었다. 여기에는 공동체의 언어를 수용하고 재창조하여 그것을 다시 공동체의 언어에로 되돌리는 생산적인 순환의 과정이 있다.

『질마재 신화』는 현실의 불모성을 넘어서는 긍정과 낙관으로써, 훼손된 한국 근대사와 근대의 시간에 대한 대칭적 시간, 이렇게 말해도 좋다면 '초근대적' 시간으로 이루어지는 시적 공간을 창출했다. 『질마재 신화』는 앞의 시집들과 달리 분명하게 현실의 가난과 고통이라는 비루한 공간에서 출발한다. 서정주는 그의 독특한 시적 언어와 화법이 만들어낸 심미적 형상화로써 이 비루함을 뛰어넘는 시적 비약을 만들

11 김종길, 「자연, 시, 동아시아의 전통」, 『2000 서울 국제 문학 포럼-경계를 넘어 글쓰기』 1권, 대산문화재단, 2000, 61면.

어 내었다. 여기에는 현실의 힘에 침해당하지 않는 보편적인 인간성에 대한 시인의 지향이 담겨 있다. 이 지향은 때로 심미적으로, 때로 해학적으로 형상화되는 시의 언어 속에서 꽤 성공적인 효과를 거둔다. 비루한 것 속에 있는 경이와 신비로움을 잡아내는 힘이야말로 서정주 고유의 자질이다.

그러나 『질마재 신화』의 언어가 다시 공동체의 언어로 되돌아가려는 순간, 서정주가 이루어냈던 시적 비약은 이제 장애물이 된다. 신비로움, 즉 온전한 성(聖)의 공간이 이미 구현되지 않는 깨어진 근대의 시간 속에서 보편적인 신비를 접하는 것은 순간에서만 가능할 뿐이다. 아마도 시적 암시에 의해서만이 이 순간의 재현이 허용되는 지도 모른다. 보들레르가 현대를 여는 위대한 시인이 된 것은, 그가 「넝마주이의 술」에서 노래하였던 것처럼, 속(俗) 안에 있는 성(聖)을 발견하고 시로 만들어냈기 때문일 것이다. 그 안에서 찰나적인 것 안에 있는 영원, 추함 안에 있는 아름다움이 피어난다. 이 발견이 근대 이전과 근대 이후를 가름과 동시에 보편과 영원에 대한 현대인의 지향을 시로 형상화한다.[12] 중요한 것은 이 속과 성의 긴장 관계가 해소되지 않음으로써, 양쪽은 서로를 끝내 파기해 버릴 수 없는 존재로 시 속에 나타난다는 것이다. 어쩌면 이 긴장이야말로 현대시의 진실이라 말할 수 있는 것일지도 모른다.

『질마재 신화』의 시편들은 현실에서 출발하였으나, 시적 비약이 이루어지는 순간 현실의 비루함과 추함이 온전하게 무화된다.[13]

12 근대 이후 영원한 시간에 대한 서정주 시와 보들레르 시의 비교로 황현산의 논의를 참고할 수 있다. 황현산, 「서정주, 농경사회의 모더니즘」, 『한국문학연구』 제17집, 1995.3 참조.

현실을 신화화한 언어들은 비약의 순간을 담당하였으나, 그 임무를 다한 순간 그것이 출발한 현실의 자리도 부재한다. 서정주의 시에 문학사의 창조력을 갱신하는 에너지의 적극성이 부족하다면[14], 바로 끝내 하나 되지 못하는 현실과 영원의 긴장이 부재하기 때문이다. 『질마재 신화』는 현실에서 출발함으로써, 앞의 시집들과 구별되는 지점을 가졌으나 시적 비약이 다시 맺을 수밖에 없는 현실과의 관계를 망각함으로써 서정주의 다른 시집들과 근본적 연속성을 지니게 된 것이다. '박꽃 시간'의 고유한 언어적 질감도, '특별나고 기름진 明鏡(명경)'의 웅숭깊은 이미지도 없는 「신부」와 같은 시에서 이러한 망각은 극대화된다. 우리는 여기서 영원과 순수를 보존하려는 노력이, 현실의 마멸을 끊임없이 견디고자 하는 고군분투에서 산출된 것이 아닐 때 가질 수밖에 없는 한계를 본다.

따라서 『질마재 신화』의 시편들은 "본질적으로 신화의 언어인데 모든 존재와 사물 앞에서 그 기원과 현실을 혼동한다"[15]거나 "형이상학

13 이광호는 서정주의 중기시를 논하면서 그의 시가 현실과의 의미있는 연관을 제거함으로써, 평정의 미학을 보장하는 한편 경험세계의 모순을 배제하여 역동성을 잃게 된다고 말하였다. 그는 『질마재 신화』에 대한 판단은 유보하였지만, 이 같은 지적은 『질마재 신화』에서도 여전히 유효하다. 이광호, 「영원의 시간, 봉인된 시간-서정주 중기시의 〈영원성〉 문제」, 『작가세계』, 1994년 봄 참조.

14 김우창은 서정주 시의 실패를 논하는 자리에서, 한국의 현대 시인이 경험의 모순을 충분히 참작하지 못함으로써 부단히 변화하며 부정하고 종합하는, 움직이는 구조를 담아내는 데 실패하고 만다고 논했다. 그는 이어 구조가 아니라 구조를 만드는 활동이 중요하다고 지적하는데, 이는 우리 시대의 모순과 대립을 아울러 거머쥐는 어떤 한 점에서만 구조적인 핵심을 발견할 수 있다는 것이다. 어둠과 모순을 통하지 않고는, 창조력을 선언하는 정신의 자기 긍정이 이루어질 수 없다는 김우창의 말은 서정주 시에 대한 매우 적확한 비판이 된다. 김우창, 「한국시와 형이상」, 『미당 연구』, 민음사, 1994 참조.

15 황현산, 「시적 허용과 정치적 허용」, 『포에지』, 2000년 겨울, 15면.

적 초월 미학"[16]이라는 점에서 비판받는 서정주 시의 전체에 대한 비판에서도 완전히 자유롭지 못하다. 『질마재 신화』의 시들이 한국 시라는 공동체의 언어에 기름진 토양을 첨가하기 위해서는, 시간의 마멸을 견디는 보편성의 구현이 바로 현재의 시간을 무화하는 자리에서는 탄생할 수 없음을 더 철저하게 자각해야만 했다.[17]

우리는 앞에서 서정주 시를 논할 때 맞닥뜨리게 되는 역설을 확인한 바 있다. 이러한 역설 앞에서 서정주에 대한 상반된 평가는 때로는 논리적 소통이 불가능한 것처럼 여겨지기도 하였다.[18] 그러나 다시 말하자면, 서정주의 시는 언어가 배제할 수 없는 이데올로기의 문제를 마치 그럴 수 있다고 여김으로써, 역설적으로 끊임없이 언어와 이데올로기의 문제를 환기시키는 시가 되었다.

이 같은 서정주의 시적 이력 속에서 『질마재 신화』는 더욱 복잡한 위치를 차지한다. 『질마재 신화』의 성공적인 시들은 "부족방언의 순화"[19]라거나 "존재의 한 순간을 잊혀지지 않는 그리움의 순간으로 만

---

16 구모룡, 「초월 미학과 무책임의 사상」, 위의 책, 31면.

17 아도르노는 초시간적인 것보다 더 시간적인 것은 없다고 말한 바 있다. 그것은 본질이나 순수를 간직하기 위한 초시간성은 현존재를 포기하는 형이상학적인 것이 됨으로써, 보다 더 소멸되기 쉬운 상태가 되기 때문이다. 초시간적인 것이야말로 시간의 흐름 속에 소멸하기 쉬운 것이 되기 쉽다는 아도르노의 지적은, 영원성을 추구하는 시들이 늘 생각해야만 하는 문제일 것이다. Theodor W. Adorno, *Against Epistemology*, trans. by Willis Domingo, Basil Blackwell·Oxford, 1982, 90면 참조.

18 한 예로, 서정주 시에 대한 매우 강도 높은 비판인 임우기의 지적은 주목할 만하지만, 그럼에도 다음과 같은 다소 비약적인 구절을 낳기도 한다는 점을 눈여겨보아야 한다. "세속적 삶에서의 인간 수련이야말로 예술성에 이르는 빼놓을 수 없는 중요한 길인 것이다. 그러므로 시에서의 신명의 부재는 바로 시인의 세속적 삶의 무갈등성을 말해 주는 것일 수 있다."(임우기, 「오늘, 미당 시는 무엇인가?」, 『문예중앙』, 1994년 여름, 275면)

19 유종호, 「소리지향과 산문지향」, 『작가세계』, 1994년 봄, 83면.

들어준 시"[20]로서 서정주의 시의 새로운 세계를 연 것으로 평가받기도 하였다. 앞에서 살폈던 것처럼, 훼손된 근대의 삶을 복구하는 이미지로서의 새로운 시간성을 구현하고 자연의 생산성을 긍정하는 미학을 성립했다는 점 역시 한국문학사의 성취로 평가해야 한다. 하지만 현실의 시간을 무화시킨 『질마재 신화』의 언어는 한국문학사의 전범이 될 만한 보편성의 성취에까지는 다다르지 못하였다. 서정주의 『질마재 신화』는, 시간의 흐름 속에서도 소모되지 않고 끊임없이 갱신되는 시의 형식은, 시간을 초월한 자리가 아니라 그 시의 토양인 현실에 다시 자신의 언어를 되돌려 주는 자리에서 가능해진다는 사실을 확인시켜 준다.

20 유종호, 「서라벌과 질마재 사이」, 『현대문학』, 2001.2, 69면.

2부

부서진 인간과 깨진 말들

부재하는 형식과 전후戰後 한국시의 실존

—송욱의 시학과 시의 언어들

1. 절단면과 접합면
—전후 신세대 작가들의 문학 환경에 대한 의식

장용학은 잘 알려진 그의 글 「감상적 발언」(『문학예술』, 1956.9.)에서, 한국전쟁 후에 등장하는 신세대 작가들을 "동란이 준 압력을 감당하지 못하고 지친 기성층"과 분명하게 구분하였다. 그는 신세대 작가들의 가장 큰 특징을 '반자연주의'로 규정하며, 구세대이며 자연주의자인 '그들'과 다음과 같은 분할선을 설정한다.

> 그들과 우리는 살고 있는 세계가 다르다. 그들이 둘리어 싸인 것은 소위 '환경'이어서 그들은 그것을 관찰하였지만 우리는 '메카니즘' 속에서 호흡하고 있다. 그들의 불행은 '유전'에서 온 것이지만 우리의 그것은 부조리에서 온 것이다. 그들의 이그조티시즘은 아프리카 대륙이면 풀릴 수 있는 것이었지만 우리의 그것은 '역사' 밖으로 나가야 한다. 그들은 절망을 절망했고 우리는 구원을 절규한다. 그들은 센티멘탈리스트요 우리는 레알리스트이다.[1]

자신들의 “불행”을 ‘부조리한 현실’에서 연원한 것으로 보는 이 실존주의적인 세계에서 특기할 만한 것은, 그들의 환경이 과거 세대의 그것과 다르다는 점과 함께 신세대가 서 있는 경험적 지평이 전세계적 경험 지평과 동일하다는 의식이었다.[2] 그에게 백철과 김동리 등으로 대표되었던 구세대는 “구대륙을 지키기 위하여 신조류를 막아내려는 방파제의 번병”으로 비치며, “세계사의 이대 조류가 부딪친 전쟁을 이 땅에서 겪은 이 마당”에 아직도 신세대를 향하여 “서구의 모방”을 하고 있다는 식의 비난을 하는 구세대에, 장용학은 “양복에 갓을 쓴 것이 우습다고 해서 그 당시 그대로 바지저고리를 입었어야 했다는 말인가”라고 반발한다. 일본 신인들의 영향을 받은 것이 아닌가 하는 구세대의 회의를 의식하며, 그는 단호하게 “일본의 신인과 이 땅에 신인은 그 세대가 같다는 것, 식민지 시대와 달라 양쪽의 문학 활동은 병행되어 있다는 것”을 강조한다.[3]

이와 같은 선언적 발언은, 이광수가 「문학이란 하오」에서, 조선 문학의 진전을 가로막은 원인을 “중국 사상의 노예”[4]가 되었던 데서 찾고, 30여 년 전 이미 언문일치체로 나아갔을 뿐 아니라 ‘국문학’을 지녔던 일본의 신문학과 비교하며 조선 신문학의 낙후를 개탄한 이래로, 조선의 문학가들이 거의 한 번도 가져보지 못했던 의식이다. 다음과 같은 장용학의 말과, 이광수의 『흙』 비판을 『문학평전』의 첫 머리에 놓은 송욱의 발언을 나란히 놓고 보면, 전후의 문학을 담당하는 신세대

1 박창원 엮음, 『장용학 문학 전집 6』, 국학자료원, 2002, 30면.

2 이와 같은 전후 신세대의 의식에 대해 선행 연구들에서 지적된 바 있다. 김건우, 「한국 전후세대 텍스트에 대한 서론적 고찰」, 『외국문학』 49, 열음사, 1996, 213면 참조.

3 『장용학 문학 전집 6』, 23~28면.

4 이광수, 『이광수 전집 1』, 우신사, 1979, 551면.

작가들의 문학에 대한 관점은 더욱 분명해진다.

> 우리의 기도는 인간의 구원에 있다. 우리는 인간을 위해서 쓰는 것이 대중을 위해서 쓰는 것이라고 믿고 있다. 대중을 위하는 것이 인간을 위하는 것이 되었던 감상적 시대는 지났다고 본다. 오늘날에 있어서는 인간의 해방이 없이는 대중의 해방이란 있을 수 없다는 것을 알고 있다. (중략) 그러기 때문에 오늘의 문학은 단 위에서 대중을 모아놓고 이야기하는 위치에 있는 것이 아니다. 단에서 내려서 대중의 앞에 서서 대중과 같은 방향을 향하여 대중을 이끌고 밀림을 헤치고 나아가야 할 위치에 있는 것이다.[5]

> 이 작품(이광수의 『흙』: 인용자)에서 특히 중요한, 그리고 매우 한국적인 상투형을 가려낸다면, 첫째로 목가적이며 회고적인 민족관, 그리고 이와 합치고 있는 관념적 윤리관이며, 둘째로는 주로 지식인의 애욕모험담에 나타난 현대적 지성의 치정화(痴情化)를 들 수 있다. 그리고, 이 두 가지는 서로 밀접한 관계를 가질 수밖에 없다. 이는 모두가 이민족의 정치적 폭정 하에 놓여 있었던 일제하의 상황과 분리할 수 없는 것이기 때문에![6]

장용학과 송욱의 초점은 다르지만, 이들의 논의에서 "단 위에서 대중을 모아놓고 이야기하는 위치"에 작가가 서 있을 때, "관념적인 윤리

---

5 『장용학 문학전집 6』, 34~35면.

6 송욱, 『문학평전』, 일조각, 1969, 52면.

관"을 설파하게 됨과 동시에 "감상적" 또는 "통속문학"(『문학평전』, 52면)이 되는 것은 어느 정도 필연적이다. 장용학과 송욱은 위의 글에서 다 같이 구세대의 그것과는 다른 '휴머니즘'을 이야기한다. 장용학은 "우리의 휴매니즘은 자선사업이 아니"며 "오늘의 인간주의는 매카니즘-합리적 '인간성'에서 '인간'을 구원해내는 의욕이어야 할 것"(「감상적 발언」, 35면)임을 주장하고, 송욱은 이광수의 『흙』에 대한 비판에 '일제하의 한국 휴머니즘 비판'이라는 제목을 붙이고 있다.

새로운 문학의 인간주의를 표방하는 이들의 의식 속에서, 이광수의 문학 그리고 그 뒤를 잇는 식민지 시대 기성세대의 문학은 "계몽"과 "오락" 사이를 오가는 것이거나 "계몽"을 구실 삼아 지성을 "오락"화 시키는 것이었다. 송욱이 『시학평전』을 통해 보여준 비평의 체재는, 이 관념적 윤리와 통속화된 상투형의 구세대의 문학에 가능한 한 현대적 지성의 방법론으로 대항하는 것이었다. 송욱의 교양주의적 태도에도 그 계몽성이 휘발되었다고 보기는 어렵지만, 계몽과 통속을 지성으로 대체하려는 그의 기도는 새로운 비평의 정신인 것임에는 틀림없다.

송욱의 『시학평전』과 『문학평전』은 신비평의 원리와 실존주의적 지향을 바탕으로 하고 있으며, 한국문학사에서 표면적으로만 이해되어 왔던 상징주의의 시각을 본격화시키는 작업이기도 했다.[7] 무엇보다 이 '지성'을 가능하게 했던 것은, 첫머리에 지적했던 것과 같이 그들 세대가 해방과 전쟁을 계기로 경험적으로 구축한 과거와의 단절 의식

7 황현산은 송욱의 『시학평전』이 "프랑스의 상징주의 전통으로부터, 근대적 현실과 시가 맺어야 할 미학적 관계에 대한 문제의 제기와 그 해답의 일단을, 시의 언어적 실천의 초월적·윤리적 원칙을, 그리고 엄정한 창조·비평의식을 보았으며, 그것을 한국시의 한 전망으로 제시했다"는 점을 높이 평가하였다. 황현산, 『잘 표현된 불행』, 중앙북스, 2012, 372면.

이었으며 세계 문학과의 공통 감각이었다.[8]

그런데 송욱이 창작, 특히 시의 언어에 대해 이야기해야 하는 지경에 다다르면 거의 예외 없이 한탄의 심정으로 반복하는 전통 단절론은 이광수의 그것과 매우 닮아 있다. 자신들은 식민지의 구세대 작가들과는 다른 환경에서 문학을 시작하며, 전후의 실존 의식이 세계 문학과 자신들의 문학을 묶어 주는 공통분모임을 가정하면서도, 시의 형식을 구성하는 한국어를 논하는 자리에만 오면 당대의 문학 환경이 식민지 초기의 작가들을 둘러싸고 있던 그것과 한 치도 다름없음을 자인하는 이 태도는 어디에서 비롯되는 것일까?

이 글에서는 송욱의 이와 같은 전통 단절론이 식민지 이후 번역과 창작을 같이 했던 문학가들, 그 중에서도 시를 창작했던 문학가들에게서 반복적으로 나타나고 있음을 살펴보고, 이러한 반복이 한국 시문학사에서 시의 형식, 특히 음악성에 대한 강박과 어떻게 만나고 있는가라는 문제에 관심을 기울이고자 한다. 특히 송욱이라는 특별한 서양문학 매개자이자 시인의 궤적과 실험 안에 있는 비평과 창작의 언어를 살핌으로써, 한국의 시에 반복적으로 요구되곤 했던 과제들과 그에 대한 실천적 답변의 의미들을 평가해 보고자 한다.

---

8 송욱의 『시학평전』이 김기림과 최재서의 시론을 이으며 현대시분석의 새로운 분석의 지평을 연 것으로 보는 다음과 같은 시각 또한, 『시학평전』이 이와 같은 '지성'의 작업임을 전제하는 것으로 보인다. "이 책은 출간과 동시에 문단과 학계에서 커다란 반향을 일으켰다. 한 마디로 이것은 30년대의 김기림과 최재서의 시론 이후 우리 현대시사에서 하나의 전환점을 이룩했을 뿐만 아니라, 현대시 분석에 새로운 지평을 연 것이라 할 수 있다." 김학동 외, 『송욱 연구』, 역락, 2000, 376면.

2. 한국의 시—결여태로서 환기되는 언어형식

이광수가 "한문을 폐하고 국문을 사용하였던들 우수한 조선문학이 많이 생(生)하였을 것"이나 그렇지 못한 역사를 통탄하며, 조선의 신문학을 과거의 문화적·언어적 전통과 완전히 단절된 환경에서 시작해야 할 것으로 간주했을 때 그에게 조선의 근대 문학은 "오직 장래가 유(有)할 뿐이요, 과거는 무(無)"[9]한 것이었다. 이와 같은 전통 단절론은 전후의 여러 작가들에게서도 발견되며,[10] 특히 한국 현대시의 위치와 전통을 논할 때, 식민지 시절부터 시를 창작해 오던 구세대와 전쟁 이후 본격적으로 활동을 시작하는 비평과 창작의 신세대를 가르는 지표가 되는 것으로 보인다.

1962년 『사상계』 5월호의 '문학 씸포지움—신문학 50년: 제1회 시(詩)'라는 특집에서 「토론—단절이냐 접합이냐? — 한국현대시 50년이 남긴 제문제: 조지훈, 박목월, 김종길, 이어령, 유종호」라는 제목으로 다룬 한국 현대시에 관한 좌담에서, 조지훈, 박목월과 이어령, 유종호의 입장은 뚜렷이 갈라진다.

조지훈에게 한국의 근대시가 "고대시에서부터 흘러내리는 민족적인 혈맥이 연결되지 않을 수 없었"던 것이고 박목월에게 "시조나 가사의 형식을 빌리게 된 것만은 사실이요, 그 영향을 받은 것"인 데 반해, 이어령은 "신시(新詩)란 양시(洋詩)"라고 단호하게 말하며, 유종호는

9 이광수, 앞의 책, 552~555면.

10 한국 전쟁 이후의 전통 단절론에 대해서는 김영민, 한수영 등의 연구를 참고할 수 있다. 김영민, 『한국현대문학비평사』, 소명출판, 2000; 한수영, 『한국 현대 비평의 이념과 성격』, 국학자료원, 2000.

"현대 시인들이 과거 한국의 시문학 유산"과는 "단절된 채 백지 출발을 했"으며 "이것은 결국 서구의 시와 일본 사람들이 서구의 시가를 모방해서 쓴 또 하나의 이미테이션을 쌤풀로 삼아서 시작을 했다, 이런 데에서 완벽한 단절이 있다고" 말한다. "전통이란 원래 단절되는 물건이 아니라고 보아야 할 듯"하다는 김종길의 태도는 유보적인데, '전통'의 개념을 규정해야 한다는 말에 이어령은, "전통은 시인의 시작법에 직접 관여하므로서 그의 상상력이나 포에틱, 딕션이나 그 구조에 통제를 가하는 것"이며, 한국의 시에는 그 '규범'이 전혀 부재한다고 단언한다.[11]

'청록파'에서 출발해 전통주의의 입장에 서 있는 조지훈, 박목월의 시인으로서 갖는 특수성을 감안한다고 하더라도, 두 입장은 좌담 내내 평행선을 달리며 결국 어떤 접점도 마련하지 못하고 있다. 이 두 태도 사이에 놓인 커다란 동공(洞空)의 사이를 메우기는 쉽지 않아 보인다.

상상력과 시학 그리고 딕션과 구조에 제약을 가하는 것이 시의 전통이라 할 수 있는데, 한국의 시에는 그와 같은 언어 전통이 완전히 결여되었다는 이 부재하는 전통에 대한 인식은, 송욱의 『시학평전』에서 한국의 시와 서양의 시를 비교하거나, 한국의 근대시를 비평하거나, 한국의 현대시가 나아갈 길을 제시할 때 반복적으로 등장한다.

1 언어는 문화전통이 잠겨 있는 광이며, 시는 그러한 언어를 예술수단으로 삼는데, 우리가 지금 느끼는 전통의 단절 때문에 그것은 매우

11 좌담, 「문학 씸포지움-신문학 50년: 제 1회 시」, 『사상계』, 사상계사, 1962.5, 311~318면.

다루기 힘든 재료가 되고 만 까닭이다. 예를 들어 영어로 작품을 쓰는 시인은 우리와 전연 다른 예술수단을 가진 예술가라고까지 말할 수 있지 않겠는가.[12]

2 전통에 기대고 있는 까닭에 지니는 문학사의 연속관과 자기 세대의 특수성을 느끼기 때문에 가지는 과거와의 단절의식, 이 분열에서 이 틈바구니를 뛰어 넘는 활동이 곧 작품제작이라는 행동이라고 설명할 수 있으리라. (11면)

3 그런데 지금까지 우리에게는 현대에 알맞는 역사의식을 길러줄 만한 전통사상의 원천이 없다고 밝혀진 셈이라면, 전통의 저수지라고 할 수 있는 우리의 언어를 예술수단으로 하는 시인은 어떻게 시를 써야 하겠는가? (중략) 그것은 십구 세기의 영국과 이십 세기의 영국, 십구 세기의 불란서와 이십 세기의 그 나라 사이의 거리에 비교할 때, 십구 세기의 한국과 이십 세기의 한국 사이에는 어마어마한 깊고 넓은 골짜기가 낭떠러지를 이루고 있다는 점이다. (22면)

4 여기서 우리는 다시금 이 나라의 시인들이 맞서야 하는 난관을 엿보게 된다. 물론 한 마디로 말해서 그것은 전통의 단절이다. 그러면, '새로운' 전통관을 만들어 내야 한다. (중략) 그러면 우리는 세계 문학 전통의 동시적 질서를 생각하자. 인류의 문화전통의 동시적 질서를

12 송욱, 『시학평전』, 일조각, 1963, 2면. 이어지는 인용들은 같은 책에서 인용하며, 면수만 표기함.

가정하고 이것을 의식해도 좋으리라. (29~30면)

1에서 송욱은 전통의 단절을 지극히 당연한 것으로 전제하고 논의를 시작한다. 당시로서는 어떠했을지 모르나, 현재의 독자 입장에서 보자면 이 전통 단절이 근대문학의 시작인 신문학이 과거 문화유산에서 얻을 것이 없었으므로 단절되었다는 것인지, 전쟁 이후의 시인들이 느끼는 심정의 상태가 어떤 연속성을 지니지 못한 채 단절된 의식을 지녔다는 것인지 언뜻 파악되지 않을 정도로, 불명확한 상태의 단정적인 문장이다. 이는 송욱이 생각하는 신문학 이후 전개되어 온 한국시의 현실이, 근대문학 초창기와 거의 달라진 바 없다는 인식에서 오는 의미의 중첩이라 생각된다.

20세기 초의 근대 시인들과, 1960년대의 한국 시인들과의 사이에는 50년이 넘는 거리가 존재하지만, 송욱의 의식 속에서 그들은 전통 단절이라는 완강한 벽 앞에, 즉 동일한 선상에 놓여 있다. 이때 영어로 작품을 쓰는 시인들의 '언어'와 한국어로 창작하는 시인들의 '언어'는 같은 예술 수단이 될 수 없다. 언어라고 다 같은 언어가 아니며 시인들에게 한국어는 자국어이지만 "매우 다루기 힘든 재료"다.

2는 유명한 T.S. 엘리엇의 '역사의식'과 '전통'에 관한 언급을 논하며 부연하는 부분이다. 송욱은 엘리엇의 "시간에 의지하고 있는 것에 대한 감각과 시간을 초월한 것에 관한 감각"을 논하다가 이어 역사의식을 지닌 시인이 "역사의 단절, 과거와의 어느 정도의 절연을 느낀다는 것"으로 논리를 비약시키며, "문학사의 연속관"과 "과거와의 단절의식의 분열에서 이 틈바구니를 뛰어 넘는 활동이 곧 작품제작이라는 행동"이라는 결론에 다다른다. 엘리엇을 인용한 부분을 볼 때 한 작가를 전통적으로 만들며 자신의 시대성을 날카롭게 의식하는 역사의식에 '분열'이 존재한다고 보기에는 어려운데, 이와 같은 진술에는 송욱이 과거와의 절연감을 느끼며 창작자로서 지녀야 했던 '분열'의 심리가 내재되어 있다.

③에서 한국의 시인들이 뛰어넘어야 했던 분열의 '틈바구니'는 "어마어마한 깊고 넓은 골짜기가 낭떠러지를 이루고 있"는 상황으로 다시 규정된다. 이 위태로운 낭떠러지를 한국의 시인들은 건너갈 수 있을까? ④를 통해 볼 때, 송욱에게 그 낭떠러지를 건너는 일은 한국의 언어 전통을 통해서는 불가능한 것으로 생각되었다고 할 수 있다. 송욱은 『시학평전』의 앞부분에서 "우리 한국 시인에게 있어서도 비평이 호흡처럼 긴요하다는 것이다. 그리고 우리 민족의 우수한 사실을 증명하기 위하여, 또한 우리의 전통이 현재 살아있다는 것을 알리기 위하여 신라의, 고구려의, 고려의, 이씨조선시대의 비평정신을 제현들이 밝혀주었으면 한다"(9면)고 말하며, 스스로 이와 같은 작업을 하지 못하고 있음을 고백한다. 대신 그가 이 분열의 틈바구니를 뛰어넘어 창작을 하기 위해 가정하는 것은, "세계 문학 전통의 동시적 질서"다. 그에게 '새로운' 전통관이란 단절되었던 과거의 전통을 "살아있"는 것으로 만들어 역사의 흐름 속에서 종적으로 연결시키는 것이 아니라, 그 틈바구니 사이에 인류의 문화 전통을 밀어 넣어 문화 전통의 횡적 질서를 가정하는 것이었다. "허무에서 창조하기란 어려운 노릇"(30면)이기 때문이다.

송욱은 한국 근대시의 출발 이전에 존재하는 언어의 전통을 '허무'로 생각하였고, 근대시 초창기 이후 신문학의 50년 또한 (한용운을 제외하고) 그에게는 거의 '허무'와 다름없었다.

백철은 한국문단의 십 년을 진단하는 1960년의 글에서, "오늘의 젊은 세대의 시인들의 작품에선 그들 기성 현실과의 절단된 세계에서 기성적인 온갖 것에 대하여 완전히 절망할 수 있고 완전히 거부할 수 있는 그들의 체질을 느낄 수 있"다면서, 신세대 시인들을 "기성의 현실에 대해서 완전히 '외국인'들"로 취급한다.[13] 그리고 그 원인을 한국전쟁에서 찾는데 "주요한 동기는 역시 그들 태반이 직접 전란의 실지 경험을 가지고 그 때문에 완전히 'rootless'해진 때문"이라는 것이다.[14]

그러나 이 '뿌리 없음'의 의식이 전쟁에 의한 단절로만 이루어진 것은 아니었다. 송욱과 같은 시인 그리고 비평가에게 한국시의 '뿌리 없음'이란 한국시의 '형식의 부재'와 다름없는 말이었다.

3. 가정假定된 음악, 한국시의 상상적 형태

송욱은 김억의 시학을 '정조의 시학'으로 명명하며 아더 시몬즈의 번역을 통해 드러난 김억의 시학과 상징주의에 대한 피상적 이해를 강하게 비판한다(『문학평전』, Ⅲ. 동서시학의 비교－제1장. 기분의 시학과 뉘앙스의 시학－김억·시몬즈·소월·베르레에느).

송욱이 김억의 언어관을 비판하기 위해 인용한 이어지는 글은, 근대시 초기의 번역가들이 번역 과정을 통해 당면했던 조선어의 불비(不

13 젊은 세대의 시인들이 "완전히 외국인들"이라는 백철의 언급은 2000년대의 시와 관련된 논의에서 젊은 시인들에게 부여되었던 명명을 떠올리게 하는데, 이와 같은 명명법이 구세대/신세대를 가르는 문학사의 상투적인 에피세트인지, 한국전쟁 이후와 2000년대가 시창작에 있어 특수한 시기로 동질화될 수 있는 것인지에 대해서는 좀 더 섬세한 고찰이 필요할 것 같다.

14 백철, 「한국문단 십 년」, 『사상계』, 사상계사, 1960.2, 239~240면.

備) 상태와 그에 대한 번역가(이자 시인)의 감각을 잘 보여준다. 원문의 영어를 대치하여 번역할 문자가 조선어에는 "하나도 업"으며 "될 수만 있으면 형용사와 부사는 영문 그대로라로 쓰고 십헛다"는 말과 이에 따른 "비참한 생각"[15]은, 근대 문학과 근대시의 언어로 사용된 경험의 층이 너무 얇은 조선어의 현실에 대한 당대 번역가-시인들의 공통 감각이었다. 이때, "어떤 언어와 다른 언어의 본질적인 우열은 그리 간단히 결정할 수 있는 문제가 아니"(『문학평전』, 179면)라는 송욱의 언급은 반쯤만 진실이라고 해야 할 것이다.

김억의 시몬즈나 베를렌느, 상징주의에 대한 인식의 빈약함을 지적한 송욱의 언급은 대부분 타당하다. 그러나 송욱 또한 우열관계를 논하지는 않았다 해도, 문화 전통이 누적되어 있는 영어라는 언어에 비해 한국어는 "전연 다른"(2.의 인용문 ①번 참조) 것임을 토로한 바 있다. 이 '다름'이 가치 평가를 탈색시킨 문화적 상대주의의 '다름'이 아님은 물론이다.

식민지의 번역가들이 조선어의 빈약함에 절망하곤 했던 것은, 송욱이 김억을 비판한 것처럼 다만 "그의 개성과 시상이 빈약한 까닭"(『문학평전』, 180면)이라고만 할 수는 없을 것이다. 1920년대 『해외문학』 창간 후, 해외문학파의 번역투의 고삽, 난해함에 대한 양주동의 비판에 격렬히 반발하며 김진섭은 "우리의 연문(軟文)이 가장 빈약하고 가장 천박한 사상 감정을 표현할 수 잇는 이상에 일보를 나아가는 내용 가치와 형식미를 가지고 잇지 안는데야 엇지하랴"[16]는 항의를 제출한

15 아더 시몬즈, 김억 역, 『잃어진 진주』, 평문관, 1924, 「서문 대신에」.

16 김진섭, 「기괴한 비평현상, 양주동씨에게」, 『동아일보』, 1927.3.24.

바 있다. 이때 "우리의 연문"이란 한글 중심의 조선어 문장을 말하는 것일 텐데, 이 일상적인 조선어 문장이 김진섭에게는 "빈약"하고 "천박"한 것이었다. 식민지의 문학가들이 이와 같은 인식에서 자유로워지는 데는 더 많은 (주어지지 않은) 경험과 시간이 필요했고, 특히 번역가들에게는 그러했다.

주목할 것은, 번역을 통해 근대시를 모색하고 조선시와 서양의 시를 비교하며 창작 과정을 병행해 나갔던 번역가-시인들에게, 조선어의 결핍과 함께 언제나 시 형식의 부재가 소환되곤 했다는 점이다. 서양 문학 매개자이며 번역가이자 시인이었던 그들은, 영시나 프랑스 시에 비해 정형시의 형식을 갖추지 못했던 조선의 근대시를 '운문'으로 만드는 자질이 무엇인가 하는 질문을 스스로에게 끊임없이 던져야 했다. 그들이 근대시의 지향과 미래를 논할 때 '형식'은 '음악'의 다른 말이기도 했고, '운율'과 '율격'은 언제나 시의 가장 중요한 심급이었다.

> 1 조선말로의 엇더한 시형이 적당한 것을 몬저 살펴야 합니다. 일반으로 공통되는 호흡과 고동은 엇더한 시형을 잡게 할가요. 아직까지 적합한 것을 발견치 못한 조선시문에는 작자 개인의 주관에 맛길수밧게 업습니다. 진정한 의미로 작자 개인이 표현하는 음률은 불가침의 영역이지요. 얼마동안은 새로운 일반적 음률이 생기기까지는 하고 이에 대하야는…… (후략)[17]

> 2 더구나 현금의 조선시는 그 창시 도정에 있는 것을 잊을 수가 없다.

17 김억, 「시형의 음률과 호흡」(34), 『태서문예신보』 14, 1919.1.13.

창시 도정에서는 무엇보다도 형식적 운율론을 결정할 필요가 있다. 그런데도 불구하고 지금부터 산문화한 시를 작용(作俑)의 시(始)로 하게 한다면 이는 조선시의 조로를 의미함인 동시에 결코 시의 본의를 존중하고 참된 성장을 도모하는 것이라 할 수가 없다.[18]

[3] 사회가 운율을 서정시를 이즈랴고 하는 것이 아닐가. 그러나 산문예술은 그 창성될 째에 내면적 형식의 외부적 일치에 다름이 업는 것이오 verse의 prose화는 결코 아니다. (중략) 짤하서 운문과 산문과는 근본부터 확고하고 구별이 잇는 것이오, 쏘 결코 운문으로써 형성된 시가의 괴도(壞倒)가 업스리라는 것을…… (후략)[19]

[1]에서 김억에게 조선의 시형은 "아직까지 적합한 것을 발견"하지 못한 상태다. 그러므로 당분간은 개인의 주관적 "음률"에 맡길 수밖에 없고, 이 개인의 '음률'이란, "새로운 일반적 음률" 즉 적합하게 갖추어진 조선 시형의 상대적이고 임시적인 개념이다. 1920년대 중반의 양주동에게도 사정은 동일하다.

[2]에서 당대의 조선시는 "창시 도정"에 있다. 오랜 기간은 아니었으나 근대시의 전개가 어느 정도 이루어진 후에도 그것이 "창시"의 단계인 이유는 아직 조선시에 "형식적 운율론"이 결정되지 않았기 때문이다. 그러므로 이 성립되지 않은 형식이 결정되고 수립되기도 전에 시험되는 산문시, 자유시, 내재율 등과 같은 개념들은 이들에게 불안을 야

18 양주동, 「문단잡설 - 신기문학과 프로문학」, 『신민』 19호, 1926.11; 양주동전집간행위원회, 『양주동 전집 11: 평론·번역』, 동국대출판부, 1998, 114면에서 인용.

19 이하윤, 「형식과 내용 6 - 운문과 산문·시가의 운율」, 『동아일보』, 1928.7.6.

기한다. 시의 위기, 부재하는 조선시 형식에 가장 큰 위협이 되는 것은 시의 '산문화'이다. 양주동은 시를 산문화할 때 "시의 본의를 존중하고 참된 성장을 도모하는 것이라 할 수 없"음을 여러 번 언급한다.

3에서 이하윤은 운문과 산문의 근본부터 확고한 구분을 강조한다. 그에게 서정시는 '운문'만이 담당할 수 있는 영역이다.

김억이 1930년대에 이르러 다다르는 격조시형론 또한 이 정립되지 않은, 또는 부재하는 조선의 근대시 형식과 조선시의 산문화에 대한 불안감에서 온 것이다. 그는 자유시의 내재율은 "십인십색"인 것이며, 진정한 의미의 내재율이 시에 존재하는가에 대한 회의를 표시한다. 자유시형의 시들은 시 "비슷한 것"은 될 수 있으나, "시다운 것은 없"으며 "가장 무서운 위험은 산문과 혼동"된다는 점이다. 그리하여 김억은 "자유시의 내재율"에 "적지 아니한 불안을 느끼게" 된다는 점을 토로한다. 특히 조선어와 같이 "음률적으로 고저장단이 없는 것만큼 빈약하다는 감을 금할 수 없는 언어에서는 그 염려가 심"하다는 것이다.[20]

조선어의 빈약함이 시형식의 문제와 결합될 때, 이들 번역가-시인에게 조선어는 다른 언어권이 지녔던 정형시의 형식, 즉 영시나 프랑스 시의 음악성을 부재하는 상태로만 환기시킨다. 부재하는 음악성을 수립시키기도 전에, 그 부재를 다른 부재의 형식, 즉 운문의 부재로 대치시키는 것은 그들에게 더 큰 부재를 실현하는 것일 뿐이다. "시적 정신을 완전화시키는 데" 필요한 것은 "verse"[21]인 것이다. 김억에게는 물론 일본의 시라는 조선시의 또 다른 타자-정형시가 존재했지만, 이하

20 김억, 「격조시형론소고」, 『동아일보』, 1930.1.16~26, 28~30.

21 이하윤, 앞의 글.

윤이 이 시의 완전화를 위해 필요한 요소를 'verse'라는 영어로 그대로 옮겨놓고 있는 점은 의미심장하다. 'verse'가 부재하는 조선시, 조선어 시형식은 결코 완전해질 수 없다.

김억의 초기 창작시집 『봄의 노래』에서 보여준 형태 실험이 격조시 형론을 거치며 자수정형시의 형식으로 귀착되고, 이하윤이 『실향의 화원』을 번역하며 보여주었던 나름의 다양한 율격의 시도가 창작 시집 『물레방아』의 동일 자수(字數), 동일 음보의 기계적 호흡으로 단일화되고 만 것은 이와 같은 인식의 필연적인 도정일 것이다.[22] 양주동의 『조선의 맥박』 또한 이에서 멀지 않다. 이는 그들이 느꼈던 형식의 결핍과 불완전함에 대한 불안을, 명시된 음악성 즉 정형률로밖에 해소할 수밖에 없었기 때문이다.

더욱 흥미로운 점은, 당시의 시 창작이 "극단의 산문화"를 낳고 있으며 이는 "시가의 위기"[23]라고 말하며 경계하는 이하윤을 비롯한 이들 식민지 시대의 번역가-시인들의 의식과 송욱이 지녔던 의식의 동형성이다.

한편 송욱 시에 대한 평가에서도, '산문성'과 '시/음악성'의 대립은 첨예하게 드러난다.[24] '산문화'가 당대 시의 문제적 경향이며, 시의 위기를 불러온다는 진단은 1950~60년대에도 빈번하게 수행되던 발화

---

22 김억과 이하윤이 다다른 자수정형시의 형식에 관하여 다음의 논문에서 다룬 바 있다. 하재연, 「번역을 통해 바라본 근대시의 문체-김억의 『오뇌의 무도』와 이하윤의 『실향의 화원』 번역시 비교를 중심으로」, 『한국현대문학연구』 45, 한국현대문학회, 2015.

23 이하윤, 앞의 글.

24 정영진은 송욱의 음악성을 둘러싼 논란이 현대시의 난해성의 문제를 포괄한 것이었기에 상당히 민감하게 다루어졌음을 지적한다. 정영진, 「탈식민주의적 감각과 현대시를 향한 열망-송욱의 역사주의와 교양주의」, 『겨레어문학』 52, 겨레어문학회, 2014, 262면.

였다.[25]

이어령은 "우리 시인이 사회적인 발언을 할 때는 대개 시의 질서를 상실한 산문 그대로의 육박을 토로하고 있다"며 비판한다. 그것은 마치 "단편소설의 한 구절" 같다는 것이다. 조지훈은 송욱이 문제적인 것은 7.5조 중심 운율이나 동음이의어를 씀으로써 "소재내용의 비시적인 것이 구제된다"는 점이며, 김종길이 송욱 시의 가치를 평가함과 동시에 비판하는 지점 또한 "우리 언어의 운문적인 가능성을 실험하고 있는 실험품들"이라는 점이다.[26]

송욱의 시를 가장 높이 평가한 유종호조차, 송욱의 시는 "'산문적'인 것의 대담한 도입"으로 "시세계의 확대"를 이루었지만, "시를 저능한 산문으로 전락시키지 않고", "시의 음악성으로 산문에의 전락을 예방"하고 있다고 지적한다. "verse를 태반으로 하지 않은 우리 시의 특성에 착안하고 음악성의 확보에 노력하고 있"다는 것이다.[27] 구세대와 신세대를 막론하고 이들에게 현대시의 산문화는 우려할 만한 것이며, 송욱 시의 가치는 산문적 내용을 산문화한 형식으로 떨어뜨리지 않는 점에 있다.

특히 영문학을 토대로 하여 한국의 시를 비평하는 이들에게 이 "verse"란 거의 신성(어쩌면 詩性) 불가침의 존재인 것처럼 보인다. 그리하여 그들이 창작의 과정에 직면할 때, 'verse' 없는 한국어는 계속되는 불안을 야기한다.

송욱은 김소월의 시는 민요의 리듬이거나 산문이거나 둘 중의 하나

25 어쩌면 이러한 발화의 경향은 2000년대 이후의 지금의 현대시 비평에까지 적용되는 듯하다. 그렇다면 '시의 산문화'에 대한 우려는 당대 시를 비판하는 데 한 번도 빠진 적이 없었던 화두일까?

26 「문학 썸포지움-신문학 50년: 제 1회 시」, 『사상계』, 사상계사, 1962.5, 325~326면.

27 유종호, 「비순수의 선언」, 『사상계』, 사상계사, 1960.3, 293~295면.

이며 이 두 가지에 거리를 가지는 "자기의 리듬을 창조하겠다는 의식이 별로 없었"다고 평가한다. 그가 걸작이라 평한 「진달래꽃」이나 「초혼」 또한 음악성에 대한 의식적 탐구의 결과가 아니라 "순전히 천재와 우연이 자아낸 작품"(『시학평전』, 142면)이라는 것이다. 김기림에 대해서는 "낡은 리듬을 부정하려고 한 나머지 그는 리듬이 없는 '쪼각난 산문'을 쓰고 말았다"고 평한다. 송욱에게 정지용은 "그는 이처럼 '리듬이 없어야' 새로운 시라는 생각이 강한 사람이었던 모양"으로 "'리듬'과 등지고 그 대신에 '재롱'이나 단편적이며 시각적인 인상만을 사용하려고 했다"(『시학평전』, 202면)는 점에서 실패한 시인이다.

송욱은 "'리듬'의 위력은 매우 과학적인 비평가 I.A. 리챠아즈조차 지성을 통해서는 설명할 수 없다고 생각할 만한 것이었다"(『시학평전』, 202면)면서 시의 음악성을 강조하지만 그에게 김소월이나 정지용의 '리듬'은 그가 전범으로 삼을 수 있는 한국시의 언어적 전통이 되지 못했다. 그리하여 다음의 글처럼 송욱에게도 당대는 "새로운 형식을 창조하는 과정에 당면"한 시대가 된다. 그는 서구의 운율학상의 개념을 떠나서 시의 음악성이란 본질이 무엇인가 밝혀야 한다고 말하지만, 그럼에도 그가 말하는 시의 음악성이라는 본질 개념에는 서구시의 상대항으로 비어 있는 하나의 상상된 형태만이 존재했을 뿐이다.

> 그렇다면 한국의 현대시에는 서구시에 있어서처럼 풍부한 요소와 구조를 가진 정형시는 하나도 없고 다만 있다면 동일하며 단순한 리듬의 반복이란 형식이 뚜렷하게 있을 뿐이지요. 그렇지만 동일한 리듬의 반복을 시의 형태라고 본다고 쳐도 그것은 어디까지나 유치한 형태라고밖에 달리 말할 수 없읍니다. (중략) 산문율조차 공식화되고 시문

> 학의 운율형태가 고도로 또한 풍부하게 발달한 서구에 있어서의 자유시는 매우 발달한 서구 정형시에 대한 개념인 까닭에 그저 자유로운 시가 아니라는 사실을 확실히 알았읍니다.
>
> — 『시학평전』, 393~396면

> 이 나라에 있어서는 발달한 정형시를 가지지 못하면서도 새로운 형식을 창조하는 과정에 당면하고 있는 만큼 서구의 운율학상의 개념을 떠나서 현대시의 운명을 쥐고 있는 시의 음악성이란 그 본질이 무엇인가. 이것을 밝혀야 한다고 생각합니다. (중략) 현재 시와 산문이 혼선을 이루고 있는데 이것은 음악성이 시에 불가결한 요소임을 망각한 결과입니다.
>
> — 398~400면

결국 "산문과 시의 명백한 구분은 추상에 불과하며 구체적 사실이아"(401면)니라는 그의 전제에도 불과하고, '음악성'을 시에 불가결한 요소로 가정할 때, 그리고 그 본질을 찾으려 할 때 음악성의 추구는 서구의 정형시 모델에서 벗어날 수 없는 공전(空轉)의 운명을 가진 것이었다. 그는 자신이 떠나야 한다고 말한 "서구의 운율학상의 개념"을 결코 떠나지 못하고 있는 것이다.

4. 부서진 인간과 깨진 말들의 실존

송욱이 자신의 세대가 놓인 언어적 환경을 근대 초기와 동일시하였다 해도, 식민지의 번역가-시인들 특히 김억과 같은 이에게 가장 강력한 참조 대상이었던 (서양을 매개하는) 일본의 시-언어 형식을 의식하지 않아도 된 점은, 근대시 50년의 지층에서만 가능했던 것이었다. 송욱은 한국시의 비평을 통해, '지성'과 '음악성'이 결여된 한국어의 시 형식을 비판하고 외국 문학을 정확히 이해함으로써 새로운 한국시의 전통을 만들어내고자 했다. 그의 시대는 전후 신세대의 공통감각으로 '지성'을 소유하였고, '지성'은 새로운 시인들과 구세대 시인들을 분할하는 하나의 준거이기도 했다.

그러나 한국시에 아직 '음악'은 도래하지 않은 상태였다. 비평가로서 한국시 특히 언어 형식의 결핍과 결여 상태를 강력하게 비판하곤 했던 그가, "나의 모국어가 어떤 외국어에도 못지 않다고 생각한다. 이에 대한 근거는 별로 없다. 다만 한국어는 나의 예술의 유일한 표현 수단이기 때문에 그렇게 믿는 것"[28]이라고 창작 시집의 앞머리에 밝힐 때, 이 진술의 모호함과 우회는 비평가와 창작자 사이의 난처한 자리를 암시하는 것 같다.

송욱은 유일하게 인정하는 한국시의 전통으로서 한용운의 시를, 위대한 사상과 형식을 표현하는 데 적당한 형식인 '산문시'라고 언급하였으나, 정작 이 산문시의 '형식'에 대해서는 거의 분석하지 못하였다. 그에게 산문시의 걸작은 보들레르, 투르게네프, 타고르 등의 작품이었으며 송욱은 이들이 산문시임에도 놀랍도록 그 내용이 서정시적이며, 단순하고 엄격한 시형식만이 시적인 강도가 낮은 산문적인 소재를 시로써 훌륭하게 다룰 수 있음을 강조한다.[29]

28 송욱, 『하여지향』 서언, 일조각, 1961.

그러나 앞서 모국어에 대한 자신의 믿음에 어떤 근거가 없다고 밝혔던 것처럼, 한용운의 산문시가 한국의 현대시 형식에 제시하는 가장 큰 가치는 '사상' 또는 깊은 '인간성'의 측면에서만 운위될 뿐이다. 그가 이 나라의 현대시가 아직 '사상'과 '형식', 즉 '음악성'의 탐구를 충분히 하지 못하였으므로 프랑스의 상징시에서 많이 배워야 한다는 점을 강조하고, 김기림과 정지용의 좌절에 대비해 한용운의 성취를 강조할 때조차 한용운이 성공한 '형식' 또는 '음악성'에 대한 해명은 없다.

결국 그가 『하여지향』에서 보여준 시적 형식이, 그가 찾아낸 한국어 시의 '음악성'과 '형식'에 대한 탐구이자 해명에 가깝다고 보아야 할 것이다. 송욱이 음악성과 형식 문제를 누구보다 치열하게 고민했으며, 음악성을 소리의 문제가 아닌 의미와의 관련 속에서 이해하고, 다양한 실험을 통해 독자에게 구조화된 현대적 경향을 제공하고자 했다는 평가가 유효해 보인다.[30] 당대의 시인과 비평가들이 그의 시의 가치를 인정했던 것 또한 이 지점에 있었다.[31]

송욱 시에 대한 평가에서 동음이의어를 활용한 'pun'이나 한자어와 순한글 단어의 배치와 변용, 때로는 조지훈이 '7.5조'에 가깝다고 한 바 있는 정형적 리듬의 변주 같은 것들은 동세대의 비평가들에게 '재

29 『시학평전』, 398면.

30 정영진, 앞의 글, 274면.

31 "젊은 세대의 시에서 새로운 표현적인 기교들, 그 리듬, 시행, 수사에 있어서 여러 가지 시험을 하고 있는 것이 50년대 젊은 시단에서 또 하나의 주목되는 현상이다. (중략) 가령 송욱의 「하여지향」(12) 등에서와 같이 외국어와 결탁을 해서 그 음률상 또는 이메지의 효과를 노린 경우……"와 같은 백철의 언급을 대표적으로 들 수 있다. 백철, 앞의 글, 241면.

롱'이나 '말놀음'으로 폄하되거나, '위트'나 '실험'으로 의미를 부여받았다. 그리고 이러한 가치 평가 양측에는 모두 시의 본질을 '음악성'(가끔은 서정성으로도 변주되는)으로 규정하는 태도가 전제되어 있는 듯하다.

그러나 "열 스물 서른 살 때/지나 스쳐 다가 오간/戰爭(전쟁) 戰爭(전쟁)이/더럽힌/世代(세대) 年代(연대) 時代(시대)가/총알이 박힌 時間(시간)/아아 無時間(무시간)이다! (중략) 모두가 몸을 풀고/흘러간 물결/맑은 金剛身(금강신)인데,/慾望(욕망)이 造化(조화)처럼/단숨에 이룩하고/한숨에 부순 器世間(기세간)이며/三千大千世界(삼천대천세계)!/念念(염념)을 〈로켓트〉 삼아/갈 데가 많다!"(「海印戀歌(해인연가) 4」)[32]와 같은 송욱의 시에서 한국시에 부재했던 '음악'의 형식을 찾아내기보다는 '전쟁이 더럽힌 세대'의 언어들에 놓인 이질성의 흔거와 만남과 흔적들, 가령 '금강신'과 '로켓트'가 만나는 지점에 주목하는 편이 더욱 생산적인 것으로 보인다.

단군 기자 천만년!어라만수
어라?
어라?
늙은이 등에
납작하게 엎여야
앞으로 간다?
다음에는 기계무한!
〈아멘〉이 뭐야

32 송욱, 앞의 책, 209~210면.

〈할렐루야〉지!

참혹한 살이며
인자한 뼈를
쓰고 쓸쓸하고
쓸개 같은 눈물을
관 옆에서
고아가 잠재우면
별이 눈뜨고
깃드는 바다

—「海印戀歌(해인연가) 6」[33]

皮相(피상)을 對自(대자)를 애무하다
實相(실상)에 卽自(즉자)에 사정한다.
살려고 생각하니
생각하면 못사느니-
이상을 빼도
현실을 박도
홀로 못해 골로 홀로.

—「海印戀歌(해인연가) 9」[34]

〈데모〉〈데마고그〉〈데마〉 DEMOGORGON!
白衣(백의)를 白車(백차)를 白巾(백건)을

---

33 위의 책, 225면.
34 위의 책, 246면.

두른 겨레가
피는 붉어라.
허무한 實彈(실탄)이며
실한 목숨들이
꽃판처럼 판박히고,
騷擾(소요) 고요 꼬꼬요
미래서 물결치며 밀려오는 行動(행동)을
彼岸(피안)에서 우리가 올라타야지!
(중략)
꽃은 그냥 불타고저
아우성도 몸부림도 없이 지는데,
가마가 없고 막아막아도,
가마 가마 지향성이 움터 날 때에,
부조리가 끼리끼린 조리가 맞아
쿵쿵
꿍꿍이 끙끙
쿵덕 사망 쿵당 정당

— 「海印戀歌(해인연가) 10」[35]

송욱 시의 개성과 특이성을 가장 잘 드러낸다고 할 수 있는 위의 시들에서, 단어들의 음을 변주하고 대구를 맞추어 일종의 '운율'을 발생시키는 지점보다 더 흥미로운 점은 '단군기자'에서 '기계무한'으로

35 위의 책, 251면.

'참혹한 살'과 '인자한 뻐'로 이어지는 역사와 문명에 대한 의식이다.

「해인연가 9」와 「해인연가 10」의 언어 실험은 그만의 '위트'에 값하지만, 이와 같은 작위적인 언어에서 발생하는 '형식'이나 '음악'이 "눈물도 목숨도/웃음도 죽음도/같은 시냇물을 흘러 온 과일./남달리 유달리/익기를 바라는 時間(시간) 밖에서"(「宇宙家族(우주가족)」)[36]와 같이 상대적으로 단순해 보이는 시의 형식보다 더 '시적'이거나 더 '음악적'이라고 할 수도 없다.

전후 세대의 텍스트에서 어떤 공통된 '실존'의 의미나 실체를 가정하는 것은 무모하거나 그다지 의미가 없는 것임을 선행 연구들은 지적한 바 있었다.[37] 송욱의 시 텍스트들은 그의 실존에 대한 의식을 깨지거나 찢긴 신체의 언어들로 드러낸다. 송욱 시가 발견하고 재현해 내는 '인간'은 '피'와 '생리'와 '생식'으로 존재하는 인간이다.

"돌아온 사람이/내가 아니라/몸이 걸친 세상이다/바지 저고리"(「RIP VAN WINKLE」)[38]라는 시나 "아니 아니 나는 없는 것이다/없는 것은 없는 것이 받치고 있다/죽음과 그림자를 따라야 한다/그렇게 그렇게 걸어가며는/앞에서 손을 잡는 어느 벗처럼/뒤에서 안아 주는 어머니처럼/나와 모든 사람이 달이 된다고./어쩌면 이렇게 싱싱하게 피가 익는데/없는 것을 기대야 살 수 있는가"(「어쩌면 따로 난 몸이」)[39]와 같은 시에서, 나의 '없음'에 관한 의식, 존재가 소멸할 것만 같은 의식은 아마도 전쟁이 드리운 크나큰 '죽음의 그림자'와 떼어 생각할 수 없을

36 위의 책, 262면.

37 김건우, 앞의 글, 217면; 한수영, 앞의 책, 133면.

38 송욱, 앞의 책, 79면.

39 위의 책, 90~91면.

것이다.

이 죽음의 그림자 속에서 그의 존재를 성립하게 하는 것은, "原子核(원자핵)이/갈라질 때에" 그 속에서 이어지는 "原形質(원형질)"(「그 속에서」)[40]에 대한 사고, 또는 "呼吸器(호흡기) 消化器(소화기) 生殖器(생식기)"(「生生回轉(생생회전)」)[41]로서만 서 있을 수 있는 인간에 대한 응시, 그리고 "몸서리"와 "아우성"을 "물어뜯"는 현실을 "시체도"(「時體圖(시체도)」)[42]로 그려내는 『하여지향』의 시적 작업이었다.[43]

그는 『하여지향』의 서문에서 "소크라테스가 한 말과 황진이가 부른 노래, 그리고 동란 때 거리에서 본 시체는 나에게 꼭 같은 중요성을 띠운 것이다. 혹은, 역사의 이 고비에 한국에서 영위되고 있는 생명이 무엇보다도 중대한 것처럼 느낄 때도 있다"고 고백한 바 있다.

송욱의 텍스트들은 실상 부재하는 한국어 시형식의 음악성을 기준으로 하여 살펴볼 때보다, 전쟁이라는 일종의 절단면에서 돋아나는 '깨진 말'들의 모습이 위와 같은 육체의 언어들로 드러나는 지점에서 훨씬 생동감 있고 복합적인 텍스트로 읽힐 수 있다.

유종호가 가치를 부여했던 것과 같이 한국의 현대시에 부재하는 '음

40 위의 책, 48면.

41 위의 책, 50면.

42 위의 책, 58~59면.

43 송욱은 『사상계』에 까뮈의 글을 번역한 바 있는데, "영양을 섭취하는 그 자체가 가치판단"이라는 까뮈의 글은 그에게도 전쟁 후의 실존을 성립시키는 기준이 되었던 것으로 보인다. "만사에 의의가 없다는 말은 어떤 의미 있는 내용을 표시하고 있다. 만사에 모든 의의를 배척함은 모든 가치판단을 배척함과 동일하다. 그러나 살아있고, 예를 들면 영양을 섭취하는 그 자체가 가치판단인 것이다. 자신이 죽는 것을 용인하지 안는 순간에 계속하여 살기를 선택하는 것이니까 이 선택행위 속에서 아무리 상대적이라 할지라도 인생은 가치가 있다고 인정할 수밖에 없다." 알베르 까뮈, 송욱 역, 「작가의 진실성」, 『사상계』, 사상계사, 1953.7, 198면.

악성의 확보'가 그의 시를 의미 있게 만든다기보다,[44] 오히려 뿌리 없는 언어들의 잡거성, 또는 혼종성이 보여주는 '비음악적 파편성'이 그의 시세계가 보여준 개성에 가깝다는 것이다. 이는 송욱의 저 지극한 '음악성'의 추구를 볼 때 아이러니해 보인다.[45] 실은 송욱이 만들어내고 있었던, 당시의 비평가들에게는 비음악적으로 또는 비정형적으로 보였던 특질들이 시에 새로운 음악적 특질들을 부여할 수 있는 확장의 가능성을 지니고 있었다고 말하는 편이 더 적합할 지도 모르겠다.

이 아이러니에 놓여 있는 송욱 시의 절망과 의의를 이야기하기 위해서는, 앞의 1962년의 『사상계』 좌담을 다시 참고할 수 있다. 조지훈이 당대 시가 추구해야 할 것으로 '격'과 '제약'의 모색을 이야기하고, 유종호가 영어에 비교하여 한국어에는 다양성이 없다고 단언하며 시의 진로를 비관할 때,[46] 박목월이 산문적인 요소를 극복하는 길은 그것을 극도로 활용하는 도리밖에 없음을 제시하고 있는 점에 주목하자.

박목월은 음향이나 율감을 도외시하고, 이미지의 강렬한 밀집과 밀

44 유종호 또한 "윗트가 발산하는 것도 일종의 경쾌한 심미감"이며 "독자로 하여금 미와 예술의 문제를 생각케 한다는 사실 자체"를 평가하며 송욱 시의 '심미감의 부재'를 변호하였으나, 전반적으로 그의 시가 '음악성'을 담보하고 있는 점이 다른 단점들을 보완하고 있다고 본다. 유종호, 앞의 글.

45 정명환의 다음과 같은 말은 송욱 시의 언어가 보여주는 특성을 예리하게 간취한다. "시인 송욱 – 그는 바로 이 모든 것의 총화이다. 종합의 꿈을 향한 좌절의 궤적이다. 그러나 그 좌절의 궤적은 얼마나 희한한 언어로 아로사겨져 있는 것인가! 그것은 영롱하게 맺힌 무지개라기보다는 차라리 수많은 색깔을 휘황하게 발산하는 분광기이다."(정명환, 「머리말」, 송욱 유고시집, 『시신의 주소』, 일조각, 1981)

46 "조지훈: 형식적으로나 내용적으로나 시가 어떤 격에 이르든가 제약을 스스로 모색해야 할 시대가 와야 하지 않느냐 생각되기도 해요.(중략) 유종호: 아까 이형도 말씀했지만 우리나라 말에는 다양성이 없읍니다. 영어의 데리케이트라는 말만 하더라도 열두 가지의 뜻이 있다는데 (중략) 이같이 말의 다양성이 많지 못하기 때문에 미닝. 어스펙트를 개척해 보자고 하지만 그것도 어려울 거에요." 「문학 씸포지움 – 신문학 50년: 제 1회 시」, 『사상계』, 사상계사, 1962.5, 328~329면.

착 및 언어의 의미적 기능을 극도로 확대해 깊은 은유적, 상징적 세계를 창조하는 길이 하나의 방향이라고 생각한다. 그는 한 편의 작품 표현에 대한 단위적 의식이 전체의 표현대상과 유기적 관련을 가지면서 '단어' 위에 놓여져야 한다고 제시한다. 우리말에서 허락된 율감을 고려한다면, 단위적 의식은 한 행에 놓여져야 하며, 율감은 자수율 '따위'에 국한되지 않고 부드러운 호흡감 같은 것도 거기 해당한다는 점, 운을 한 구나 한 정형적 의식 위에서 활용하려 하기 때문에 실패하는 것 같다는 것이다.[47]

박목월의 이와 같은 논의는 좌담 내에서 어떤 반향과 대답도 듣지 못했지만, 이후 한국시의 형식과 행로를 살피는 데 아주 중요한 기준이 된다. 송욱 시의 '실패' 또한 박목월이 언급한 '실패'와 매우 가까이 닿아 있다. 『하여지향』 이후 송욱의 시들이 도달하고 있는 지점은, 자신이 부정하고자 했던 구세대의 환영이 다시 반복되는 느낌을 준다. 이는 송욱이 끝내 버릴 수 없었던 시의 '본질'에 관한 의식의 소산 즉, 한국시에 부재하는 '음악'에 대한 공전(空轉)하는 기도란 결국 일종의 추상으로 귀착되는 것이었기 때문이다.

5. 한국 시의 호흡과 가능성

송욱은 한국시와 외국시의 비평과 비교 작업을 통해, '지성'과 '음악성'이 결여된 한국의 시 형식을 비판하고 새로운 한국시의 형식을 만

47 위의 글, 327면.

들어내고자 했다. 그의 시 창작 또한 한국시에 결여된 '지성'과 '음악성'을 결합시키려는 송욱의 기도이자 실험의 소산이었다. 1960년을 전후로 하여 등장한 전후 신세대 작가들이 지니고 있었던 세계문학과의 실존주의적 공통감각이 이 실험들에 자신감을 불어넣었다.

그러나 송욱이 한국시의 형식 즉, '운율', '리듬', '음악성'에 대해 언급하고 한국의 시인들을 분석할 때면, 지성에 의한 방법론적인 분석을 보여주기보다는 서구시 즉 영시나 프랑스시가 지닌 '음악성'의 결여 상태로만 한국시를 파악함으로써 결론적으로 허무에 귀착할 수밖에 없었다. 이러한 태도는 송욱뿐만 아니라 구세대, 신세대를 막론하고 당대의 많은 비평가와 시인들이 한국시의 산문화를 우려하면서 보였던 태도이다.

서양 문학 매개자이며 번역가이자 시인이었던 그들은, 영시나 프랑스 시에 비해 정형시의 형식을 갖추지 못했던 조선의 근대시를 '운문'으로 만드는 자질이 무엇인가 하는 질문 앞에서 끊임없이 초라해지는 스스로를 느껴야 했고, 이러한 심정은 근대 초기와 1960년대의 사정이 크게 다르지 않았다.

특히 당대의 '산문적'인 시의 대표주자처럼 여겨지면서도, 또한 '산문화'한 시로 떨어지지 않았다는 측면에서 가치를 평가받곤 했던 송욱의 시는, 한국시의 음악성에 대한 시인과 비평가들의 인식을 시험하는 리트머스 시험지 같은 존재였다. 그러나 그의 시에 재현되는 언어들이 보여주는 것은, 음악성을 확보하기 위해 운을 맞추거나 동음이의어 등을 활용하며 나타나는 리듬 같은 것이 아니다. 오히려 그의 시를 읽는 쾌감은, 찢기고 부수어진 상태로 현존하는 전후의 인간 존재와 신체 이미지들이 혼종적인 언어들 속에서 파편적으로 드러나는 개인적인 리듬을 통해 생긴다고 할 수 있다.

박목월의 지적처럼, 송욱 또한 시의 음악성이 자수율 같은 단순한 데서만 생겨나는 것이 아니라, 이미지의 강렬한 밀집, 의미적 기능의 극도의 확대, 은유적이고 상징적인 세계의 창조, 단어 단위를 넘어서는 행 단위의 표현대상과의 유기적 관련성 같은 것들에까지 걸쳐 있는 문제임을 이해해야 했을 것이다. 이런 이해 속에서 한국어의 가능성과 한국 시의 음악성은 확대되어 왔다. 시의 음악성이라는 '본질'이 시의 형식을 만드는 것이 아니라, 현존하는 언어들이 지니는 생명력과 호흡이 시의 형식을 구성하기 때문이다.

‘순수 언어’의 추구와 현대시의 방향

— 김춘수 시론 연구

1. 김춘수 시론을 이해하기 위한 두 가지 전제

김춘수의 시론은 창작의 논리와 밀접하게 연관을 맺고 있다. 그는 ‘시란 어떤 것인가’라는 질문에 대한 기술보다는, ‘시를 어떻게 창작할 것인가’라는 미적 실천의 문제에 많은 관심을 기울였다. 한국의 현대 시사를 기술하거나 다른 시인들의 시를 평가할 때, 김춘수가 창작 주체로 지니는 시선은 끊임없이 개입한다. 엄밀하게 말한다면, 김춘수의 시론은 통일적인 체계와 논리 아래서 구축된 것이라 보기 어렵다. 그의 시론은 어떤 창작 주체의 위치를 취할 것인가 하는 선택의 논리에 의거해 개진된다.

여기에서 김춘수 시론을 이해하는 데 필요한 두 가지 전제를 상정해 볼 수 있다.

첫째는, 김춘수 시론이 때로 보여 주는 통일성의 균열을 그대로 이해하는 것이다. 한 시인의 시론과 창작의 결과물이 완전히 일치할 수 없다는 것은 당연한 사실이다. 시론의 정치한 논리가 시에 대입될 수 없으며, 시론의 논리가 일관된 것이라고 해도 창작의 과정 속에서 무수한 어긋남을 가질 수밖에 없기 때문이다. 김춘수의 시론은 많은 부분 창작 주체의 입장에서 전개되면서, 이러한 균열과 모순에 처한 시인의 난처함을 드러낸다. 김춘수 시론의 모호한 지점이나 서로 충돌하는 부분을 무시한 채 완결된 체계적 논리를 이끌어낸다면, 확대 해석이나 편의적 수용이 될 수 있는 위험이 있다. 김춘수 시론에 대한 생산적인 접근 방식은, 각 부분들이 갖는 독자성을 존중하면서 부분의 논리가 제시하는 시론적 의의를 이끌어낼 때 가능해질 것이다.

다음으로 생각해야 할 점은, 김춘수 시론의 이와 같은 특징이 미적 실천의 문제를 제시한다는 사실이다. 객관적 타당성을 상실할 위험에도 불구하고 김춘수가 지속적으로 제기하는 문제들은, 한국 현대시의 방향과 문학사라는 지형도 속에 놓여 있는 개별자들의 미학적 선택에 대한 요구이다. 그의 시론에 대한 해석과 평가가 논쟁적이고 다양한 형태로 나타나는 원인을 여기에서 찾을 수 있다.[1] 김춘수의 문제 제기와 요구에 대한 각각의 상이한 입장들이 매우 현장적인 성격을 띠고 제출될 수 있기 때문이다.

이 글에서는 이 같은 두 가지 사실을 전제하면서, 김춘수 시론의 특질과 의의가 한국현대시사에서 차지하는 위상을 논하려 한다. 대상이 되는 시론집은 『한국현대시형태론』(1959), 『시론(작시법을 겸한)』(1961), 『시론(시의 이해)』(1971), 『의미와 무의미』(1976), 『시의 표

1 권혁웅이나 이창민 역시 김춘수의 '무의미', '관념', '대상' 등의 용어가 모호하여, 그것을 수용하거나 시 해석에 적용할 때 매우 상이한 결과가 나오고 있거나 혹은 나올 수 있음을 지적하였다. 논자들의 견해와 이에 대한 비판의 자세한 사항은 권혁웅, 「한국현대시의 시작방법 연구–김춘수·김수영·신동엽의 시를 중심으로」, 고려대 박사학위논문, 2000, 50~57면; 이창민, 「김춘수 시 연구」, 고려대 박사학위논문, 1999, 6~11면 참조.

정』(1979)[2]이다.

2. 시의 언어와 시인의 기술

김춘수는 시의 언어와, 언어의 형태에 많은 관심을 가졌다. 한국시사를 형태론적으로 구상해 본 『한국현대시형태론』(1959)은 그의 시도가 이후의 시론에 어떻게 지속될 것인지를 보여 주는 작업이다. 이 글의 서문에서 그는 산문을 "자연발생적 리듬"으로, 운문을 "인위적 리듬"으로 규정한다. 여기에서 운문의 중요한 전제조건이 되는 것은 인위적이라는 점이다. 인위적이라는 것은 지적 통제와 조작을 필요로 하는 개념이다. 따라서 시의 형태는 필연적으로 지적 통제와 조작에 대한 요구를 담고 있다는 것이다.

이어 김춘수는 시에 대한 태도를 "느끼는 태도"와 "생각하는 태도"로 나누고 있다. 그에 의하면, 전자가 내용 편중의 낭만주의적이고 주정적인 태도라면 후자는 형식 편중의 고전주의적이고 주지적인 태도이다. 여기에 어떤 가치판단이 개입되어 있는 것은 아니다. 그러나 그가 한국의 낭만주의를 비판하면서 "형태에의 무관심"을 들고 있다는 사실에서, 이후 김춘수 시론의 방향이 '언어에 대한 자각'과 '형태를 만드는 기술'의 측면으로 향하게 되는 시초를 발견할 수 있다.

2 이후 『시의 이해와 작법』(1989), 『시의 위상』(1991) 등의 시론집이 간행되었다. 『시의 이해와 작법』은 앞의 두 권의 『시론』을 새로운 편집 의도에 맞추어 수정, 보완한 것으로 보이며 『시의 위상』 역시 일정 부분 앞 시기의 시론들을 반복, 변주한 것이라 생각하여 논의에서는 제외하였다.

〈느끼는〉은 〈느끼는〉 인간의 일반적 태도 위에서 보다 깊게 보다 그답게 〈느끼는〉 그것이기 때문에 여기에는 항상 뜨거운 인간적인 태도가 있다. 그러나 〈생각하는〉은 〈느끼는〉 인간의 일반적 태도를 일단 의식적으로 포기한 태도이기 때문에 싸늘한 비인간적인 태도가 있을 따름이다. 전자가 보다 윤리적이라 하면(허무에 대하여 뭐라고 설령 말하고 있더라도 어디까지든지 그것은 허무에 대하여서인지〔대하여서이지: 인용자 바로잡음〕 그 자신 허무로서 있지는 않다. 청마의 시를 보면 그것을 느낄 수 있다.) 후자는 보다 허무로서 있음을 알 수 있다. 형식이나 방법에의 사고는 윤리가 개재할 틈이 없다. 그것은 사고의 윤리를 통하여 기술로서 기계화할 수밖에 없는 것이다.[3]

형식이나 방법에의 사고에 윤리가 개재하지 않는다고 말할 때의 "윤리"란 일반 사회와 생활에서 통용되는 윤리를 말한다. 김춘수는 "사고의 윤리"를 강조함으로써 시의 기술에 요구되는 논리가 일상의 윤리의 논리와는 다른 것임을 지적하였다. 여기서 "허무"라는 말은 모호하지만, 도덕관념이나 생활의 가치판단이 시적 언어에서 배제되어야 함을 강조한 것이라 볼 수 있다.

이러한 인식은 '시의 언어'가 갖는 특수성에 대한 강조로 나아가게 된다. 시의 기술이란 언어에 대한 기술이며, 언어에 대한 기술은 궁극적으로 '시의 언어'에 대한 관심과 맞닿아 있다. 시인은 '시의 언어'가 갖는 특수성을 자각해야만 한다. 시인은 "도구로서의 언어와 인연을

3 『한국현대시형태론』, 46면. 본문에서 인용하는 김춘수의 글은 모두 『김춘수전집 2: 시론』, 문장사, 1984(중판)에서 인용하며 지금부터는 각각의 시론집의 제목과 전집의 면수만 표기하겠다.

끊은 사람"[4]이다. 일상의 언어가 갖는 지시성과 유용성의 제거는, 시인에게 새로운 선택의 방향을 제시한다. 그는 언어에 어떤 생각을 담을 것인가 보다는, 언어의 조작과 기술을 통해 어떤 새로운 형식을 창출해야 할 것인가라는 문제에 직면하게 된다. 여기서 새로운 형식의 창출은 새로운 의미의 창조를 이끌어내는 과정이 된다.

한국 현대시에 대한 김춘수의 평가와 정리 작업은 이와 같은 전제를 바탕으로 하고 있다. 그는 한국 현대시의 출발인 신시(新詩)는 전통적 형태의 해체만 있을 뿐, 충분히 자각된 형태가 그것을 대신하지 못했으며 황석우와 김소월을 거쳐 한국의 현대시가 자유시로 자리잡게 된다고 말한다. 그가 자유시의 전개 과정에서 새로운 현대시를 이끄는 중요한 동력으로 보고 있는 것은 "형태에 대한 자각"이며 시의 기법에 대한 인식이다. 김춘수가 전 시론집에 걸쳐 정지용의 「백록담」과 같은 산문시편들이나 이상, 김구용의 시를 높이 평가하는 논리도 여기에서 파생된 것이다.

> 芝溶(지용)의 「백록담」은 李箱(이상)의 것과 함께 한국에서는 처음으로 산문시라는 장르를 개척한 것이라 할 것인데, 향가 이래의 한국시는 여기서 새로운 전개에의 사고를 경험하여야 하였던 것이다. 왜냐하면, 이미 지적한 바와 같이 산문과 줄글(산문체)로서의 시형태와 내용으로서의 imagism이 이전의 시에서는 볼 수 없었던 결합을 일단 보여 주었기 때문이다.
>
> —『한국현대시형태론』, 76면

4 장 폴 사르트르, 정명환 역, 『문학이란 무엇인가』, 민음사, 1998, 22면.

김춘수는 언어의 기법에 대한 인식이 곧 장르에 대한 인식으로 이어진다고 보았다. 김춘수가 산문시의 의의를 강조한 이유는, 한국 현대시의 내용과 형식이 재래적인 것을 답습하고 있다고 진단했기 때문이다. "자연발생적"이고 "감성적"인 산문에서, "기교적"이고 "논리적"인 형태로 진화한 것이 운문이지만, 여기에 대한 또 다른 반동이 시를 산문으로 이끌어간다는 것이다. 산문은 "형식과 내용의 양쪽"에 모두 걸린다. 형식에 있어서 산문은 기존 시의 정형성을 탈피했다. 또 내용에 있어서는 시의 서정이 갖는 주정적이고 낭만주의적인 성격을 넘어서 주지적인 정신을 갖고 있다. 김춘수가 『백록담』 앞의 시편들을 "완고한 서정주의"라 평가하면서, 『백록담』의 시편들에 더 가치를 두는 이유는 여기에 있다.

김춘수의 이러한 논의는 1950년대 이후 시단의 전통 서정주의에 대한 문제제기로 이해할 수도 있다. 그는 "현대정신의 상황하에서는 체험의 다양함을 억지로 단순화한다는 것은 무의미한 일이기 때문에 순전한 서정시라는 것은 현대에 있어 더욱 난처한 입장에 서게 된다"(『시론(시의 이해)』, 315면)고 했다. 형식에 대한 혁신은 정신의 혁신과도 관련된다. 형식에 대한 무자각적 태도와 대상과 주체에 대한 비분리적 인식을 갖는 전통 서정주의는, 예술의 혁신을 담당하기 어렵다. 김춘수는 "절대적인 시"를 못 가지게 되었으므로 "작법을 곧 시라고 생각하는 태도"(『시의 표정』, 565면)를 갖게 된 것이라고 말하였다.

이 같은 주장은 그 자신이 지적했던 것처럼 "혁명적"인 것일 수도 있다. '작법=시'라는 등식은 급진적이거나 독단적일 수 있기 때문이다. 그러나 역설적으로, 이러한 표현은 김춘수 시론이 갖는 문제 제기의 성격을 더욱 강화시킨다. 김춘수의 단언은, 시의 혁신과 새로운 예술을 이끄는 힘이 어디에서 오는가에 대한 문제 의식이 한국의 현대시사에 필요하다는 항변으로 들리기 때문이다.

김춘수는 "절대적인 시"가 더 이상 존재하지 않는다는 것을 기정사실화했다. 여기에서 시의 현대성이 어디에서 비롯하는가가 암시된다.[5] 절대적이고 완결된 세계로 존재하는 시에 대한 믿음은 사라졌다. 시 속에서 얼마만큼 완결된 세계를 구현할 수 있는가보다, 깨어진 현실 속에서 어떤 시작 방법 하에 시를 생산할 것인가가 문제시되는 것이다.

3. 서술적 이미지와 관념의 배제

김춘수의 형태에 대한 관심과 무의미시론의 사이를 매개하는 중요한 개념은 "서술적 심상descriptive image"이다. 김춘수는 심상을 "敍述的(서술적descriptive)"인 것과 "比喩的(비유적metaphorical)"인 것으로 나누고, "서술적 심상이란 심상 그 자체를 위한 심상"(『시론(시의 이해)』, 243면)이며 "비유적 심상은 관념을 말하기 위하여 도구로서 쓰여지는 심상"(『시론(시의 이해)』, 247면)이라 구분하였다. 이어 전자는 이미지가 관념의 도구로 쓰여져 있지 않고 그 자체를 위하여 동원되고

5 이러한 점에서 『한국현대시형태론』에서 김춘수가 시형태의 해체 상태에 대한 우려를 표명했다고 보는 박윤우의 논의에는 수긍하기 어려운 점이 있다. 그는 김춘수가 형태의 해체현상을 시대성과 관련된 일시적인 것으로 보고자 함으로써 그가 완결된 형태미를 구현하는 것으로서의 자유시형에 대한 이상을 고수했다고 논하였다. 그러나 김춘수는 완결된 형태미의 구현을 자유시의 이상으로 보았다기보다, 장르의 해체가 결국에는 서정시의 확대된 개념을 획득하면서 전개되어 나간다고 보았던 것이라 하겠다. 박윤우, 「김춘수의 시론과 현대적 서정시학의 형성」, 『한국현대시론사』, 모음사, 1992, 414~415면 참조.

있기 때문에 "순수"하며 후자는 이미지가 관념에 봉사하는 역할을 하고 있기 때문에 "불순"하다고 말한다. 따라서 "서술적 심상으로만 된 시는 일종의 순수시"(『시론(시의 이해)』, 260면)가 된다.

여기서 "서술적 이미지"는, "descriptive"를 "묘사적"이라고 해석하기도 한다는 점을 참고할 때 "묘사적 이미지"라고 번역하면 좀 더 이해하기 쉬운 의미가 된다.[6] 그럼에도 이 두 가지 개념이 규정할 수 있는 범위가 어디까지인지는 모호하다. 또 이미지가 갖는 역할에 대한 두 가지의 명확한 구분은 논리적 극단성을 피할 수 없다. 한 편의 시에서 하나의 일관된 방향으로 이미지가 조직되어 있지 않은 경우가 많을 뿐 아니라, 이미지의 기능 역시 서로 간에 넘나들기 때문이다. 김춘수가 이미지의 구분을 각각의 시에 적용할 때 혼란이 생기는 것은 이 때문이다.[7] 김춘수 스스로 서술적 이미지의 시들 사이에서도 "발상의

6 김종길은 이미지를 대별할 경우 "서술적 이미지" 보다는 "묘사적 이미지"라는 말이 더 적절하다고 보았다. 이어 그는 김춘수의 이 두 가지 구분을 비판하면서 서술적 이미지가 그 자체를 위하여 동원되기만 하는 것은 아니며, 그러한 이미지에는 "절대적 심상"이라는 말이 더 어울린다고 하였다. 비유적 이미지와 서술적 이미지의 역할을 이렇게 제한할 때 편협성을 자초한다는 것이다. 김종길, 「시의 곡예사」, 『문학사상』, 문학사상사, 1985.10, 123~125면 참조.

7 김춘수에 따르면 서정주의 「문둥이」는 시 전체가 비유가 됨으로써 이미지 그 자체에 목적이 있지 않은 "비유적 이미지"의 시이다. 각 연은 어떤 인상의 강조나 장면의 제시가 아니라 형이상학적인 암시를 알리고 있다. 박목월의 「불국사」는 서술적 이미지로 된 극단의 경우이다. 빈사, 즉 서술어를 생략함으로써 의미론의 입장으로는 판단의 유보상태를 불러 오는 "physical poetry"의 전형이다. 이상의 「꽃나무」는 관념이 아닌 심리적인 어떤 상태의 유추로 쓰이고 있는데, 그것은 이미지 그 자체가 심리적이 되어 버린 어떤 상태이다. 따라서 서술적 이미지로 쓰인 시라고 할 수 있다.(『의미와 무의미』, 365~369면) 그러나 김춘수의 이러한 적용은 혼란스럽다. 박목월의 시가, 대상에 대한 설명이나 시인의 관념을 배제했다는 점에서 "서술적 이미지"의 시라는 것은 수긍할 수 있다. 그러나 서정주의 시가 장면의 제시가 아니라 형이상학적인 암시를 알리고 있는 것이라고 할 때, 이상의 시와 어떤 구분이 생기는지 모호해진다. 그 방법에 있어서는 상당히 차이가 나지만, 이상의 시 역시 어떤 장면이나 인상

뉘앙스 차"가 단순하지 않다고 지적하고 있다. 이러한 논리적 결함에도 불구하고 김춘수가 서술적 이미지를 강조하는 이유는 명확하다. 그는 서술적 이미지를 강조함으로써 시 창작의 자각된 방법론을 강조하려 한 것이다.

> 이러한 원시적 서술적 심상이 차차 자아와 피아의 구별이 생기고 주관과 객관이 의식 내부에서 분련이 된 뒤에까지도 시에 나타나게 되었는데, 원시적인 그것이 보다 자연발생적 기계적 본능적인 그것이라고 한다면 이것은 보다 의식적, 창조적, 지적인 그것이라고 할 것이다. (중략) 여기에는 자각된 방법론에 의한 기술과 시에의 이념이 밑바닥에 깔려 있다.
>
> —『시론(시의 이해)』, 252면

서술적 이미지는, 외계를 모방하고 재현하는 데 그치는 것이 시의 언어가 아니라는 점을 자각한 시인의 산물이라는 데에서 원시적인 묘사의 언어와 구분된다. 그것은 의식적이고 창조적이며 지적인 작업이다. 이러한 작업은, 대상을 인식할 때 일상적 관념을 배제하면서 대상과 언어와의 관계를 더욱 밀착시킨다. 그러나 언어에서 의미가 완전히 배제될 수는 없으므로, 이때 기존의 관념과는 다른 새로운 대상의 의미

의 제시를 위한 것이 아니라는 점에서는 서정주 시와 같다. 이상이 표현하고자 하는 '꽃나무'도 하나의 알레고리로 읽힐 수 있다고 보면, 과연 김춘수가 말한 대상이나 관념이 사라진 것인가에 대한 의문을 가질 수 있다. 서정주의 '문둥이'는 시적 대상이 현실의 '문둥이'에서 출발했다는 것과 대조적으로 이상의 '꽃나무'는 현실의 '꽃나무'와는 거의 절연되어 있는 시적 상태라는 데에서 김춘수가 두 시를 구분했을 수도 있다. 그러나 이때는 박목월의 '불국사'가 서정주의 '문둥이'와 동일한 처지에 놓이게 된다는 점에서 또 다른 문제가 생겨난다.

가 창조된다.[8]

이미지가 관념의 도구로 쓰이지 않아야 한다는 것은 시의 언어가 시인이 말하고자 하는 어떤 사상에 대한 설명이 되어서는 안 된다는 뜻이다. 시의 언어는, 일상적인 대화나 산문에서 쓰이는 지시적 언어의 일의성을 탈피해야 한다는 뜻도 된다. 이렇게 본다면, "순수시"란 물론 사회적 참여나 이데올로기를 거부한다는 의미에서의 그것이지만, 보다 넓은 의미에서 언어의 순수성을 통한 새로운 의미를 창출한다는 측면에서의 순수시라고 보는 편이 정확하다.[9] 김춘수가 그의 시론에서 전통 서정시에 대해 줄곧 부정적인 입장을 견지하고 있는 것은, 전통 서정시의 언어들이 언어와 대상과의 관계를 새롭게 파악하고 사물의 다양한 의미를 추구한다는 측면에서의 "순수"를 갖고 있지 못하다고 보았기 때문이다.[10]

---

8 

위의 삼각형에서 대상과 언어는 관념을 통해서만 연결된다. 대상을 파악하기 위해 언어는 대상을 관념화시키고, 따라서 대상과 언어는 직접 만날 수 없다. 언어는 대상을 놓치고, 대상은 언어에 의해 관념화되면서 실체를 잃는다. 시의 언어는 이러한 관념의 매개에 부단히 저항하면서 대상을 포착하고자 한다.

9 윌라이트는 은유의 종류를 둘로 나누면서 전통적 개념의 은유를 외유(치환은유 epiphor)라 부르고 교유(병치은유diaphor)라는 새로운 개념을 정립하였다. 병치은유의 근본적인 가능성은 새로운 특질과 의미를 만들어내는 광범위한 존재론적 사실에 놓여 있다. 병치 은유는 지금까지 묶여지지 않은 요소들을 결합하여 새로운 존재에 이르게 만든다는 것이다. 따라서 치환은유의 기능이 "의미를 암시하는 데" 있다면 병치은유의 기능은 "존재를 창출하는 데" 있다.(필립 윌라이트, 김태옥 역, 『은유와 실재』, 한국문화사, 2000, 67~96면 참조) 윌라이트의 논의에서 병치은유는 김춘수가 사용하는 서술적 이미지와 거의 동일한 내포를 지닌다. 의미를 암시하고 나타내기 위해서가 아니라 새로운 의미론적 가능성과 존재의 창출에 그 목적이 있기 때문이다. 김춘수의 시와 서술적 이미지를 병치은유의 실례로 본 예로 홍문표, 『현대시학』, 양문각, 1987, 158~159면; 권혁웅, 앞의 글, 6~9면 참조.

김춘수가 말하는 순수의 추구는 일상어 혹은 산문어에서 유지되는 기표-기의의 결합관계를 해체하려는 시적 언어의 기도(企圖)이기도 하다. 기표-기의 관계가 언어 안에서 완강하게 유지될 때, 언어 기호의 지시적 역할을 넘어설 가능성은 축소된다. 기표-기의 관계가 해체된 언어 그 자체에 대한 집중은 새로운 의미와 자유로운 언어를 위한 조건이다. 김춘수의 무의미 시론이 탄생하게 되는 지점은 여기에서이다.

> 같은 서술적 이미지라 하더라도 사생적 소박성이 유지되고 있을 때는 대상과의 거리를 또한 유지하고 있는 것이 되지만, 그것을 잃었을 때는 이미지와 대상은 거리가 없어진다. 이미지가 곧 대상 그것이 된다. 현대의 무의미 시는 시와 대상과의 거리가 없어진 데서 생긴 현상이다. 현대의 무의미 시는 대상을 놓친 대신에 언어와 이미지를 시의 실체로서 인식하게 되었다고 할 수 있다.
>
> —『의미와 무의미』, 369면

이미지와 대상의 거리가 없어진다는 진술은, 시인이 이미지를 통해 대상의 어떤 속성이나 관념을 묘사하려는 것이 아니라 이미지가 곧 대상이 됨으로써 이미지와 언어 그 자체가 말한다는 의미를 갖는다. 무의미시가 대상을 놓쳤다는 것은, 언어를 통해 대상에 대한 일정한 관념을 설명하려는 시인의 태도가 사라졌다는 뜻이다.[11] 기의-기표의

10 김동환은 김춘수의 서술적 이미지를 선경후정이라는 시상 전개 방식을 근간으로 하는 전통적 서정시의 세계를 의미하는 것으로 보아야 한다고 했는데, 이러한 논의는 김춘수가 말하는 "순수"의 방법론을 흔히 순수시라고 얘기하는 전통서정시의 "순수"와 혼동하였기 때문에 온 결과다. 김동환, 「김춘수 시론의 논리와 그 정체성」, 『한국현대시론사 연구』, 문학과지성사, 1998, 297~299면 참조.

긴밀한 결합이 하나의 대상을 일상언어 차원에서 지시하던 관계가 사라졌기 때문에, 예전에 표현하고자 했던 "대상"은 사라진다. 대신 그 자리에 언어와 이미지가 실체로서 자리잡는다. '대상의 무화', '관념의 배제' 등이 '무의미'의 '의미'와 엇갈리면서 의미를 불투명하게 하고 해석의 다의성을 야기하였지만, 언어와 이미지에 대한 김춘수의 이와 같은 적극적인 의미 부여에 의해, 1950년대 이후 한국 순수시의 향방이 새로운 가능성을 얻은 것은 사실이다.

4. 새로운 언어와 존재 창출의 시도

> 시는 진보하는 것이 아니라 진화한다는 것이라는 가설이 성립된다고 한다면, 어떤 시는 언어의 속성을 전연 바꾸어 놓을 수도 있지 않을까? 언어에서 의미를 배제하고 언어와 언어의 배합, 또는 충돌에서 빚어지는 음색이나 의미의 그림자나 그것들이 암시하는 제이의 자연 같은 것으로 말이다.
>
> —『의미와 무의미』, 378면

11 김춘수의 무의미 시론은 많은 부분 말라르메가 말한 "시인의 사라짐"에 기대어 있는 것 같다. 말라르메는 시의 내적 구조와 여백들이 만들어내는 새로운 의미의 창출에 대해 말함으로써, '시의 순수'가 가질 수 있는 의의에 최대의 가능성을 부여하였다. "The inner structure of a book of verse must be inborn; in this way, chance will be totally eliminated and the poet will be absent. from each theme, itself predestined, a given harmony will be born somewhere in the parts of the total poem and take its proper place within the volume(…)": Mallarmé, Stéphane. trans. Bradford Cook. "Crisis in Poetry", *Mallarmé : Selected prose poems, Essays & Letters,* Baltimore: The Johns Hopkins Press, 1956, p.41 참조.

시의 언어에 대한 자각이 대상에 대한 새로운 인식 방법에서 시작되었다면, 언어의 속성을 바꿀 수도 있는 무의미 시가 추구하는 목적은 새로운 언어와 존재의 창출에까지 가 닿는다. 이를 위해 김춘수가 필요하다고 본 것은 대상에 대한 현상학적 시선, 즉 판단중지의 시선이다. 김춘수는 우리 시단(詩壇)이 시를 쓴다는 행위에 대한 형이상학적 의미 부여를 하지 못하고 있다고 말한다. "기교(엘리어트식으로 말하면 예술작용)가 인생에 직결된다는 적극적인 의미를 아직 절실하게는 자각 못하고 있을 때, 미학으로서의 시는 그 소극적인 면만이 드러나고 동시에 그것은 비장하나 피상적인 인생론에 의하여 배척"(『의미와 무의미』, 427면)된다는 점을 인식해야만 한다는 것이다. 대상에 대한 현상학적 시선이라는 것은, 현실에서 통용되는 대상에 대한 관념을 배제하는 것, 괄호치는 것을 말한다. 괄호치기를 통해 이제 대상 인식에서 관념의 자리를 대체하는 것은 언어의 작용이다. 말라르메적인 의미에서 우리가 '꽃!'이라고 부를 때에만, 실재하는 꽃이 아니라 그것의 음악과 본질 그리고 부드러움을 가진 것으로서의 '꽃'이 살아나는 것처럼 말이다.[12]

12 Mallarmé, Stéphane. 앞의 글, 42면 참조. 대상에 대한 판단 중지 상태에서 본질 직관을 통해 개체를 넘어서는 종을 파악할 수 있다는 논리는 후설에게서 비롯되었다. 종으로서의 '빨강'을 지시할 때, 빨간 대상은 우리 앞에 나타나고 이런 감각으로 우리는 지시되지 않은 빨간 대상까지도 보게 된다. 이 '빨강'은 대상 안에서 개별적으로 한정된 특징을 지시하는 것은 아니다. 오히려 우리는 단일하고 동일한 빨강을 새롭고 의식적인 태도로 지시한다. 이런 태도를 통해 개체가 아닌 종이 정밀하게 대상이 된다. 아도르노는 후설의 이러한 '관념화된 빨강'이 실재하는 개체를 배제하는 비실재적 관념일 뿐이라는 점에서 비판하였다. 개별적인 빨강이 종으로서의 빨강으로 되는 것은 그 두 가지를 모두 담는 언어에 의해서만 가능하다는 것이다. 이러한 아도르노의 후설 비판은 역설적이게도 여기서는 말라르메의 순수 언어의 지점, 즉 현실 너머에 있는 어떤 것을 지시함으로써 "대문자 책"이 구현하는 세계로 가 닿는 통로에 대한 길을 열어 놓는다. Adorno, Theodor W., *Against Epistemology*, trans. Willis Domingo, Oxford: Basil Blackwell, 1982, 97~99면 참조.

대상에 대한 판단 중지를 통해 사물의 새로운 의미를 창출하려는 주체의 시선은, 사물을 도구화 시켰던 현실의 논리를 탈피하여, '나'의 외부에 존재하는 다른 타자로 그것을 인식할 수 있는 가능성을 제공한다. 주체에 아무 영향도 끼칠 수 없는 도구로서의 사물에 대한 반응이 아니라 "타자들이 모두 존재 차원에 있다는 점"[13]을 인식한 것이다. 무의미 시의 "無"를 "nothing"이 아니라 "Being"으로 해석할 수 있으며, 그것이 사물과 직관의 관계 혹은 존재와 인식의 관계를 드러내고자 하는 노력이었다는 주장[14] 또한 이와 비슷한 지적이다.

> 그러나 기교나 메타포는 수사학의 차원에서만 이해할 수는 없는 일이다. 그것들은 시의 속성이기도 하다. <u>메타포란 그 어원이 말하다시피 그것은 부단히 자기의 현재를 초월하려는 의지에서 나타나는 어떤 현상(언어적 현상)이다. 그것은 곧 창조를 뜻한다.</u> 예술작품이란 전체적으로도 하나의 메타포가 되어야 하겠거니와 부분적으로도 메타포는 필수적이다. 시의 기교란 바로 초월에의 한 방편을 두고 하는 소리라야 한다. 요컨대 초현실주의에 있어서의 자동기술과 같은 것이다. 그것은 곧 방법론에 연결돼야 한다.
>
> — 『의미와 무의미』, 454면, 밑줄 인용자

13 이승훈, 「김춘수, 시선과 응시의 매혹」, 『작가세계』, 세계사, 1997년 여름, 49면. 이승훈은 여기서 사르트르의 타자 개념을 빌어 김춘수의 세계에 대한 시선을 설명하고 있다.

14 이에 대해서는 고정희, 「김춘수의 무의미론 小考」, 『김춘수 연구: 시인 김춘수 송수 기념평론집』, 학문사, 1982, 383~385면 참조. 이에 반해 김춘수가 오히려 존재 자체를 무로 하려고 했다는 상이한 논의를 제출하고 있는 입장에 대해서는 권기호, 「절대적 이미지」, 앞의 책, 485~489면 참조.

인용문에 등장하는 “초월”이라는 용어의 함의를 명확히 개념화시킬 수 있을만한 충분한 논의가 이후 김춘수에게서 개진되고 있지는 않다. 어쨌든 김춘수는 여기에서 시의 기교가 단지 수사의 차원이 아니라 “하나의 스타일이 생에 대한 어떤 발상을 보여주고 있는가”(『의미와 무의미』, 443면)라는 질문의 차원에서 이루어져야 한다는 점을 강조하고 있다. 시란 자연 언어를 초월하는 언어의 창출이며, 대상의 새로운 의미를 실체화하는 것이고, 주체와 사물과의 관계에 대한 새로운 인식을 정초한다는 점에서 “창조”가 되는 셈이다. 그는 시적 트릭이란 인생 혹은 우주의 불가사의에 대한 하나의 “도전의 방법”이라는 점에서만 의미가 있을 뿐, 그렇지 못할 때는 단순한 하나의 재치에 지나지 않는 것이 된다고 말하였다. 무의미시의 기술에 대한 자각적 태도는 이처럼 세계와 존재의 비밀에 대한 인식의 방법으로까지 확장된다.

그런데 여기에서 이를 위한 방법론의 한 예로 초현실주의의 자동기술법이 등장하고 있다는 사실을 주목할 수 있다. 김춘수는 조향의 글을 인용하면서 자동기술법이 “타자” 곧 “무의식의 자아”를 드러냄으로써 무의식과 의식, 즉자와 대자의 대립을 해소시키고 변증법적 지양에 의해 우주적 통일을 이룩한다고 보았다. 자동기술법의 적극적 의의는, 의식의 심층에 있는 무의식을 길어올림으로써 ‘나’의 타자인 무의식과 의식의 통합 즉 주체와 객체의 변증법을 꾀한 데서 찾을 수 있다는 것이다. 그러나 이러한 김춘수의 논리는 시의 기법을 심리학적 측면으로 무분별하게 연결시키면서, 의미의 혼란과 모순을 일으키고 있다.

> 자동 기술이란 결국 이들 분열 또는 대립의 상태에 있는 我(아)들을 변증법적으로 지양시켜 통일케 하는 어떤 작용이다. 그것은 또한 실

존의 渾身的(운신적) 投射(투사)라고도 할 수 있다. 이때의 실존이란 하나의 종합이다. (중략) 그러나 그것은 생물과 인간의 변증법적 지양을 완성한 새로운 차원의 자연(神)이 되어야 한다는 뜻이 된다. 자동기술의 적극적인 의의가 바로 여기에 있다.

—『시의 표정』, 555면

이미지를 상징으로 사용하는 것은 피안의식이 작용하고 있는 증거라고 할 것이다. 즉, 사물의 의미를 탐색하는 태도다. 이미지를 순수하게 사용하는 것은 사물을 그 자체로서 보고 즐기는 태도다. 이 두 개의 태도가 나에게 있어서는 석연치가 않다. 혼합되어 있다.

—『의미와 무의미』, 462면

첫 번째 인용문은 자동기술법이 갖는 적극적인 의의를 설명하고 있다. 자동기술법에 의해 쓰이는 시 역시 김춘수에게 있어서는 무의미시이다. 그가 일관되게 논하였던 서술적 이미지의 자유연상이 자동기술법과 곧바로 연결될 수 있는가에 대한 논의는 차치하고서라도, 자동기술법이 여러 주체들을 지양시켜 통일시킨다는 주장에 대해서는 의문을 가질 수밖에 없다. 자동 기술에 대한 과도한 의미 부여는 무의미시론의 존재 의의를 확정하려는 시도로 보인다. 언어의 힘에 의해 새로운 존재를 건설하려는 김춘수의 무의미시론이 갖는 필연적 결과의 하나는 "존재를 끝끝내 증명할 수 없다는 절망"[15]에 부딪치는 일이다.

아마도 김춘수는 이 절망을 이겨내기 위한 무의미시의 기획의 일환

15 이승훈, 「김춘수론 - 시적 인식의 문제」, 『현대문학』, 1977.11, 261면.

에서 위와 같은 주장을 제출하였을 것이다. 그러나 이와 같은 김춘수의 기획은 애초의 출발점과는 화해하기 힘든 충돌과 갈등을 일으킨다. 자아와 외부 세계를 분리하여 사물을 인식하는 시의 언어에 대한 자각적 태도를 강조하고 대상을 판단 중지의 차원에서 응시함으로써 새로운 시적 의미를 만들어 내려고 했던 시론의 실험과, 주체들의 소박한 "종합"은 쉽게 매개될 수 있는 차원의 것이 아니다.

두 번째 인용문에서 김춘수는 자신의 시 창작이 두 개의 태도를 동시에 포함하고 있음을 밝히고 있다. 이러한 두 가지 태도가 일으키는 균열은 창작에 있어서는 생산적일 수도 있으나, 시론의 논리에서 그대로 드러날 때는 모순과 깨어짐을 면치 못한다. "피안의식"과 "즐기는 태도"가 화해될 수 있기 위해서는, 보다 많은 단계의 매개가 필요하며 그에 대한 구체적 설명과 논리의 개진 또한 이루어져야 한다. 주체와 객체의 변증법은 하나의 고정된 점에서 이루어지는 것이 아니기 때문에, 역사에 대한 의식이 배제된 채 이루어질 수는 없다. 그는 자신의 시론에서 "역사"를 배제하였는데, 그것은 일종의 "완전"과 "영원"을 꿈꾸는 자의 태도다.[16] 완전을 꿈꾸는 태도가, 본질적으로 불완전한 힘들의 대립과 갈등관계를 통해 이루어지는 끊임없는 과정인 변증법을 추구하는 태도에 다가가기는 어렵다.

역사의 배제는 인간이라는 주체의 가능성에 대한 유보 혹은 판단

16 구모룡은 김춘수가 역사를 불완전과 등가로 파악했기 때문에 영원의 반대편에 있는 역사를 배제하였다고 지적한다. 따라서 김춘수가 꿈꾸는 완전은 '무역사성'의 원리를 기반으로 하는 삶의 배제를 통해 도달되는 지향점이라는 것이다. 이러한 지적은 김춘수의 시세계에 대한 전반적 해석으로 보이는데, 여기에서는 이와 같은 논리를 김춘수의 『의미와 무의미』 이후 나타나는 시론에 적용할 수 있을 것 같다. 자세한 점은 구모룡, 「완전주의적 시정신」, 『김춘수 연구: 시인 김춘수 송수기념평론집』, 학문사, 1982, 408~412면 참조.

중지를 이끌어 오기 마련이다. 따라서 김춘수의 논리는, 주체와 모순을 간직한 외부 혹은 세계와의 갈등과 투쟁 속에서 일어나는 역사적 사건인 변증법에로가 아니라, 무분별한 "종합"에로 나아갈 위험을 가지고 있다. 유용성과 관념을 배제한 시적 언어의 가능성을 극대화시킨 것이 무의미시의 논리였다면, "있는 그대로의 사물을 반영하기 위해서 주체는 사물로부터 받은 것보다 더 많은 것을 사물에게 돌려주어야"[17] 한다는 말을 상기할 필요가 있다. 무의미시론의 논리는, 주체와 외부 세계와의 사이에 놓여 있는 심연을 인정하고 언어라는 형식에 집중할 때 새로운 창조의 논리가 될 수 있기 때문이다.

5. 유희의 전략

한 비평가는 김춘수의 무의미시를 비판하는 글에서, 김춘수가 '역사'를 부인함으로써, '이성'의 전개로 이루어지는 역사의 보편성과 전체성에 대한 인식을 사상(捨象)하였다고 논하였다.[18] 때로 그의 시론은

17 M. 호르크하이머·Th. W. 아도르노, 김유동·이상훈·주경식 역, 『계몽의 변증법』, 문예출판사, 1995, 255면

18 서준섭, 「순수시의 향방」, 『작가세계』, 세계사, 1997년 여름, 86~88면 참조. 그는 헤겔의 『정신현상학』을 인용하여 이성은 진리의 원천으로서 '진리는 전체이다'라는 인식, 즉 주관성을 넘어서는 전체성에 대한 인식이 그에게 필요함을 주장하였다. 이러한 견해는 김춘수의 시론을 논하는 데는 부적절하거나 불충분해 보인다. 김춘수의 시론은 역사를 배제한다는 점에서 이성과 주체의 역할을 부인한 것이다. 세계의 분열과 이원성을 받아들이는 근대 과학의 세계관을 내재화하여(김춘수의 시와 시론이 근대 과학의 논리에 닿아 있다는 생각에 대해서는 김인환, 「과학과 시」, 『상상력과 원근법』, 문학과지성사, 1993을 참조할 수 있다.) 시의 언어에 대한 자각적 인식과 조작을 통해 새로운 시의 형태를 정초하겠다는 발상은, 거대 이성에 대항하는 '작은

논리의 객관성과 보편성을 상실하면서, 해석의 모호성과 불가지성을 초래하기도 하였다. 그의 시론의 논리에 이렇게 균열이 있을 때, 시론과 시의 정당한 대응은 애초부터 불가능한 것이었을지 모른다.

그러나 김춘수의 시는 시론의 논리와 조금씩 엇갈리는 지점에서, 그 의의를 획득한다. 논리로 환원되기 어려운, 미완결적이고 총체적이지 않은 세계에 대한 시적 인식은 '진리는 전체다'라는 명제에 대한 부정이거나, 부분의 진실에 대한 문제제기일 수 있다. 김춘수의 성공한 시들은 언어의 끊임없는 연상과 연쇄를 통해, 일상 언어의 의미작용을 해체함으로써 새로운 의미의 공간을 창출해 낸다.

김춘수의 시가 시론이 갖는 의미성을 확대시키고, 시론의 균열마저도 생산적인 미적 실천으로 환치한다는 면에서, 그 정합성의 문제와는 별도로 김춘수의 시와 시론은 분리하여 생각될 수 없다.

사랑하는 나의 하나님, 당신은
늙은 비애다.
푸줏간에 걸린 커다란 살점이다.
시인 릴케가 만난
슬라브 여자의 마음속에 갈앉은
놋쇠 항아리다.
손바닥에 못을 박아 죽일 수도 없고 죽지도 않는

이성과 주체'의 역할을 제출한 것으로 볼 수도 있다. 따라서 김춘수 시론은 진리는 곧 전체라는 헤겔적 세계관에 대한 미학적 반발의 형식이다. 그는 관념이나 이데올로기와 무의식적으로 결합하는 언어의 속성과 단절하고, 구체적 사물과 만나는 존재로서의 언어를 강조하였다.

사랑하는 나의 하나님, 당신은 또
대낮에도 옷을 벗는 어리디어린
순결이다.
삼월에
젊은 느릅나무 잎새에서 이는
연둣빛 바람이다.

—「나의 하나님」[19]

이 시는 김춘수가 시론에서 강조한 서술적 이미지의 나열로 이루어진 것으로 볼 수 있다. 대상에 대한 일정한 의미를 설명하려는 의도에서가 아니라, 하나의 이미지가 다른 하나의 이미지를 끊임없이 대체하는 형태로 언어가 사용되고 있다.

이 시의 "하나님"은 먼저 "나의 하나님"이라고 표현됨으로써, 일반적 지시어인 하나님이 갖는 보편적 의미를 탈각한다. '우리 주 예수 그리스도의 이름' 혹은 '우리 아버지 하나님'으로 표현되는 언어상의 용례를 들지 않더라도, "나의 하나님"이 반복되는 구문은 새로운 느낌을 주기에 충분하다. 하나님을 "나의 하나님"으로, 그리고 "당신"으로 호명하면서 나와 하나님 사이에 새로운 관계가 생겨난다. 이러한 호명은 일상적인 믿음과 신앙의 관계가 아니라, 어떤 면에서는 동등하거나 매우 구체적이고 실재적인 나와 하나님과의 관계를 지칭하는 것처럼 보인다. 제목까지 포함하여 짧은 시 속에 세 번이나 등장하는 "나의 하나님"은 주술적인 효과를 내면서, 심지어는 하나님에 대한 '나의'

19 『김춘수 시 전집』, 민음사, 1994, 127면

소유 관계를 강조하여, '나'가 '하나님'에 복속되어 있다는 일반적인 관념을 무너뜨리는 것 같기도 하다.

여기에 "사랑하는"이라는 수식어가 추가되고 있는 점은 또 다른 의미적 가능성을 추가시킨다. 보통 사용되는 '사랑하는 아버지 하나님' 이라는 기도문의 구문에서는, 사랑의 주체와 대상이 불분명하게 뭉뚱그려지고 사랑의 보편적 성격이 강조되어 있다. 그러나 "사랑하는 나의 하나님"에서는 "사랑하는"이 "나의 하나님"을 분명하게 수식함으로써, 사랑의 주체의 작용과 그 개인적인 성격이 강조된다. "나의 하나님"은 기독교도 모두가 사랑하는 보편적 의미의 신이 아니라, '나만의 사랑하는 하나님'일 수도 있고, 그렇다면 그것이 꼭 신을 지칭하지 않는다고 볼 가능성도 생겨난다. 하나님이라는 기표의 가능성은 확장된다.

이러한 확장은 이어지는 행들에서 끊임없이 이어진다. 하나님은 "늙은 비애"라는 진술은 일단 그 의미의 낯섦에서 독자들에게 사고의 지연 작용을 요구한다. "늙은 비애"라는 표현은, 가장 인간적인 모습의 체현인 것 같기도 하고 영원히 사라지지 않는 어떤 것의 상징 같기도 하다. 이 표현에서 일상적 언어 차원에서의 '하나님'이 갖는 거룩함의 이미지가 환기되지는 않으나, 새로운 의미 차원의 거룩함의 이미지가 생겨난다. 가장 속화된 것에서 역설적으로 피어나는 거룩함의 의미가 그것이다.

다음 행에 나오는 "푸줏간에 걸린 커다란 살점"이라는 표현 역시 이러한 의미의 또다른 이미지화라 볼 수도 있겠다. 그러나 "늙은 비애"와 "푸줏간에 걸린 커다란 살점"은 관념과 물질성의 양편에 있다는 점에서 하나가 다른 하나를 부정하는 것이기도 하다. 그렇게 본다면 새로운 이미지에 의한 앞선 이미지의 부정, 혹은 두 가지 이미지의 병치는 “나의 하나님”이라는 존재의 속성인 ‘관념성과 물질성의 동시에 있음’을 지시하는 것인 셈이다.

“시인 릴케가 만난/슬라브 여자”는 릴케의 전기적 사실에 따르면, 릴케에게 러시아 민중의 종교 생활에 대한 큰 감명을 준 러시아 여자라고 해석할 수 있다. “푸줏간에 걸린 커다란 살점”이 주는 어떤 훼손된 혹은 훼손될 수 있는 육체적 이미지에 비해 “슬라브 여자의 마음 속에 갈앉은/놋쇠 항아리”의 이미지는 매우 대조적인 느낌을 준다. 그것은 누구나 볼 수 있게 “걸린” 것이 아니며, “마음 속” 깊숙이 “갈앉”아 있다. 견고하면서도 그 밑바닥에서 절대 떠오를 것 같지 않은 무겁고도 단단한 “놋쇠 항아리”는 릴케가 슬라브 여자에게서 발견한 하나님의 형상일텐데, 이는 표면적으로는 “나의 하나님”의 속성을 구성한다. 여기에는 “릴케”와 “슬라브 여자”와 “나”를 가로지르는 보편적 형상으로서의 하나님의 형상이 존재한다. “나의 하나님”에 대한 주관성과 구체성에 대한 다시 한 번의 부정이 된다.

“대낮에도 옷을 벗는 어리디어린/순결”이라는 비유에서 “나의 하나님”은 태초의 엄숙한 분위기를 벗어던지면서, ‘성(聖 혹은 性)과 속(俗)’의 절대적 차이와 경계를 없앤다. 부끄러움을 모른다는 점에서 하나님은 원죄 이전의 인간의 모습인 것 같기도 한데, 이 모습은 어린아이의 순결함이나 깨끗함과도 통해 있다. 여기에서 역시 “대낮에도 옷을 벗는”다는 표현과 “순결”이라는, 일상적 개념에서는 양립시키기 어려운 표현들이 충돌하면서 의미론적 긴장을 만들어낸다. 그것은 다시 한 번 맨 처음에 말했던 “늙은 비애”와도 충돌하는데, 이 충돌은 궁극적으로는 소생과 부활이라는 끝없는 연쇄에 의한 영원성의 의미를 생산한다.

따라서 “나의 하나님”은 “손바닥에 못을 박아 죽일 수도 없고 죽지도 않는" 존재이다. 하나님의 순결성으로 인해 차마 못 박아 심판할 수 없으며, "순결"이라는 관념에는 못을 박을 수 없는 것이기도 하다. 무엇보다 하나님의 무한과 영원성이 '죽임'의 행위와 '죽음' 자체를 불가능하게 한다.

이와 같은 하나님에 대한 관념적 비유는 다음 행에서 다시 한번 "젊은 느릅나무 잎새에서 이는/연둣빛 바람"이라는 구체성으로 거듭난다. "늙은 비애"나 "커다란 살점"의 소멸과 죽음의 이미지가 "놋쇠 항아리"에서는 차갑고 견고한 물질적 이미지로 선회하면서 "순결"과 "연둣빛 바람"이라는 삶과 죽음의 이미지로 변화한다. 그러나 뒤의 이미지는 앞의 이미지에 대한 단순한 부정이 아니며, 삶과 죽음이 함께 내재하는 어떤 초월적 존재에 대한 상징으로 읽을 수도 있다. 삶과 죽음의 동시성 혹은 등재성이라는 속성은, 사실 우리 삶의 논리에도 내재한다는 점에서 "사랑하는 나의 하나님"은 신적 속성의 한 현현자인 인간에 대한 역설적인 비유처럼 보이기도 한다.

이 시는 언어의 끊임없는 연상과 연쇄를 통해, 일상 언어의 의미 작용을 해체함으로써 새로운 의미의 시적 공간을 창출해 낸다. 하나의 이미지가 다른 이미지의 의미 동일성을 부정하거나, 언어의 대립과 차이를 통해 새로운 놀라움을 창출하는 이 시의 언어적 특징은 유희의 속성과도 동일하다. 김춘수는 "유희는 그 자체 하나의 해방(자유)"(『의미와 무의미』, 379면)이라고 말한 바 있다. 김춘수의 시와 시론이 보여주는 시의 언어에 대한 하나의 태도는, 현대적으로는 언어 자체에 의한 말하기에 의해 '언어의 즐김'[20]을 생산할 가능성으로 재해석될 수 있다.

20 바르트는 말라르메가 언어의 소유주라고 여겨져 왔던 저자를 언어 자체로 대체할

그러나 김춘수의 시론이 "생물과 인간의 변증법적 지양"이라는 과도한 임무를 언어에 부여할 때, 그 논리는 파열될 위험을 갖는다.[21] 이것은 김춘수 시론이 거부하고자 했던 또 하나의 관념으로서 시창작의 논리를 압박할 수 있기 때문이다. 김춘수의 "순수시론" 또는 "무의미시론"의 의의는 한국 현대시사에 결핍되어 있는 어떤 부분을 보충하고 확장시킴으로써, 한국현대시를 보다 풍성하게 만들 수 있는 가능성을 제공하였다는 데서 찾아볼 수 있었다. 그런데 그의 시론이 절대적이고 단일한 가치로 치환되고, 전체를 포괄하는 변증법적 논리인 것처럼 제시되는 순간 김춘수의 "순수"와 "무의미"는 일종의 도그마가 되어버리는 위험을 내포한다.

> 그가 말하는 넌센스는 시의 승화작용이고, 설사 시에 그가 말하는 〈의미〉가 들어있든 안 들어있든 간에 모든 진정한 시는 무의미한 시이

필요성을 인식하고 예견함으로써, 독자의 자리를 회복시켰다고 말한다. 바르트에 의하면 이전의 개념이었던 "작품"은 하나의 일반적인 기호처럼 작용하며, 따라서 기호문명의 제도적 범주를 표상한다. 이와 반대로 "텍스트"는 기의의 무한한 후퇴를 실천하고 지연시킴으로써 기표의 무한성, 즉 유희의 개념에 관계한다. 따라서 텍스트는 "즐김", 다시 말해 분리가 없는 즐거움에 연결된다. 바르트의 논의는 의미를 지연시키는 기표 자체의 유희성을 강조함으로써, 작품의 의미를 이해하는 독자가 아니라 텍스트의 언어를 동시에 생산하고 즐기는 실천 주체로서의 독자의 위치를 창출한다. (롤랑 바르트, 『텍스트의 즐거움』, 김희영 역, 동문선, 1997, 29면~47면 참조) 김춘수의 시론은 이러한 독자의 '즐김'에 대한 뚜렷한 고려를 보여주고 있지는 않다. 이는 시대적으로 시인의 '즐김'조차 허용되기 힘들었던 한국 현대 시사의 특징이기도 하다. 그러나 작가의 '즐김'에서 언어의 '즐김'이라는 매개를 통해 독자의 '즐김'은 마련될 수 있을 것이다. 언어의 '즐김'에 대한 금욕적인 통제가 다른 나라보다 심한 한국문학의 특수성은 그 역사의 특수성에 기인한다. 어쨌든, 한국현대시사의 위치를 가늠함에 있어서 아직도 김춘수의 시론이 제기하는 '언어'와 '유희'의 문제는 유효하다고 생각한다.

21 이러한 경향은 김춘수 시론의 후반부인 『의미와 무의미』(1976), 『시의 표정』(1979)에 오면서 나타나고 있다.

다. (중략) 그런데 김춘수의 경우는 이런 본질적인 의미의 무의미의 추구를 하는 것이 아니라, 먼저부터 〈의미〉를 포기하고 들어간다. 물론 〈의미〉를 포기하는 것이 무의미의 추구도 되겠지만, 〈의미〉를 껴안고 들어가서 그 〈의미〉를 구제함으로써 무의미에 도달하는 길도 있다. 그리고 실제에 작품활동에 있어서 한 사람이 꼭 이 두 가지 방법 중에 하나만 지켜야 한다는 법은 없다. (중략) 또한 작품형성의 과정에서 볼 때는 〈의미〉를 이루려는 충동과 〈의미〉를 이루지 않으려는 충동이 서로 강렬하게 충돌하면 충돌할수록 힘있는 작품이 나온다고 생각된다. 이런 변증법적 과정이 어떤 先入主(선입주) 때문에 충분한 충돌을 하기 전에 어느 한쪽이 약화될 때 그것은 작품의 감응의 강도에 영향을 줄 뿐만 아니라 작품의 성패를 좌우하는 치명상을 입히는 수도 있다. (중략) 소위 순수를 지향하는 그들은 사상이라면 내용에 담긴 사상만을 사상으로 생각하고 大忌(대기)하고 있는 것 같은데, 詩(시)의 폼을 결정하는 것도 사상이라는 것을 잊어서는 안 된다. 이런 미학적 사상의 근거가 없는 곳에서는 새로운 시의 형태는 나오지 않고 나올 수도 없다.[22]

"모든 진정한 시는 무의미한 시"라는 김수영의 단언은 본질적으로는 맞는 진술이지만, 김춘수의 시론이 제기하는 현실적인 유효성을 완전히 배제해 버린다. 김수영이 "〈의미〉를 이루려는 충동과 〈의미〉를 이루지 않으려는 충동"의 변증법적 과정을 논하였다는 것은 김춘수 시론이 가질 수 있는 도그마적 속성에 대한 의미심장한 지적이다. 한

22 김수명 편, 『김수영 전집 2: 산문』, 민음사, 1981, 244~245면.

편의 시는 시인의 처음 의도에 의해 완전하게 재단된 완결된 집적물이 아니라, 끊임없는 충돌과 긴장관계 속에 놓여 있는 유동하는 텍스트라는 점을 상기해야 한다. 김춘수의 "무의미"나 "순수"의 추구는, 시인이 지향해야 하는 단일한 가치처럼 제시되는 순간 유연성과 자기 부정의 가치를 잃어버린다. 이는 김춘수가 제시한 언어의 유희적 전략의 측면과도 배치된다.

김수영이 말한 시의 형태와 사상의 관계 역시 김춘수 시론이 가지고 있는 맹점을 지적해 준다. 내용에 담긴 것뿐이 아니라 시의 형태를 결정하는 것도 사상이라는 점은, 현실과 떨어져 있는 시의 언어가 우회적으로 또는 역설적으로 현실과 만나게 되는 지점을 설명해 준다. 시의 언어가 현실의 관념과 절연해야 한다는 지적이, 시의 새로운 형식의 추구나 독자의 텍스트 수용 또한 현실과 유리된 채 진행되어야 한다는 말과 동일한 의미로 사용되어서는 안 된다. 유용성을 추구하지 않은 언어의 순수성은 독자와의 만남에 의해, 또 현대시사의 전개 과정 속에서 그 역사적 의미를 얻을 수 있게 된다. 역사와 현실에 대한 이러한 가능성을 배제하지 않을 때, 김춘수가 말하는 '언어의 순수'는 굳어진 또 하나의 관념이 될 수 있는 위험에서 벗어난다.[23]

---

23 김춘수 역시 무의미시론을 정립하면서 김수영을 의식하고 있었음은 여러 번 언급되어 왔다. "내가 50년 이상, 내가 가장 콤플렉스를 느낀, 의식한 시인이 김수영이야. (중략) 그런데 그가 사회문제를 들고 나오는 바람에 더 의식적으로 난 이쪽으로 무의미쪽으로, 더 반대쪽으로 간 것 같아요. 그 사람을 너무 의식한 나머지 실험적인, 지금으로 말하면 그런 시가 무의미쪽으로 자꾸 추구해 들어갔고, 그 과정에는 그런 게 있었단 말이지."(최동호·김춘수 대담, 『문학과 의식』, 문학과의식사, 1999년 봄, 119면) 이와 같은 진술은 그의 시론집에서도 이미 언급되었다. 김춘수가 김수영과 대척하면서 자신의 시론을 형성해 갔다는 사실은, 한국 현대 시사의 긴장과 갈등 관계 속에 새로운 형식과 논리의 시론이 어떻게 탄생하는가를 보여 준다. 그러나 한편 김춘수가 자신의 논리적 정당성을 확보하기 위해, 무의미시론의 의의를 지나치게 확

김춘수의 시론은 시의 본질인 '언어'에 대한 근본적 질문을 던짐으로써, 시와 시인과의 관계 그리고 현대시의 방향에 대한 의의 있는 문제의식을 제시했다. 그러나 그가 무의미시론을 반복하여 논하면서 모순에 부딪치거나 도그마적인 논리를 보여 준다는 사실은, 김춘수 시론에서 경계해야 할 점을 분명히 해 준다.

김춘수 자신이 말한 것처럼 시는 사물과 말 사이의 "영원한 설레임"이고, 주체의 내부와 외부를 끊임없이 서성이는 형식이라는 점을 잊지 않을 때에만, 그의 시론은 논리의 유동성과 가치를 얻는다. 그리고 이 때에만 현대시의 방향에 대한 김춘수의 모색이 단일한 가치가 아니라 의의 있는 선택의 방향으로서 제시될 수 있을 것이다.

대하거나 절대적인 논리처럼 제시하게 되는 이유도 추측해 볼 수 있게 한다.

영원과 신화의 지속

– 서정주, 노혜경, 송찬호의 시

1. 전통과 재창조

전통 또는 전형(典型)이 된 시와 시인을 논하기 위해 우리는 한 시인이 전통을 계승하면서 자신의 형식을 만들어내고 후대의 시인들이 그것을 수용하는 과정에서 어떤 지점이 접맥되고 굴절되어 새로운 형태가 창조되는가를 정밀하게 관찰해야 한다. 전통이라는 관념을 문학적 실체로 만드는 것은 언어의 형식과 화법이다. 후대 시인들의 전범이 된 시는, 자신만의 고유한 언어 형식과 화법을 창출함으로써 하나의 문학적 전통을 확립한 시인에게서 나온다. 언어 속에 대상과 관념이 육화되어 온전한 형식이 구현되었을 때, 그 시는 한국 현대 시사(詩史)에 끊임없이 이어지는 은근하고도 강력한 파장을 지니게 된다.

이 파장은 넓은 범위와 다양한 형태를 지닌 것이어서, 후대 시인들의 시에서 그 영향 관계가 구체적으로 어떻게 모습을 드러내고 있는지 짚어내기란 상당히 어려운 일이다. 그러나 앞선 세대가 배출한 중요한 시들의 형식과 정신을 검토하여 우리가 살아가고 있는 동시대 시들과의 시간적 간격을 가늠하고 문학사의 흐름을 구성하는 일은 어려우면서도 필요한 작업이다. 흩어져 있는 것처럼 보이던 어떤 시인들의 자리가 공시적, 통시적으로 연결되는 지점을 찾아내는 순간은 현대시사의 발견이 된다. 이 발견을 통해서 우리는 새로운 상상력과 형식이 창조되는 지점, 그리고 앞선 형식을 지양하여 또 다른 문학적 형식을 수립해 나가는 과정의 의미를 평가해야 한다.

서정주의 『질마재 神話(신화)』(1975)는 공동체 안에 전해 내려오던 설화와 구어적 전통을 형상화함으로써 공동체의 유산을 시적으로 보존하였다. 『질마재 신화』 시편들은 질마재라는 구체적이고 실재적인 공간을 배경으로 개성적인 인물형을 창조하였고, 인물들을 묘사하는 독특한 화법을 통해 서정주라는 한 시인의 시적 이력에 있어서도 고유한 영역을 구축하였다. 『질마재 신화』에 대한 평가는 서정주라는 한 시인에 대한 문학적 평가만큼이나 다양하고 논란의 여지가 있다. 이 글에서는 서정주가 '신화'라고 명명한 질마재라는 공간에 담겨 있는 공동체의 이미지와 그것이 추구하는 반근대주의적 시간관과 영원성의 관념, 그리고 서정주가 창조해낸 화법이 한국문학사의 전통을 계승하고 재창조한 것이라고 본다.

이 글에서는 서정주가 창조한 신화적 이미지, 영원성의 관념과 시간관, 전통에서 가져온 화법 등이 어떤 방식으로 계승되고 지양되는지를 살펴봄으로써, 한국시의 전통이 이어지고 재창조되는 방식을 추적해 볼 것이다. 그 구체적 양상을 설명하기 위해 『질마재 신화』(1975)에 나타난 신화적 상상력과 그것을 재현하는 이미지와 화법을, 2000년대 전후의 시집인 노혜경의 『뜯어먹기 좋은 빵』(1999)과 송찬호의 『붉은 눈, 동백』(2000)과 비교해 보고자 한다. 동시대에 출간되었으며 여성, 남성 작가이기도 한 이 두 시인의 시집이 보여주는 신화적 상상력을 서정주 시의 상상력과 비교함으로써 한국시에 나타나는 신화적 상상력을 통시적, 공시적으로 비교하는 것이 이 글의 목적이다. 이와 같은 비교를 통해 한 시인의 개성적인 형식에서 보존되어야 할 가치를 자리매김하고 후대의 시인들이 지양하고 넘어설 수 있는 문학사적 형식의 의미를 평가하여 한국시문학사의 연속성과 단절성을 살펴보려고 한다.

2. 구술적 전통과 영원의 시간: 서정주, 『질마재 신화』

신화는 근본적으로 인간세계와 비인간적 세계와의 사이에 일체성을 이룩하려고 하는 상상력의 단순하고도 기본적인 형태이다. 그 대표적인 예를 신들에 대한 이야기에서 볼 수 있는데, 신화의 체계는 문학 속에 들어오면서 이야기의 구조원리가 된다.[1] 서정주가 시집에 『질마재 신화』라는 제목을 붙인 것은, 그 상상력의 측면에서는 인간세계와 비인간 세계 또는 초월적 세계 사이의 일체성을 회복하고자 하는 상상력을 지향했다는 의미이다. 그리고 형식적 측면에서는 시집을 통해 이야기성 즉 서사성의 형식을 의도하였다는 것을 보여준다.[2]

1 노드롭 프라이, 김상일 역, 『신화문학론』, 을유문화사, 1974, 111~112면 참조. 노드롭 프라이의 견해를 원용해 『질마재 신화』를 논한 연구로, 송하선, 「미당의 「질마재 신화」 고찰-원형적 심상을 제기한 설화들」, 『한국언어문학』 14, 한국언어문학회, 1976을 참조할 수 있다.

2 서정주가 독자를 의식하여 시에 '액션', 즉 이야기성을 첨가하여 양식을 만들었다고 한 진술에 대해서는 기존의 연구에서도 여러 번 논의되었다. 서정주와 김주연의 대담에 관해서는 김주연, 「이야기를 가진 시」, 『나의 칼은 나의 작품』, 민음사, 1975, 11면; 이를 주목하여 서정주 시의 양식과 이야기에 대한 논의를 펼친 연구로 이혜원, 「1970년대 서술시의 양식적 특성-김지하, 신경림, 서정주의 시를 중심으로」, 『상허학보』 10, 상허학회, 2003; 윤재웅, 「『질마재신화』에 나타나는 '액션' 미학」, 『한국

물론 『질마재 신화』에 나오는 인물들이 보편적인 의미에서의 신적인 능력을 지닌 인물들은 아니며, 시 속에 나타난 질마재라는 곳 또한 범속한 공간을 탈피한 본래적 의미의 신화 공간으로서 재현되는 것은 아니다.[3] 범주적으로는 설화문학 중에서도 전설이나 민담 쪽에 가까운 소재와 이야기들이 더 많다.[4] 그러나 자연과 결속된 공동체의 동일성을 보여 준다는 점, 순환과 재생의 원리에 의해 지상과 천상의 질서가 합일되는 장면들을 재현하고 있다는 점, 근대의 시간 이후 깨어진 영원성의 관념을 복원하려고 한다는 점 등은 『질마재 신화』가 보여주는 신화적 상상력의 특징이다.[5] 이와 같은 상상력과 함께 『질마재 신화』는 신화를 포함한 한국 설화문학의 구술적 전통을 계승하여 새로운 화법과 형식을 창조하였다고 볼 수 있다.

어문학연구』 61, 한국어문학연구학회, 2013.

3 정유화는 이러한 특징을 지적하며, 『질마재 신화』에서 '신화'라는 말이 갖는 의미도 노드롭 프라이가 말하는 인간과 비인간을 동일시하는 신에 대한 이야기와는 다르며, 신화의 구조적 원리를 차용한 개인적 일화가 지닌 "신비 체험으로서의 신화"일 뿐이라고 언급하고 있다. 정유화, 「"질마재 신화"의 공간구조에 나타난 매개항의 기능 고찰」, 『국어교육』 87, 한국어교육학회, 1995.

4 설화는 일반적으로 신화, 전설, 민담으로 구분된다. 설화의 구분과 한국의 설화문학에 대해서는 한국구비문학회편, 『구비문학개설』, 일조각, 1971과 장덕순, 『한국설화문학연구』, 박이정, 1995를 참조. 『질마재 신화』의 설화 문학 수용과 양식적 특성에 관한 연구로는 김선학, 「설화의 시적 수용-〈질마재 신화〉를 중심으로」, 『한국문학연구』 3, 동국대 한국문학연구소, 1981; 고현철, 「서정주 《질마재 신화》의 장르 패러디 연구」, 『현대문학의연구』 31, 한국문학연구학회, 2007.

5 이명희는 질마재를 하나의 삶의 조화로운 질서가 창조되는 신화의 재생 공간으로 보고 있다. 이명희, 「미당시에 나타난 신화적 상상력」, 『한국시학연구』 4, 한국시학회, 2001, 271면. 송하선은 『질마재 신화』에 대해 논하며 "상실된 과거를 영원이라는 시간의 개념 속에서 파악"한다고 언급한 바 있다. 송하선, 앞의 글, 20면.

2.1. 구술적 전통의 재창조와 공동체의 목소리

신화를 포함하는 설화문학은 구비문학으로서 공동체의 구성원들에게 말로 전해 내려오며, 그 결과 유동적인 내용과 첨가적 속성을 지닌다. 서정주의 『질마재 신화』는 「新婦(신부)」, 「까치 마늘」, 「말피」, 「來蘇寺(내소사) 大雄殿(대웅전) 丹靑(단청)」, 「竹窓(죽창)」, 「金庾信風(김유신풍)」 등과 같은 작품들처럼 내용상 구전된 설화문학에서 소재를 차용한 작품들도 다수이다. 그런데 이 글에서 주목하고자 하는 것은, 서정주가 언어 형식으로써 구술적 전통을 되살리는 시적 표지를 창출해내고 있다는 점이다. 이와 같은 언어적 표지로 주목되는 『질마재 신화』의 가장 뚜렷한 특징은 첫째, 청자를 상정하는 화법을 취한다는 점 둘째, 공동체의 목소리를 재생하고 전달하는 방식을 택했다는 점이다.

> [1] 이 말피 이것은 물론 저 新羅(신라)적 金庾信(김유신)이가 天官女(천관녀) 앞에 타고 가던 제 말의 목을 잘라 뿌려 情(정)떨어지게 했던 그 말피의 效力(효력) 그대로서, 李朝(이조)를 거쳐 日政初期(일정초기)까지 온 것입니다마는 어떨갑쇼? 요새의 그 시시껄렁한 여러 가지 離別(이별)의 方法(방법)들보단야 그래도 이게 훨씬 찐하기도 하고 좋지 않을갑쇼?
>
> — 「말피」 부분[6]

> [2] 沈香(침향)은, 물론 꽤 오랜 세월이 지난 뒤에, 이 잠근 참나무 토막들을 다시 건져 말려서 빼개어 쓰는 겁니다만, 아무리 짧아도 2~3百年

6 서정주, 『미당 시전집』 1, 민음사, 1994, 360~361면. 이하 면수만 표기. 밑줄은 인용자의 표시.

(백년)은 水底(수저)에 가라앉아 있은 것이라야 香(향)내가 제대로 나기 비롯한다 합니다. 千年(천년)쯤씩 잠긴 것은 냄새가 더 좋굽시요.

—「沈香(침향)」(385면)

3 「四更(사경)이면 우리 소누깔엔 참 이쁜 눈물이 고인다」 누구보고 언젠가 그러더라나. 아마 틀림없는 聖人(성인) 녀석이었을 거야. 그 발자취에서도 소똥 향내쯤 살풋이 나는 틀림없는 틀림없는 聖人(성인) 녀석이었을 거야.

—「소 ×한 놈」(388면)

4 오래 이슥하게 소식 없던 벗이 이 마을의 친구를 찾아들 때면 「거 자네 어딜 쏘다니다가 인제사 오나? 그렇지만 風便(풍편)으론 소식 다 들었네」 이 마을의 친구는 이렇게 말하는데, 물론 이건 쬐끔인 대로 저 옛것의 꼬리이기사 꼬리입지요.

—「風便(풍편)의 소식」(378면)

5 마을에서도 제일로 무얼 못 먹어서 똥구녁이 마르다가 마르다가 찢어지게끔 생긴 가난한 늙은 寡婦(과부)의 외아들 黃(황)먹보는 낫 놓고 ㄱ字(자)도 그릴 줄 모르는 無識(무식)꾼인 데다가 두 눈썹이 아조 찰싹 두 눈깔에 달라붙게스리는 미련하디 미련한 총각 녀석이라. 늙은 에미 손이 사철 오리발이 다 되도록 마을의 마른일 진일 다 하고 다니며 (중략) 저쪽에선 눈도 거들떠보지도 않는데 그만 혼자 想思病(상사병)에 걸리고 말았것다.

—「金庾信風(김유신풍)」(389~390면)

위에서 인용한 1에서 5까지의 시들에서 시인은 청중에게 이야기를 들려주는 이야기꾼과 같은 역할을 하는 시적 화자를 내세움으로써 구술문화의 전통을 시적 형식으로 되살려내고 있다. 청자를 전제한 화법의 특징이 명시적으로 드러나는 것은 특히 문장의 끝부분인 종결어미에서이다. 1에서 "어떨갑쇼?", "좋지 않을갑쇼?"와 같은 의문형은 청중에게 질문을 던지고 화자의 가치 판단에 동의를 이끌어내는 역할을 한다.

2, 3, 4에 나타나는 "쓰는 겁니다만", "더 좋굽시요", "그러더라나", "녀석이었을 거야", "꼬리이기사 꼬리입지요"와 같은 연결어미와 종결어미 또한 누군가에게 이야기를 전하거나 자신이 들은 이야기를 다시 전달하는 형식이다.

특히 5에서는 판소리와 같은 연행적 형태를 떠올리게 하는 "총각녀석이라", "걸리고 말았것다" 등의 어미를 구사하여, 연극적인 리듬감을 창출하고 있다. "제일로 무얼 못 먹어서 똥구녁이 마르다가 마르다가 찢어지게끔 생긴"이라는 구절은 '똥구멍이 찢어지게 가난하다'라는 속담의 전통을, "사철 오리발이 다 되도록"이라는 구절은 '백옥 같던 요 내 손길/오리발이 다 되었네'라는 구전민요 「시집살이 노래」의 전통을 활용하고 있다. 이야기를 시 속에 담는 것뿐만 아니라 속담이나 민요와 같은 구술적 전통을 활용하고 현장에서 청중에게 들려주는 듯한 형태를 지향하는 『질마재 신화』 특유의 시적 형식은, 구술문화에서 문자문화로 옮겨가면서 구비문학의 기록적 형태로 남아 있던 전통을 현대시의 형식으로 재창조한 사례이다.

『질마재 신화』의 또 다른 형식적 특징은 개인적 언어형식인 시의 형태 속에 공동체의 목소리를 재현하는 방식을 택하고 있다는 것이다.

1 질마재 마을 女子(여자)들의 눈과 눈썹 이빨과 가르마 중에서는 그네 것이 그중 端正(단정)하게 이쁜 것이라 했고, 힘도 또 그 중 아마 실할 것이라 했습니다. 그래, 바람 부는 날 그네가 그득한 옥수수 광우리를 머리에 이고 모시밭 사이 길을 지날 때, 모시 잎들이 바람에 그 흰 배때기를 뒤집어 보이며 파닥거리면 그것도 「한물宅(댁) 힘 때문이다」고 마을 사람들은 웃으며 우겼습니다. (중략) 사람들뿐 아니라, 개나 고양이도 보고는 그렇더라는 소문도 있어요. 「한물宅(댁) 같이 웃기고나 살아라」 모두 그랬었지요.

그런데 그 웃음이 그만 마흔 몇 살쯤하여 무슨 지독한 熱病(열병)이라던가로 세상을 뜨자, 마을에는 또 다른 소문 하나가 퍼져서 시방까지도 아직 이어 내려오고 있습니다. (중략)

그래 시방도 밝은 아침에 이는 솔바람 소리가 들리면 마을 사람들은 말해 오고 있습니다.

— 「石女(석녀) 한물宅(댁)의 한숨」(373~374면)

2 小者(소자) 李(이) 생원네 무우밭은요. 질마재 마을에서도 제일로 무성하고 밑둥거리가 굵다고 소문이 났었는데요. 그건 이 小者(소자) 李(이)생원네 집 식구들 가운데서도 이 집 마누라님의 오줌 기운이 아주 센 때문이라고 모두들 말했습니다.

— 「小者(소자) 李(이) 생원네 마누라님의 오줌 기운」(345면)

3 陰(음) 스무날 무렵부터 다음 달 열흘께까지 그네가 만든 개피떡 광주리를 안고 마을을 돌며 팔러 다닐 때에는 「떡맛하고 떡 맵시사 역시 알묏집네를 당할 사람이 없지」 모두 다 흡족해서, 기름기로 번즈레한

그네 눈망울과 머리털과 손 끝을 보며 찬양하였습니다.

— 「알묏집 개피떡」(366면)

[1]에서 "석녀"인 한물댁의 선천적인 결여와 아이를 낳지 못한다는 불모성은 그의 "막강한 힘"과 "웃음"을 통해 "한숨을 또 도맡아서 쉬시는" 즉, 마을의 근심을 치유해주는 신령스러움으로 탈바꿈한다. 한계를 지닌 인간적 존재가 신령스럽고 영험한 존재로 전환, 승화될 수 있었던 것은 "마을 사람들"이라는 공동체의 승인과 인정이 있었기 때문이다.

마을 사람들의 전언("실할 것이라 했습니다", "그렇더라는 소문도 있어요")과 공동의 인정("마을 사람들은 웃으며 우겼습니다", "모두 그랬었지요")을 거쳐, 세대를 넘어 공동체 내부에 전승되는 초시간성("아직 이어 내려오고 있습니다", "마을 사람들은 말해 오고 있습니다")을 획득하면서, 한물댁이라는 존재는 신화적 절대성의 영역으로 편입된다. 범속하거나 선천적 결여를 지녔거나 때로는 공동체 내부에서 윤리적으로 지탄 받는 『질마재 신화』의 인물들이 공동체의 결핍을 보충하고 상처와 불행을 치유하는 생산적이고 신비스러운 능력을 갖게 되는 시적 비약은, 이와 같은 공동체의 목소리를 재생하는 언어 형태에 의해 이루어진다.

[2]에서 소자 이생원네 마누라라는 범속한 인물의 오줌 기운을 삼국유사에 등장하는 "신라 적에 지도로대왕"의 설화와 연관시켜 신비한 생산성의 영역으로 비약시키는 과정 또한 "소문이 났었는데요", "모두들 말했습니다"와 같은 공동체의 목소리를 재현하는 언어형식을 통해 이루어진다.[7] 모두가 인정하고 그 인정이 전승되는 구술적 형태를 시

7 장창영은 『질마재 신화』의 구술성을 논하며 서정주가 마을의 성적 욕망과 관련한

적 형식으로 재현함으로써 한 인물의 형상이 공동체의 믿음을 구현하는 형태로 승화된 것이다.

③에서 "서방질"을 하는 알묏집이 평소 마을사람들에게 외면을 받던 것과는 다르게 달의 주기의 흐름에 따라 "아주 딴판"인 "참 묘한" 일로 칭송되는 것, 즉 신비하고 심미적인 생산성을 보여주는 인물로 전환되는 국면 또한 "모두 다 흡족해서", "찬양하"는 공동체의 목소리를 통해 가능할 수 있었던 것이다.

2.2. 치유와 재생의 공간, 심미적 노동, 영원의 시간

앞서 살핀 것처럼 세대를 넘어 전해 내려오는 구술적 전통을 차용하고, 공동체의 복수적(複數的)인 목소리를 동일화시켜 재생하는 『질마재 신화』의 언어 형식은 근대주의가 파괴한 공동체의 가치를 복구하고자 하는 시인의 지향과 맞물려 있다. 서정주는 근대주의적 시간관에 대응되는 순환적 시간관과 영원성을 재현함으로써, 질마재라는 공동체적 공간을 원형적(原型的) 이미지로 재편한다. 질마재라는 공간은 시인의 상상력을 통해 치유와 재생의 공간으로 거듭나고, 평범하고 비루하기까지 한 인물들의 노동은 심미적 가치를 할당받음으로써 신성화된다.

> 내가 여름 학질에 여러 직 앓아 영 못 쓰게 되면 아버지는 나를 업어다가 山(산)과 바다와 들녘과 마을로 통하는 외진 네갈림길에

사건들을 '소문'이라는 우회적 방식을 동원해 전달하고 있다고 논한다. 장창영, 「서정주 시의 구술성 연구-『질마재 신화』를 중심으로」, 『한국문학이론과비평』 14, 한국문학이론과비평학회, 2002, 345면.

놓인 널찍한 바위 위에다 얹어 버려 두었습니다. (중략) 누가 그 눈을 깜짝깜짝 몇천 번쯤 깜짝거릴 동안쯤 나는 그 뜨겁고도 오슬오슬 추운 바위와 하늘 사이에 다붙어 엎드려서 우아랫니를 이어 맞부딪치며 들들들들 떨고 있었습니다. 그래, 그게 뜸할 때쯤 되어 아버지는 다시 나타나서 홑이불에 나를 둘둘 말아 업어 갔습니다.

그래서 나는 다시 고스란히 성하게 산 아이가 되었습니다.

—「내가 여름 학질에 여러 직 앓아 영 못 쓰게 되면」(350면)

인용한 시에서 질마재의 "바위 위"라는 한 지점은 "산과 바다와 들녘과 마을"로 통한다. 땅과 하늘이 연결되고 자연과 인간 세계가 통하는 장소는 "누가 그 눈을 깜짝깜짝 몇 천 번쯤 깜짝거릴 동안쯤"이라는 시간적 묘사에 의해 더욱 신비스러운 성질을 획득한다. '누구'로 표현되는 존재가 화자를 지켜보고 있다는 인식은, 삶과 죽음을 관장하는 초월적 존재의 영험한 힘이 시간과 공간을 통해 작용한다는 상상력과 이어진다. 그 질서 안에 인간이 합일됨으로써 생명력을 얻고 재생한다. 질마재라는 남도의 한 작은 마을은 시인의 상상력에 힘입어 이승과 저승, 하늘과 땅, 자연과 인간의 경계를 허물어 서로 넘나들고 때로는 우주적으로 확장되기까지 한다.

「海溢(해일)」과 같은 시에서 시인은 유년의 눈을 빌어 외할머니와 외할아버지의 상징적 합일 즉 '육지'와 '바다', '삶'과 '죽음'의 만남을 묘사한다. 「외할머니의 뒤안 툇마루」에서 "외할머니의 손때와 그네 딸들의 손때로 날이날마다 칠해져 온", "한 개의 거울로 번질번질 닦이어져 어린 내 얼굴을 들이비치"(348면)는 장소인 툇마루는, 어린 화자의 얼굴을 비추는 거울 또는 물과 같은 이미지로 나타난다. '할머니-딸-

손주'로 이어져 내려와 세대를 연결하는 시간의 퇴적이 공간화된 원형적 이미지를 통해, 시인은 어린아이로서 체험했던 원초적이고 우주적인 신비로움을 현재적으로 되살려내고 있는 것이다.

「외할머니의 뒤안 툇마루」에서 '툇마루'라는 범속한 공간이 초시간적이고 원형적인 이미지로 전환될 수 있었던 것은 할머니와 딸들의 '손때' 즉 날마다 행해져 온 노동이 퇴적되었기 때문이다. 『질마재 신화』의 다른 작품들에도 천상의 이미지나 우주적인 상상력이 깃들어 있는 것을 볼 수 있는데, 이러한 작품들에서 평범하고 비루한 인물들의 노동은 심미적으로 형상화되면서 공동체의 생산과 순환을 담당한다.

[1] 陰(음) 七月(칠월) 七夕(칠석) 무렵의 밤이면, 하늘의 銀河(은하)와 北斗七星(북두칠성)이 우리의 살에 직접 잘 배어들게 왼 食口(식구) 모두 나와 딩굴며 노루잠도 살풋이 부치기도 하는 이 마당 土房(토방). 봄부터 여름 가을 여기서 말리는 山(산)과 들의 풋나무와 풀 향기는 여기 저리고, 보리 타작 콩타작 때 연거푸 연거푸 두들기고 메어 부친 도리깨질은 또 여기를 꽤나 매끄럽겐 잘도 다져서, 그렇지 廣寒樓(광한루)의 石鏡(석경) 속의 春香(춘향)이 낯바닥 못지않게 반드랍고 향기로운 이 마당 土房(토방). 왜 아니야. 우리가 일년 내내 먹고 마시는 飮食(음식)들 중에서도 제일 맛좋은 풋고추 넣은 칼국수 같은 것은 으레 여기 모여 앉아 먹기 망정인 이 하늘 온전히 두루 잘 비치는 房(방). 우리 瘧疾(학질) 난 食口(식구)가 따가운 여름 햇살을 몽땅 받으려 홑이불에 감겨 오구라져 나자빠졌기도 하는, 일테면 病院(병원) 入院室(입원실)이기까지도 한 이 마당房(방). 不淨(부정)한 곳을 지내온 食口(식구)가 있으면, 여기 더럼이 타지 말라고 할머니들은

하얗고도 짠 소금을 여기 뿌리지만, 그건 그저 그만큼한 마음인 것이지 迷信(미신)이고 뭐고 그럴려는 것도 아니지요.

—「마당房(방)」(364~365면)

2 질마재 上歌手(상가수)의 노랫소리는 답답하면 열두 발 상무를 젓고, 따분하면 어깨에 고깔 쓴 중을 세우고, 또 喪輿(상여)면 喪輿(상여)머리에 뙤약볕 같은 놋쇠 요령 흔들며, 이승과 저승에 뻗쳤습니다.

그렇지만, 그 소리를 안 하는 어느 아침에 보니까 上歌手(상가수)는 뒤깐 똥오줌 항아리에서 똥오줌 거름을 옮겨 내고 있었는데요, 왜, 거, 있지 않아, 하늘의 별과 달도 언제나 잘 비치는 우리네 똥오줌 항아리, 비가 오나 눈이 오나 지붕도 앗세 작파해 버린 우리네 그 참 재미있는 똥오줌 항아리, 거길 明鏡(명경)으로 해 망건 밑에 염발질을 열심히 하고 서 있었습니다. 망건 밑으로 흘러내린 머리털들을 망건 속으로 보기좋게 밀어넣어 올리는 쇠뿔 염발질을 점잔하게 하고 있어요.

明鏡(명경)도 이만큼은 특별나고 기름져서 이승 저승에 두루 무성하던 그 노랫소리는 나온 것 아닐까요?

—「上歌手(상가수)의 소리」(344면)

1에서 '마당방'은 하늘과 천체의 기운과 자연의 순환을 인간의 삶에 매개하는 공간이다. 마당방에 "모두 나와 딩구"는 행위를 통해 "하늘의 은하와 북두칠성"이 "우리의 살에 직접 잘 배어들게" 된다. "봄부터 여름 가을 여기서 말리는 산과 들의 풋나무와 풀 향기" 즉 자연이 순환하는 기운을 받고, "하늘 온전히 두루 잘 비치는" 이 곳은 "학질 난 식구"들을 치유하는 "병원 입원실"이기까지 하다. 순환과 치유, 먹임과 살림이 "향기"롭게 뒤섞여 있는 이 공간은 「외할머니의 뒤안 툇마루」에서 그랬던 것처럼 매끄럽고 반드러운 이미지로 나타난다.

거울이나 물처럼 천상의 섭리를 인간의 삶에 반영해 내는 마당방이라는 공간을 이처럼 매끄럽게 만든 것은 "보리 타작 콩타작 때 연거푸 연거푸 두들기고 메어 부친 도리깨질"이다. 할머니와 딸들의 손때가 툇마루를 얼굴이 비칠 만큼 매끄럽게 만들었던 것처럼, 매일의 반복된 노동과 시간의 퇴적이 "토방"이라는 평범한 장소를 "춘향이 낯바닥 못지않게 반드랍고 향기로운" 심미적 장소로 전환시켰던 것이다.

"하늘의 별과 달도 언제나 잘 비치는" 거울의 이미지는 [2]의 시에서는 "똥오줌 항아리"로 형상화된다. "특별나고 기름"진 이 거울은 "이승"과 "저승"을 연결하고 통합시키는 "질마재 상가수의 노랫소리"를 나오게 한 원천이다. 이 시에서 "똥오줌 거름을 옮겨 내"는 상가수의 노동은 공동체의 "따분"함과 "답답"함을 해소시키는 행위 즉 공동체의 찌꺼기와 같은 감정을 배설하고 정화하는 노래와 춤이라는 예술적 행위와 동일시되고 있다. 노동이 심미적으로 승화되어 예술과 동화되는 것은 이 둘이 모두 하늘과 땅, 이승과 저승을 연결하고 통합시킴으로써 가능해지며 이 심미적 행위는 현실의 상처를 치유하고 죽음으로 생긴 단절을 잇는다.

서정주의 많은 시들에서 이처럼 고되고 비루한 노동은 거울이나 물과 같은 원형적 이미지를 통해 심미적으로 전환된 공간과 결합된다. 이러한 심미적 노동은 다음 시에서처럼, "그득한 순백의 박꽃 시간"을 보존하는 근원이기도 하다.

「박꽃 핀다 저녁밥 지어야지 물길러 가자」 말 하는 걸로 보아 박꽃 때는 하로낮 내내 오물었던 박꽃이 새로 피기 시작하는 여름 해으스름이니, 어느 가난한 집에도 이때는 아직 보리쌀이라도 바닥 나진 안해서, 먼 우물물을 동이로 여나르는 여인네들의 눈에서도 肝腸(간장)에서도 그 그득한 純白(순백)의 박꽃 時間(시간)을 우그러뜨릴 힘은 하늘에도 땅에도 전연 없었습니다. (중략)

그래서 이 박꽃 時間(시간)은 아직 우구러지는 일도 뒤틀리는 일도, 덜어지는 일도 더하는 일도 없이 꼭 그 純白(순백)의 金質量(금질량) 그대로를 잘 지켜 내려오고 있습니다.

— 「박꽃 時間(시간)」(359면)

서정주 시에 나타나는 영원성이 그의 반근대 지향과 연결되어 있음은 앞서 연구되어 온 바 있다. 최현식은 『질마재 신화』에 대해 신화적 상상력을 근대적 일상 속에 끌어들여 타락한 근대를 비판하고 극복하려는 시도로 파악하면서, 미당의 '영원성' 의식이 추상적 관념으로 남지 않게 된 것은 "구체적인 사물의 특정한 이미지 속에 무수한 관계의 고리를 종합할 수 있었기 때문"[8]이라고 지적하였다. 앞서 살핀 「석녀 한물댁의 한숨」이나 「외할머니의 뒤안 툇마루」에서는 세대를 넘어 공동체 내부에 전승되는 초시간적인 가치가 보존되는 국면을 특유의 화법과 이미지로 보여주었다.

「박꽃 시간」은 삶의 연속적 시간을 분할하고 구획하여 감각의 구체성을 제거해 버린 근대적 시간에 대항하는 서정주 특유의 시간 의식을

8 최현식, 『서정주 시의 근대와 반근대』, 소명출판, 2003, 220~227면 참조. 직접 인용한 부분은 227면. 최현식은 동시에 미당의 영원성과 심미성에 대한 예술지상주의적 신념이 그를 역사현실로부터 분리하는 지점을 지적하고 있다. 같은 책, 237~238면 참조.

형상화하고 있다. 오물었던 박꽃이 피고 지는 자연의 순환적 시간과 맞물리면서 "순백의 박꽃 시간"은 육체의 감각을 자연의 감각과 통합시킨다.[9] "먼 우물물을 동이로 여나르는 여인네들의 눈"과 "간장"을 통해 재생되는 이 감각적 이미지는, "우그러지는 일도 뒤틀리는 일도, 덜어지는 일도 더하는 일도 없이 꼭 그 순백의 금질량 그대로를 잘 지켜 내려"오는 온존한 영원성의 가치를 상징한다.

특히 '석녀 한물댁'과 '알묏집', '외할머니'와 '딸들', 그리고 이 시에서 나타나는 '여인네들'의 육체적 아름다움과 심미적 노동은, 원형적이고 신화적인 영원성의 관념을 서정주 특유의 구체적 이미지로 재현시키는 매우 효과적인 매개가 되고 있다. 서정주가 천착해 왔던 '신라정신'의 흐름을 이어받아 영원성의 가치를 재현하면서도, 언어와 형식의 힘을 빌어 신화적 상상력을 구체적으로 현실과 결합시키는 『질마재 신화』의 시적 특징은 한국 현대시의 상상력과 언어의 폭을 넓히고 있는 것이다.

3. 설화적 구조와 재탄생: 노혜경, 『뜯어먹기 좋은 빵』

노혜경의 『뜯어먹기 좋은 빵』의 「레이스마을 이야기」 연작과 시집 이후의 연작 시편들에는 신화적 공간과 설화의 화법이 함께 존재한다.

9 「小者(소자) 李(이) 생원네 마누라님의 오줌 기운」의 모티프를 짐작하게 하는 다음 글에서도 자연과 통합되는 육체의 감각에 대한 집중을 엿볼 수 있다. "소자 이 생원 내외는 이런 대결이 끝난 날 밤들을, 그 이생원의 낚시질판과 내리미질판에 헤엄치고 뛰놀던 숭어와 갈때기를 눈앞에 그리며 무엇을 생각하고 느끼고 살았을까? 혹 그것은 온몸이 으스러질 듯한 굉장히 황홀한 감각이었을는지도 모른다. 신바람나는 회오리바람이 이는 굉장한 것이었을는지도 모른다." 서정주, 「질마재」, 『미당 자서전』, 민음사, 1994, 88면.

서정주는 「소자 이 생원네 마누라님의 오줌 기운」이나 「알묏집 개피떡」, 「석녀 한물댁의 한숨」, 「박꽃 시간」 등의 시편에서 여성의 생산성과 육체의 신비한 아름다움을 달의 주기나 자연의 순환과 연관시켜 형상화하였다. 여성들의 이 신비로운 힘은 공동체의 고통을 떠맡고 때로는 결여를 메우며 가난과 불모의 현실을 치유했다.

노혜경의 많은 시에서 또한 여성들의 형상은 달이나 자연의 주기와 얽혀 드러난다. 생명의 보전과 순환을 담당하는 존재로서 현실의 굶주림과 가난을 치유하는 노혜경 시의 여성 형상은, 현실의 불모성과 폭력성을 증명하는 방식으로 자신의 육체를 부정해야 했던 앞 세대 시들의 여성 형상에 새로운 상상력을 더하고 있다.[10] 노혜경의 새로운 상상력은 1990년대 후반으로 오면서 활발해지는 상호주체적인 주체'들'의 등장과 분명히 그 흐름을 같이하는 것인데,[11] 신화적 이미지와 설화의 화법이라는 문학적 전통을 활용하며 상상력을 구체화시키고 있는 점에 주목해 볼 수 있다.

3.1. 설화적 구조와 어린아이의 화법으로 재생된 공동체

노혜경의 『뜯어먹기 좋은 빵』의 많은 시들에서 화자는 전달자로서

---

10 대표적으로 최승자와 김혜순 시에 나타나는 여성 형상과 비교하여 생각해 볼 수 있다.

11 김정란은 노혜경 시의 주체를 '나는 지워짐으로써 나로 존재한다'는 기묘한 코기토의 존재로 파악하면서, 타자들과의 연대에 의하여 주체적으로 주체를 해체하고 공동체 안에서 새로운 주체로 다시 태어나는 상호주체들이라 파악한다. 그는 이러한 주체의 형상이 1990년대의 다른 여성 시인들에게도 동시다발적으로 나타나고 있는 점을 흥미로운 현상이라 진단하고 있다. 김정란, 「20세기 진혼곡 - 노혜경의 시, 영적 이미지 공학과 네이티브 스피킹」, 『뜯어먹기 좋은 빵』, 세계사, 1999, 180~181면.

의 형상, 또는 구술사와 같은 태도를 취한다. 화자가 "내 속엔 너무 많은 소리가 들어 있지/들어 있다구, 들어볼래? (중략) 이 많은 소리들은 어디서 왔을까"(「네이티브 스피커 1」)라고 말할 때 이 시대의 타자들의 "삭제"되었거나 "지워져버린"(「진기한 기록」) 글자와 말들은 되살아나 현존하게 된다. "굉장히 오랜 세월에 걸쳐서 형성된 신화"인 멀티미디어가 창출하는 말들에 지배당하는 현실의 언어구조를 재현하면서(「멀티미디어 베이비 자장가 1」), 노혜경은 이 폭력적이며 현대적인 신화에 저항하기 위해 우리에게 오래 있어왔던 신화적 또는 설화적 이야기 구조를 떠올린다. 서정주의 시들이 유년의 시점과 유년의 사건을 통해 인간과 자연이 통합되는 신비적이고 우주적인 경험을 묘사했다면, 노혜경의 「레이스마을 이야기」 연작은 어린아이 화자를 내세워 상상력의 공간을 무한히 확장시킨다.

> ⑴ 옛날에 우리 할머니는 신기한 앞치마를 가지고 계셨다. 전설에 의하면 할머니는 태어날 때부터 레이스 앞치마를 두르고 있었다는데, 옷을 입히자 신기하게도 앞치마가 옷 위로 나와서 척 걸치더라는 것이다. 한번도 벗은 적 없는 그 앞치마를 두르고 할머니는 군불도 지피고 아기들도 만드셨다. (중략) 그리고 어느 날 산그림자가 달을 다 잡아먹은 새벽에 할아버지는 완전히 닳아서 할머니의 앞치마 속으로 들어가버리고 말았다. 할머니의 배가 산만해졌다.
>
> —「레이스마을 이야기 - 할머니의 앞치마」 부분[12]

12 노혜경, 『뜯어먹기 좋은 빵』, 세계사, 1999, 91~92면.

2 들판은 세상만큼 넓었고, 지금 막 진 달이 땅의 뒤편에서 스며 올라와 들의 한복판에 커다란 밥상 모양의 레이스본을 만들어 주었다. 지금부터 달은 다시는 떠오르지 않을 것이었다. 달이 우리를 위해 내려와주었도다라고 외치는 촌장님의 목소리는 세상에서 가장 달콤했다. 우리는, 아기들인 우리는 달의 한복판으로 기어가 따뜻하고 고요한 그곳에서 오래 잠이 들었다.

·

잠이 들어 있는 사이에 레이스는 완성되었다. 세상 전부를 덮는 레이스를 이고 달은 높이 떠올랐다. 어둠이 눈꺼풀을 덮듯 서서히 펴져가는 레이스의 잔물결 가장자리로, 바로 우리 얼굴들이 매달려 있었다. 엄마들은 우리 아기들을 풀어서 엄마들의 몸에 섞어 레이스를 짠 것이었고, 우리는 대회년을 위해 특별히 태어난 달의 아기들이었다는 것을, 우리는 한번도 몰랐던 것이다.

— 「레이스마을 이야기 - 레이스마을의 경연대회장에서 있은 일」(101~102면)

1에서 나타나는 "옛날에"라거나 "전설에 의하면"이라는 언어적 표지는 「레이스 마을 이야기」의 연작시들이 설화적 화법을 채용하고 있음을 명백히 시사한다. 전해 내려온 전설을 듣고 다시 독자에게 이야기하듯, 이 시의 형식은 구술문학의 서사적인 전통을 따르고 있다. 그런데 시인은 공동체 안에 실재하는 전설이 아니라 상상력을 결합한 새로운 이야기를 만들어낸다. "군불을 지피"거나 "시냇물에서 미역을 감"는 할머니와 "이모들이 짜고 있는 밥상보"에 대한 묘사가 환기하는 현실적 느낌은 곧바로 마치 음식을 만들듯이 "아기들도 만드"시는 할머니의 모습이나 "앞치마"가 금세 "하얀 무명"으로 새로 태어나고 "할

아버지"가 완전히 닮아 "할머니의 앞치마 속으로 들어가버리고" 마는 이야기와 조우하면서 신비하고도 몽상적인 이미지를 자아낸다.

"할머니"가 "전설" 속의 인물로 드러나는 시의 도입부에도 현실의 인물을 설화적 인물로 도약시키는 비약이 존재함을 알 수 있다. '할머니'는 '옛날 이야기' 속의 인물은 될 수 있어도 '전설' 속의 인물은 될 수 없기 때문이다. 여기서 "할머니"는 화자의 진짜 할머니를 포함하여 원형적 상징으로서 대지모(大地母)와 같은 모습으로 느껴지게 되고, '우리의 모든 할머니들'이라는 복수적(複數的) 이미지를 갖게 된다.

2에서 "온 세상의 밥상들을 한꺼번에 덮을 수 있는 커다란 레이스"를 뜨는 계획은 마을의 "살기"나 "흉흉한 소문"(101면)을 잠재우고 "아무도 죽은 적 없는 우리 마을의 인구가 거의 늘지 않고 있"(100면)는 현실의 불모성을 생산의 힘으로 치유하려는 공동체적 소망을 담고 있다. 이 소망은 "땅의 뒤편에서 스며 올라와 들의 한복판에 커다란 밥상 모양의 레이스본을 만들어 주"는 달의 힘에 의해 실현된다. 달은 지상으로 내려오고 "달의 한복판"은 "들의 한복판"과 동일시되어, 마을의 아기들은 "들의 한복판" 혹은 "달의 한복판"으로 기어가 잠이 든다. "따뜻하고 고요한" 달의 이미지는 자궁이라는 원형적 공간을 상징한다. '달'과 '대지'와 '자궁'은 하나로 연결되어 있으며 "우리"는 이 신화적이고도 상징적인 공간을 통해 재탄생한다. 헌 실을 풀어 새 실과 섞어 새 레이스를 짜듯이 "엄마들은 우리 아기들을 풀어서 엄마들의 몸에 섞어 레이스를 짠 것"이다.

2의 "우리는, 아기들인 우리는", "우리는 한 번도 몰랐던 것이다"라는 화법에서 알 수 있듯 인용한 시들은 어린 아이 화자(교묘한 화자로서, 거의 말 못하는 아기가 목소리를 내고 있기 때문에 표면적으로는 아기이지만 내포적으로는 성인 화자가 겹쳐 있는)를 내세워, 신화적 공간의 이미지를 완성한다. 공동체의 복수적 목소리를 동일화시켜 재생하는 이와 같은 화법은 공동체가 사라지고 깨어진 부정적 현실을 넘어서고자 하는 주체의 시도를 구현한다. 연작시의 제목에 '마을'이라는 표지가 등장하는 것 또한 이 때문이다. '희년(禧年)'은 구약 시대의 유태 풍습에서 50년마다 돌아왔던 '해방의 해'로 가톨릭 성년(聖年)의 기원이 되는 해이다. 서정주가 '삼국유사'나 구비문학과 같은 한국적 전통을 『질마재 신화』에서 살려냈던 것과는 대조적으로, 노혜경은 기독교적 상상력을 통해 소모되어 마멸로 이어지는 현실에 대항하는 이미지를 창출해 냈다.

그의 시에서 여성의 노동과 생산이 언제나 긍정적인 이미지로 나타나는 것은 아니다. 여성의 노동은 "실을 주울 때마다 바늘코가 빠지"는 힘든 것(「레이스마을 이야기- 레이스 뜨개」)이며, "하늘에 가득 차는 큰 달"은 때로 "나무의 슬픈 가슴에 배고픈 아이처럼 매달"(「레이스마을 이야기- 동구밖에는 큰 나무」)리는 것으로 시인의 눈에 비친다. 그러나 노혜경의 레이스마을 이야기 연작에 나타나는 여성 형상들이, 생산하고 창조하는 본래의 원형적(原型的) 이미지를 획득하는 것은 "아주아주 커다랗고 폭신하고 출렁거리는", "찹쌀맵싹하고 따끈한 빈대떡 내 몸"(「굶어죽을 뻔했던 마을을 나는 어떻게 살려내었나」)과도 같은 육체적 이미지를 통해서이다. 굶주림을 살림으로 전환시키고 새로운 탄생을 가능하게 하는 여성 육체의 이미지는 이 시집에서 "밀떡 같은 달"(「레이스마을 이야기-대희년의 달」), 끝없이 이어 뜰 수 있는 '레이스', 그리고 먹여 살림의 상징인 '앞치마'와 같은 사물의 이미지와 동일시된다.

3.2. 순환과 재탄생, 소멸되지 않는 죽음을 덮는 풍요의 여성 육체

이처럼 『뜯어먹기 좋은 빵』에 나타나는 여성 육체의 풍요로움은 생명을 잉태하고 탄생시켜 공동체를 보존하는 신화적 여성성에 그 원천을 두고 있다. 그러나 노혜경의 시들에서 가난과 폭력과 죽음의 부정성은 완전히 해소되지 않는다. 노혜경이 설화적 화법으로 빚어낸 공동체의 형상은 "게걸스레 퍼먹는 저 식사 모습"이 "장례의 풍습"(「아이스크림을 휘젓다」)으로 환치되는 것처럼, 소멸되지 않는 죽음의 이미지를 현시한다. 그것은 시인이 육체의 유한성을 끊임없이 자각하며 직시하기 때문이다. "배고픈 입들"과 "무자비한 바위산에 타오르는 불"은 시인이 재생한 공동체의 형상 안에서도 끝내 사라지지 않는다. 「레이스 마을 이야기」 연작에서 공동체의 상처는 온전히 치유되거나 봉합되지 않지만, 생산과 순환의 힘으로 공동체를 지속시킬 가능성을 담당하는 것은 오직 여성들의 노동뿐이다.

> 할머니가 손바닥으로 물을 떠 끼얹을 때마다 앞치마는 스스로 척척 비비고 두드려서는 금세 하얀 무명으로 새로 태어나곤 했는데, 그런 할머니가 젖가슴을 덜렁거리며 지나가고 나면, 할아버지는 나무 밑에서 나와 시내로 달려갔다. 막 빨아진 레이스에서 떨어져 나온 실비늘들이 물바닥에 하얗게 모래로 깔리는 것을 밟고 싶었다. 할아버지가 밟는 자리마다 모래알 눈들이 팍팍 터졌고, 으스러진 모래들이 끈적이는 즙으로 변하는 동안 할아버지의 눈에선 피눈물이 났다. 여름이 다 갈때까지 숨바꼭질은 계속되었지만, 모래 시내가 실의 강으로 바뀌었을 뿐, 할머니의 앞치마는 조금도 닳지가 않았다. 그리고 어느

날 산그림자가 달을 다 잡아먹은 새벽에 할아버지는 완전히 닳아서 할머니의 앞치마 속으로 들어가버리고 말았다. 할머니의 배가 산만해졌다.

그 뒤로 우리 마을에선 신랑이 각시의 뱃속으로 들어가는 것이 전통이 되었다. 할머니의 앞치마는 단 하나뿐이었기에, 우리 엄마는 앞개울에서 건져낸 실로 커다란 레이스를 떠서 밥상 위에 펴고는 아빠를 그 보에 싸서 먹었다. 아빠는 엄마의 뱃속에서 행복했지만, 엄마는 늘 배가 무거워 언제나 입에서 실을 게워내고 계신다. 사실 진짜 전설은 우리 엄마 아빠의 얘기가 아닐까 한다. 왜냐하면 나는 할머니의 앞치마를 본 적은 없지만 우리 마을의 모든 이모들이 짜고 있는 밥상보는 매일같이 보기 때문이다.

— 「레이스마을 이야기 - 할머니의 앞치마」(91~92면)

"할머니"의 "앞치마"는 할머니의 탄생에서부터 한 번도 떼어진 적이 없다는 사실에 의해("전설에 의하면 할머니는 태어날 때부터 레이스 앞치마를 두르고 있었다는데") 할머니의 육체와 동일시된다. 그 앞치마는 "군불"을 지피는 할머니의 평생의 노동과 "아기들"을 만드는 생산의 과정을 지켜보고 함께 한다. "할머니가 손바닥으로 물을 떠 끼얹을 때마다", "스스로 척척 비비고 두드려서는 금세 하얀 무명으로 새로 태어나곤" 하는 앞치마의 모습에서 우리는, 월경의 주기 그리고 잉태와 출산의 과정을 통해 삶에서 죽음으로의 순환 과정을 축약적으로 경험하는 여성 육체의 신비로움을 감지한다.[13]

13 캠벨은 여성이 인간 생명의 탄생과 유지와 매우 밀접한 관계를 맺음으로써 여성이

이 같은 순환과 탄생의 사이클은 시의 2행 도입부에서 "게으른 달이 산그늘에 얼굴을 베어 먹히며 꾸물거리는 늦여름 새벽"으로 묘사된 시간이 3행의 끝부분에서는 "어느날 산그림자가 달을 다 잡아먹은 새벽"으로 이동되고 있는 것과 그 흐름을 같이 한다.

시간의 흐름과 자연의 순환 속에서 할머니의 "레이스 앞치마"에서 "떨어져 나온 실비늘들"이 "모래 시내"를 "실의 강"으로 바꾸었으나, "할머니의 앞치마는 조금도 닳지가 않"는다. 할머니의 앞치마 혹은 육체는, "완전히 닳아" 버리는 할아버지의 육체와 대비되면서 더욱 무한한 생산성과 풍요의 이미지를 띠게 된다. "신랑이 각시의 뱃속으로 들어가는 것"이 "전통"이 된 "레이스 마을"의 이야기는 "레이스를 뜨"고 "밥상보"를 짜는 것으로 표현되는 여성들의 노동에 대한 몽상적 설화이다. 끊임없는 손놀림에 의해 하얀 실들이 짜여 레이스와 밥상보를 완성해 내는 경이로운 행위는, 무한한 탄생과 창조의 힘을 지닌 생산의 의미를 상징한다. 이 노동은 언제나 생명의 잉태("할머니의 배가 산만해졌다")와 출산("엄마는 늘 배가 무거워 언제나 입에서 실을 게워내고 계신다"), 그리고 죽음("우리 엄마는…아빠를 그 보에 싸서 먹었다")과 새로운 잉태의 예비("우리 마을의 모든 이모들이 짜고 있는 밥상보")를 포함하는 삶의 순환 과정과 함께 한다.

남성보다 더 자연의 중심에 위치한다고 논한다. 여성의 월경의 주기와 달의 주기 사이의 공통점이라든가 천상의 생명주기와 지상의 생명주기 사이의 대응 관계가 대개 여성의 신체를 통해 표현된다는 것은 매우 보편적인 상징체계에 속한다는 것이다. 이러한 보편적 상징체계에 기대고 있는 노혜경의 시들은 한국문학을 넘어 인류 보편의 문화적 전통에 맞닿을 가능성과 함께, 보편적 상징을 개성적 비유로 만들어야 하는 과제를 함께 갖게 된다고 볼 수 있다. 조지프 캠벨, 과학세대 역, 『신화의 세계』, 까치, 1998, 6~19면 참조.

구름들은 레이스 실의 보푸라기들이다. 하나하나가 눈이 달린 실벌레들은, 반가운 우리의 무릎에 앞다퉈 앉으며 우리 마을 위를 오래 떠돌다 온 관록을 우리에게 자랑한다. 이모와 나는, 엄마에게 잡힐 것도 잊고 구름들을 조금씩 집어먹으며 오래오래 이야기를 듣는다.

> 구름들은 우리가 레이스방 견습생인 것을 알아보았는지, 원래 자기들이 우리의 오래된 엄마라고 말해주었다. 그리고 보니 실벌레들에게선 오래된 엄마 냄새가 났다.
>
> —「레이스마을 이야기 - 어느 날 빨래방에 가보니」(93~94면)

레이스 짜기로 상징되는 노동과 생산의 과정은 할머니에게서 어머니, 이모들, 그리고 나에게로 이어 내려온다.[14]「할머니의 앞치마」에서 레이스 앞치마가 할머니의 육체와 동일시되고, 그 실이 풀려나와 강을 덮고 밥상을 덮으면서 지상의 공간으로 수평적으로 확대되었다면 위의 시에서 레이스는 "구름들"로 풀려 나와 천상의 수직적 공간으로 확대된다. 구름은 "눈이 달린 실벌레들"이라는 동물적 이미지로 변화되기도 하며, 할머니처럼 "오래오래 이야기"를 해주는 존재인 동시에 "집어먹"을 수 있다는 점에서 '먹을 것'이 되기도 한다. 무한히 변화하고 확장되는 구름의 본래 이미지에 '레이스 실'이라는 이미지가 연결

14 "순환의 신화적 혹은 추상적인 구조 원리란, 하나의 생명이 태어나서 죽고 하는, 계속적이고도 동일한 반복이 그 하나의 생명이 죽어서 다시 태어나고 하는 동일한 반복으로 확장된다는 원리이다. 이러한 동일한 반복의 패턴, 즉 그 하나의 생명의 죽음과 재생의 패턴에 모든 다른 순환적인 패턴이 대체로 동화되어진다"(노드롭 프라이, 임철규 역, 『비평의 해부』, 한길사, 1982, 221면).「레이스마을 이야기」 연작에 나타나는 여성들의 형상에서 우리는 이러한 반복과 재생의 이미지를 발견한다.

되면서 구름은 "나"를 둘러싸고 있는 전일적(全一的)인 환경이며 존재가 된다. 그것은 "우리의 오래된 엄마"이다.

「레이스마을 이야기」 연작들은 앞치마나 빨래방, 레이스 뜨개 같은 현실적인 모티프에서 출발하면서도 설화적 화법을 통해 새로운 공동체의 순환과 탄생을 맡는 여성 육체의 신화적 이미지를 재생하고 있다. 레이스 뜨기라는 노동으로 형상화된 이 신화적 상상력은 선행하는 문학적 전통을 되살리며 노혜경이 『뜯어먹기 좋은 빵』에서 창조해 낸 고유한 영역이다.

4. 기원을 찾아가는 여정: 송찬호, 『붉은 눈, 동백』

송찬호의 『붉은 눈, 동백』은 「山經(산경)」의 서사구조와 모티프를 빌려와 상상적 공간을 구축한다.[15] 서정주는 질마재라는 공간을 통해 비루한 삶의 국면이 지니는 신성성에 주목하고 근대적 시간관념을 초월하는 신비한 아름다움의 지속적인 가치를 표현하고자 하였다. 송찬호의 시들에 나타나는 '산경'과 '동백'을 매개로 한 공간 또한 삶의 부정적이고 단절적인 국면들에 대면하는 힘을 지닌 강렬하고 신비한 아름다움을 표상한다.

---

15 「山經(산경)」과 「海經(해경)」으로 이루어진 『山海經(산해경)』은 대체로 신화학적 입장과 지리학적 입장이라는 두 가지 경향에서 해석된다. 『산해경』은 중국 최고(最古)의 대표적인 신화집이며, 중국의 반주지주의의 산물 이를테면 불사불로의 신선, 영생의 유토피아, 이백의 자유와 환상 등 낭만적이고 신비적인 것들의 문학·예술적 실재를 가능케 했던 정신적 원천이라 평가된다. 정재서 역주, 『산해경』 서문, 민음사, 1985, 11면 참조.

그는 이 시집에서 '근대'를 상징하는 '아버지'에 대한 초월의 의지를 보여준 바 있다. "근대의 혼혈아인/납탄 덩어리가/격발의 이름으로/금속인 아버지를 찢고 나와/날아간다"(「총알」)고 표현할 때, 근대는 "전쟁과 살인/청부업자" 등으로 얼룩져 있으며 생명을 압살하는 '금속'의 이미지와 같다. "기계와 속도를 숭배하는 근대"[16]를 내파하며 저 너머로 비상하고자 하는 시인의 염원은 "삶의 유한"[17]을 넘어서고자 하는 초월적 욕망과도 맞닿아 있다. 지금 이곳의 죽음과 불모에 대항하는 시적 상상력을 창출하기 위해 송찬호가 택한 것은, 신화의 공간 즉 인간의 기원을 되짚어 감으로써 도래하지 않은 미래적 공간에 다다르는 방식이다.

4.1. 신화적 화법과 기원을 찾아가는 여정의 언어

시집 『붉은 눈, 동백』의 첫머리에 「궤짝에서 꺼낸 아주 오래된 이야기」라는 제목의 시가 놓인 것은 의미심장하다. 시인은 전통의 연속성과 갱신에 대해 분명히 인식하고 있는 듯하다. 송찬호는 대담에서 『붉은 눈, 동백』에서 「산경」을 활용한 의도와 계기에 대해 「산경」이 고전의 신화적인 공간에 머무르지 않고, 현실의 공간으로 들려나오길 바랐으며, 동백의 붉은 이미지는 '산경'을 찾아가는 '길찾기'의 비유로 적절하다고 생각했다고 말한 바 있다. 시에 나타나는 '동백국'은 산경이라는 길찾기의 구체적 현현이라는 것이다.[18] 시인의 말에서, 그가 신화

---

16 송찬호·이희중 대담, 「산경, 새로운 말과 기호의 땅」, 『문학과사회』 13(1), 문학과지성사, 2000.2, 240면.

17 위의 글, 231면.

의 언어를 가져오고 있는 것이 또 다른 기원으로서 현실 너머의 이상적 공간을 꿈꾸기 위한 하나의 방편임을 알 수 있다.

> 辛卯年(신묘년) 九月(구월), 동백국 가는 뱃길에 커다란 종 모양의 물 언덕이 나타났다
> 뱃머리로 부딪쳐 나아가니 웅장한 종 소리가 났다
> 어부들은 동백국이 보낸 神物(신물)이라 하여 크게 기뻐하고
> 그물로 끌어와 땅을 다져 단을 쌓고 그 물 언덕을 세웠다
> 그리하여 흉어기일 때면 어부들은 바다에 나아가지 않고
> 그 언덕에서 물고기를 구하였다 이 소문을 듣고
> 사방에서 矜恤(긍휼)들이 모여들어 살게 되었으니
> 마침내 긍휼의 수가 萬戶(만호)를 넘게 되자
> 언덕에 쇳물을 입혀 이를 기리게 하였다
> 때마침 피리를 불며 어디선가 아름다운 두 마리 새가 나타나 춤을 추며 즐거워하였으니,
> 그게 바로 그 신종에 새겨져 지금껏 날고 있는 봉황이었다
>
> —「동백 대왕 신종」[19]

> 壬申年(임신년) 음력 동짓달 초하루, 파도가 잦아들자 동백국으로 떠나는 배를 띄웠다 배에는 가축과 곡식 검은 부싯돌과 흰 물을 실었다 가축과 곡식은 외눈이 반쪽이 쭉정이 따위의 불구이거나 이름이 없는 무명의 것들로 동백국에 가서 그들의 병을 씻어주고 귀한 이름의

18 위의 글, 230면.
19 송찬호, 『붉은 눈, 동백』, 문학과지성사, 2000, 62면.

종자로 얻어올 작정이었다

— 「동백國(국)에 배를 띄워보내다」(61면)

동백의 혀는 붉으나 공명과 불후를 노래한 적 없고
이때껏 수많은 동백의 몸이 나타났으나 결코 인간과 세간에 깃들인 적이 없었노라

— 「이른 아침 창가 나뭇가지에 동백이 앉아 있었네」(53면)

그 깊은 내력을 알 수 없지만 선생은 의서와
역서를 읽는 분이었다 어쩌다 소문을 듣고
찾아오는 사람들의 뼈를 맞춰주거나 응혈을
풀어주기도 하고 몇몇 종자를 구해와서는
절기에 따른 파종법을 가르치기도 하였
(중략)
어느 해인가 난리가 났을 때는
탄식 끝에 배를 바다 밑에 끌어 묻고 꽃을 뿌려
손수 펼친 陣法(진법) 속에 한동안 은거하기도 했다

— 「동백 선생」(50면)

「동백 대왕 신종」에서 시의 배경인 "신묘년"은 그 말소리에 의해 '신묘'한 이 시의 분위기를 형성하는 서두의 기능을 갖는다. "동백국"이나 "물 언덕" 혹은 의인화된 "긍휼"과 같은 대상은 실재하는 사물을 지시하지 않는다. 물론 이 시어들은 의미상 동백이 무성하고 아름다운 곳, 성덕 대왕 신종, 가난하고 불쌍한 백성과 대응되지만 더 중요한

상징은 다음과 같다. 아기를 바쳐 종의 소리를 나게 했다는 성덕 대왕 신종에 얽힌 참혹한 설화는 "흉어기"의 결핍과 "궁휼"을 치유하는 종의 힘으로 탈바꿈되어 있다.

이 시의 설화적 공간 속에서 중요해지는 것은 비실재적 공간의 신비함이고, "아름다운 두 마리 새가 나타나 춤을 추며 즐거워"하는 순간이다. 이 신비한 순간은 "지금껏 날고 있는 봉황"의 모습에 의해 현재화된다. 『붉은 눈, 동백』의 많은 동백 모티프 시들이 보여주고 있는 세계는 이처럼 현실에 존재하는 어떤 순간의 아름다움에서 출발하나, 그 아름다움은 신비롭고 매혹적인 힘으로 현실을 압도하면서 초월적이고 상상적인 공간에로 뻗어간다.

「동백 대왕 신종」의 구조와 다음 작품들에서 우리가 주목해 볼 수 있는 것은, 시인이 신화의 화법과 문학적 전통을 활용하여 독특한 언어 형식을 만들어내고 있다는 점이다. 「동백 대왕 신종」은 성덕 대왕 신종과 관련된 설화의 형식을 차용하면서 사물의 유래와 기원을 전하는 신화적 화법을 구사한다. 밑줄친 "신묘년 구월", "그리하여", "살게 되었으니", "이를 기리게 하였다", "지금껏 날고 있는 봉황이었다"와 같은 구문을 포함한 시의 전체적인 구조는 이와 같은 문학적 전통을 활용함으로써 얻어진 것이라 할 수 있다.

「동백國(국)에 배를 띄워보내다」에서는 "임신년 음력 동짓달 초하루"로 서두를 떼며 신화나 민담과 같은 설화문학의 언어 형식과 함께, 「산경」의 이미지와 「홍길동전」, 「허생전」 등과 같은 한국 서사문학의 전통을 연상케 하는 화법을 교차시킨다.

「이른 아침 창가 나뭇가지에 동백이 앉아 있었네」의 "결코 인간과 세간에 깃들인 적이 없었노라"와 같은 구절, 「동백 선생」의 구조와 "선생은 의서와/역서를 읽는 분이었다", "손수 펼친 진법 속에 한동안 은거하기도 했다"와 같은 구절들은 '전(傳)' 문학의 전통을 의식하며 활용하고 있는 것으로 보인다. 송찬호의 시들이 보여주고 있는 언어 형식과 구조는 기원을 찾아가는 여정이라는 이 시집의 주제와 긴밀하게 연관된다.

동백의 등을 타고 오신 그대
꽃 구경 잘하셨습니까
정말 그곳에서는 꺼지지 않는
화염의 산이 사방을 밝히고
불사의 샘물이 흐르고 있습니까
동백국 나무숲에 어울려 사는 무리 중
정말 제 얼굴 닮은 원숭이가 있었습니까
아직도 그곳에서 악행을 일삼습니까
우리는 그댈 기다리며
검게 썩은 이빨로
마른 씨앗만 까먹고 있었습니다
정말 이곳이 옥토이고
쟁기질과 길쌈을 시작할 수 있습니까

미처 손으로 받을 새도 없이
가지에서 뚝 떨어져 내리는
동백의 등을 타고 오신 그대

— 「동백의 등을 타고 오신 그대」(28면)

그리고 거기는 여전히 아름다운
장례의 풍습이 남아 있다더군
동남풍
바람의 밧줄에
모가지를 걸고는
목숨들이 송두리째
뚝, 뚝 떨어져내린다더군

— 「나, 동백꽃 보러 간다」(16면)

동백은 결코 땅에
항복하지 않는 꽃이란다
거친 땅을 밟고 다니느라
동백의 발바닥은 아주 붉지
그런 부리부리한 동백이
앞발을 번쩍 들고
이만큼 높이에서 피어 있단다
동물원 쇠창살을 찢고
집을 찢고
아버지를 찢고
나뭇가지를 찢고 나와

이렇게
불끈,

모두 산경에 나오는 이야기란다

— 「山經(산경) 가는 길」(34~35면)

「동백의 등을 타고 오신 그대」의 시적 공간은 "이곳"과 "그곳"의 이미지의 대비에 의해 구축된다. "이곳"은 "검게 썩은 이빨로 마른 씨앗만 까먹고" 있는 메마른 곳이다. 이 작품 또한 「山經(산경)」의 이미지를 빌려와 "그곳"에 대해 묘사하며 우리를 상상적인 공간에로 이끈다. "꺼지지 않는/화염의 산"과 "불사의 샘물이 흐르"는 "그곳"은 구체적인 실체를 지닌 이상향이기보다는, 이곳에 없는 신비로움의 무게를 지닌 공간으로 존재하는 저 너머에 가깝다. "우리"는 다만 이 메마른 곳에서 "쟁기질"과 "길쌈"을 시작해 보려는 소망을 지니고 "그대"를 "기다리"고 있을 뿐이다. "그곳"을 다녀온 "그대"는 "동백의 등을 타고" 온 신비로운 대상이다. 그러나 이 "그대"는 사실 무인칭이며 의미가 지시되지 않는 대상이다. 시인은 현실의 불모성 속에 "쟁기질"과 "길쌈"이라는 새로운 노동에의 꿈을 꾸는데, 이 꿈을 가능하게 하는 것은 비현실적인 혹은 현실 초월적인 아름다움이다.

「나, 동백꽃 보러 간다」에 나타나는 "거기"가 "여전히 아름다운/장례의 풍습이 남아 있"는 곳으로 묘사되는 것 또한, "교도소"(17면)라는 현실적인 구속의 공간을 "동백"의 이미지를 통해 근원적인 아름다움을 지닌 곳으로 탈바꿈시킬 수 있었기 때문이다. 시인이 '동백'을 주요 이미지로 채택하면서 동물의 이미지를 부여한 것은, 동백을 설화나 신화의 맥락에 위치시키면서 근대적 시간과 환경의 구속을 초월하는 강렬한 상징을 창출하고자 했기 때문이다.[20]

「산경 가는 길」에 나타나는 "결코 땅에/항복하지 않"으며 "부리부리"하게 "앞발을 번쩍 들고" 피어 있는 동물적인 동백의 이미지는, "동물원 쇠창살", "집", "아버지", "나뭇가지"로 비유되는 현실과 존재의 유한함을 "불끈", "찢고 나"오는 강인한 주체의 모습을 떠올리게 한다.[21] 그러한 주체의 모습을 발견하는 여정이 곧 "산경 가는 길"인 것이다.

4.2. 불로불사의 이미지와 초월적 아름다움의 희구

송찬호 시의 자유로운 언어적 도약과, 이미지가 다른 이미지와 맺는 자율적 연쇄는 이후 많은 시들의 전범이 되었다고 할 수 있다. 『붉은 눈, 동백』에서 이와 같은 특징은 이전의 『흙은 사각형의 기억을 갖고 있다』, 『10년 동안의 빈 의자』보다 더 심화된 것 같다. 그리하여 때로는, 역동적인 이미지를 현실적 삶의 내부로 더 밀고 나가는 대신에 '산경'의 세계로 밀어놓아버림으로써 긴장이 풀어지고 그 의미가 현실적 삶의 층위에 개입하는 길을 차단해버리고 마는 결과를 낳았다고 비판받기도 한다.[22]

이그, 저기 가는 저것들 또 산경 가자는 거 아닌가

---

20 "송찬호: 처음부터 동물의 이미지로 옮겨가려고 생각했어요. 그래야만 동백을 설화나 신화의 맥락 속에 앉힐 수 있기 때문이지요. 결코 '땅에 항복하지 않는 꽃'으로, 현실을 견인하고, 지치지 않고, 부단히 스스로를 갱신해가는 어떤 시적 자아를 그려본 것이지요." 송찬호·이희중 대담, 233면.

21 시집 『붉은 눈, 동백』에 나오는 동백의 영웅적 이미지에 대해서 다음의 논문에서 지적된 바 있다. 김옥순, 「동백의 영웅 이미지와 살 만한 땅을 찾아서 - 송찬호론」, 이화현대시연구회, 『이제 희망을 노래하련다 - 90년대 우리 시 읽기』, 소명출판, 2009, 339~364면.

22 박혜경, 「시, 허공 중에 떠 있는 말 - 송찬호의 시들」, 『문학과사회』 13(1), 문학과지성사, 2000.2, 227면.

멧부리를 닮은 잔등 우에 처자를 태우고
또랑물에 적신 꼬리로 휘이 휘이 마른 들길을 쓸고 가고 있는 저 牛公(우공)이

어깻죽지 우에 이름난 폭포 한 자락 걸치지도 못한
저 비루먹은 산천이 막무가내로 봄날 산경 가자는 거 아닌가
일자무식 쇠귀에 버들강아지 한 움큼 꽂고 웅얼웅얼 가고 있는 저 풍광이

세상의 절경 한 폭 짊어지지 못하고 春窮(춘궁)을 넘어가는 저 비탈의 노래가 저러다 정말 산경의 진수를 찾아 들어가는 거 아닌가
살 만한 땅을 찾아 저렇게 말뚝에 매인 집 한 채 뿌리째 떠가고 있으니
검은 아궁일 끌어 묻고 살 만한 땅을 찾아 참을 수 없이 느릿느릿 저 신선 가족이 가고 있으니

— 「봄날을 가는 山經(산경)」(39면)

"산경 가자"는 말은 '산경(山經)'의 세계 속으로 가자는 이야기인지 "산경의 진수"라는 말마따나 '산경(山景)'의 깊은 곳으로 가자는 이야기인지 모호하게 표현되고 있다. 여기에 제목까지 고려해 생각해 보면 이 봄날 움직이고 있는 저 대상들의 모습 자체가 '산경'인 것 같기도 하다.

이 시의 통사 구조와 비유 체계는 의도적으로 의미의 단일성을 해체시킨다. "잔등 우의 처자"는 "우공"의 처자인지 아니면 그 누구의 처자인지, "일자무식 쇠귀"는 "우공"의 것인지 "풍광"의 것인지, "말뚝에 매인 집 한 채 뿌리째 떠가고 있"는 모습은 비유인지 아닌지, "신선

가족"은 아까의 "우공"과 "처자"인지 아닌지 시의 내적 구조만으로는 정확히 알 수 없는 것이다.

그러나 "멧부리를 닮은 잔등"을 지닌 "저 우공"은 산의 모습과 유사성을 띠고 "저 비루먹은 산천"은 헐고 털빠진 황소의 모습을 연상시키면서 서로의 이미지를 교환한다. "쇠귀에 버들강아지 한 움큼 꽂고 웅얼웅얼 가고 있는 저 풍경" 역시 이미지의 교환에 동참한다. "비루먹"다는 표현은 교묘하게도 삶의 비루함을 떠올리게 하는데, 이 연상은 3연의 "춘궁을 넘어가는 저 비탈의 노래"와 "말뚝에 매인 집 한 채" 그리고 "신선 가족"과도 연결된다. 말뚝에 매였거나 느릿느릿 가는 모습은 황소의 이미지를 연상시킨다.

시인은 황소에 처자를 태우고 깊은 산속으로 찾아 들어가는 한 가족의 모습을 보았을 수도 있고, 그냥 느릿느릿 가고 있는 황소의 모습에서 연상을 펼친 것일 수도 있으며, 어쩌면 아무것도 없는 산과 들의 풍광에서 비유적 이미지들을 이끌어내었을지도 모른다. 이 사물과 대상들은 모두 결합되면서 "산경"과도 같은 신비로운 공간을 만들어 낸다. 가난과 비루함보다 압도적인 것은 이 신비로운 공간이 지니는 초월적인 아름다움이다.[23]

「봄날을 가는 산경」에서 만들어진 심미적 장면은 "살 만한 땅을 찾아" 가는 "참을 수 없"는 가족의 여정을 "신선"의 모습으로 치환시키며, 현실의 황폐와 곤궁에 대항하는 '불로불사'의 이미지를 제시한다. 늙

23 김인옥은 「봄날을 가는 산경」에서 '산경'이 이상향으로서의 낙원과 현실적 삶을 부정하는 '미학적 이상주의'로 의미화된다고 언급하고 있다. 김인옥, 「송찬호 시에 나타난 시적 인식의 방향성 연구 – 시집 『붉은 눈, 동백』을 중심으로」, 『한국문예비평연구』 41, 한국현대문예비평학회, 2013, 135면.

지 않고 죽지 않는 것, 그것이 곧 아름다움인 것이다.

무릇 생명이 태어나는 경계에는
어느 곳이나
올가미가 있는 법이지요
그러니 생명이 탄생하는 순간에
저렇게 떨림이 있지 않겠어요?

꽃을 밀어내느라
거친 옹이가 박힌 허리를 뒤틀며
안간힘 다하는 저 늙은 동백나무를 보아요

그 아득한 올가미를 빠져나오려
짐승의 새끼처럼
다리를 모으고
세차게 머리로 가지를 찢고
나오는 동백꽃을 이리 가까이 와 보아요

— 「관음이라 불리는 향일암 동백에 대한 회상」(46면)

이 숲속에 얼굴 붉은 짐승이 살고 있어
그를 모든 짐승의 왕이라 했다
그가 한번 울부짖으면
여우의 머리가 산산이 부서져버린다 했다

— 「山經(산경)에 가서 놀다」(38면)

「관음이라 불리는 향일암 동백에 대한 회상」은 동백이 피어나는 순간의 떨림과 아름다움을 묘사하고 있다. 화자는 동백의 개화에서 생명의 탄생이 지니는 힘과 경이를 발견한다. 신비로운 탄생의 순간이 지니는 아름다움은 현존을 넘어서는 영원한 가치를 지닌 것이기에 시인은 동백을 “관음”이라 이름붙이게 된다.

이 같은 시인의 인식에 의해 「산경에 가서 놀다」에서의 동백은 “모든 짐승의 왕”이며, 압도적인 힘을 지닌 존재로 드러나고 있는 것이다. 동백나무는 가지 끝에 붉은 꽃이 피는데, 예부터 아름다움과 강인함을 상징하며 머리가 잘려나가는 것처럼 갑자기 꽃이 떨어지기 때문에 급사(急死)를 뜻하기도 한다.[24] 송찬호가 『붉은 눈, 동백』에서 동백에 집중하는 것은 그 붉은 꽃이 지니는 선명한 모습과 개화의 순간이 지니는 떨림, 갑자기 생애를 마치고 마는 강렬함에 매혹되었기 때문이다. 동백이 ‘관음’과 ‘산경’을 표상하는 위의 인용부분에서 보이는 것처럼, 송찬호에게 동백은 현실적인 자연물을 넘어 온전한 아름다움과 신비로움을 현현(顯現)하는 대상으로 확대된다.

송찬호의 시에서 부정적인 현실과 그것을 넘어서는 힘을 지닌 아름다움은 끊임없이 교차되면서 상상의 세계를 빚어낸다. 이 상상의 세계를 채워넣는 것은 ‘동백’의 선명한 심상과 신비로운 존재성이다. 송찬호가 “삶이 비록 부스러지기 쉬운 꿈일지라도/우리 그 환한 백일몽 너머 달려가 봐요”(「동백 열차」)라는 화법을 쓸 때 우리는, 현실을 초월하는 아름다움의 가치가 현실을 압도하는 서정주 시의 어떤 국면을 떠올리게 된다. 식물적 이미지와 동물적 이미지 사이를 넘나드는 ‘동

24 진 쿠퍼, 이윤기 역, 『그림으로 보는 세계 문화 상징 사전』, 까치, 1996, 50면 참조.

백'의 모습과 「산경」 모티프를 통해 송찬호는 현실의 결핍과 불운함을 넘어서는 아름답고 신비로운 순간을 그려내었으며, 이 순간들은 신화와 고전의 문학적 전통에 힘입어 구체적 형식을 얻게 되었다.

5. 신비주의적 상상의 언어들

한 시인이 창조해 낸 새로운 화법과 언어는 공동체의 언어를 보존, 변형, 재창조하며 공동체에 자신의 언어를 되돌려주는 역할을 한다. 서정주의 언어는 공동체의 언어를 활용하고 재창조하여 개성적인 형식을 수립하였지만, 현실과의 긴장 관계를 영원성이라는 관념 안에서 해소시킴으로써 역사적 시간을 무화시키는 언어들을 창출하기도 하였다. 『질마재 신화』의 시편들 또한, "부족 방언의 순화"[25]로 칭송받는 동시에 "형이상학적 초월 미학"[26]으로 비판받는 서정주 시 전반의 성격에서 자유롭지 못하다.

서정주의 시들 특히 『질마재 신화』 이전의 일부 시들은 그가 말하는 '신라 정신'과, 현실을 초월하는 아름다움의 가치에 경도되어 언어와 현실 그리고 대상과 맺는 관계의 복합성을 망각하였다. 이때 시인의 관념은 현실과 작용하지 않는 추상적 정신의 소산이며 메마른 신비주의에 빠지기 쉽다. 여기에 차용되는 설화 역시 공간과 시간 속에서 구체적으로 현존하지 못함으로써 의미의 확대를 꾀하는 언어 구조를

25 유종호, 「소리지향과 산문지향」, 『작가세계』, 1994년 봄, 83면.

26 구모룡, 「초월 미학과 무책임의 사상」, 『포에지』, 2000년 겨울, 31면.

창출하지 못한 채 하나의 소재 정도에 머무르고 만다. 시세계를 풍요롭게 해주는 시적 구성의 차원에까지 다다르지 못할 때 그것은 시의 언어와 유리된 채 남게 되는 것이다.

서정주의 시가 "본질적으로 신화의 언어인데 모든 존재와 사물 앞에서 그 기원과 현실을 혼동한다"[27]는 측면을 비판 받는 것은 의미심장하다. 『질마재 신화』의 일부 시들에서 '주체-객체' 사이의 작용은 거의 미미하며, 설화적 화법은 때로는 화자의 권위를 강화시키며 언어형식의 고정성을 초래하기도 한다.

'신화의 언어'와 '초월의 미학'이 갖는 위험은 노혜경과 송찬호의 시에도 동일하게 적용된다.[28] 노혜경의 시가 때로 지나친 관념에로의 경사를 보여 줄 때 내용 없는 신화의 언어가 되고 만다는 점과,[29] 송찬호의 시들이 신비주의에 경도되는 어떤 지점에서는 미학적 긴장마저 놓치고 있다는 점을 예사롭게 지나쳐서는 안 될 것이다.

『질마재 신화』의 성공적인 시들에서 우리는 관념과 설화가 메마른 추상이 아니라 언어의 작용으로 존재하고 있음을 보았다. 질마재 마을의 이야기는 과거로부터 전해 내려오는 설화집이나 신화서에서 빠져나온 듯한 모습이 아니라 서정주 개인의 언어로 생생하게 현현됨으로

27 황현산, 「시적 허용과 정치적 허용」, 『포에지』, 2000년 겨울, 15면.

28 그런 의미에서 노혜경이 서정주 시의 몰역사성을 비판하고 있는 점을 눈여겨볼 수 있다. 노혜경은 『뜯어먹기 좋은 빵』에서 신화적 이미지를 차용하면서도 끊임없이 역사의 시간을 신화의 시간과 결합하기 위해 노력하고 있다. 노혜경의 서정주 시에 대한 비판에 대해서는, 노혜경, 「미당을 둘러싼 몇가지 문학적 오해에 대하여」, 『인물과사상』 35, 인물과사상사, 2001.3.

29 노혜경의 「레이스마을 이야기」 연작의 초월적이고 신비적인 세계가 현실과의 긴장을 유지하지 못하고 있다는 비판적 견해로는, 정문순, 「공동체에 바친 성찬의 언어-노혜경 시집 〈뜯어먹기 좋은 빵〉」, 『사림어문연구』 12, 사림어문학회, 1999, 269~270면 참조.

인해 공동체적 언어의 한 부분을 채워넣었다. 전통이 관념이 아니라 실체로 보존된다고 할 때, 서정주는 자신의 독창적인 언어 형식을 통해 실체로서의 전통이 갖는 폭과 깊이를 확충한 것이다.

서정주의 시들이 설화적 전통을 차용하면서도 '질마재'라는 구체적인 장소와 개인적 경험을 결합하여 특별한 공동체의 모습을 형상화하였던 것처럼, 노혜경과 송찬호는 설화와 신화의 형식을 통해 '레이스 마을'과 '동백국'이라는 새로운 공동체와 이상적 공간을 창출하였다. 『질마재 신화』에 나타나는 인물들의 심미적 노동이 치유와 재생을 담당하고 영원의 시간을 구현했듯, 후대 시인들의 시에 나타나는 노동의 심미적 이미지 또한 현실의 불모성을 넘어서려는 시도의 소산이다.

서정주 시의 설화적 화법과 신화화된 공간 속에 나타나는 우주적 이미지를 노혜경 시의 그것과 비교해 볼 수 있다면, 신비주의적 상상력을 통해 재현되는 초월적인 아름다움의 이미지를 송찬호 시의 이미지와 비교해 볼 수 있다. 노혜경은 신화적 상상력을 토대로 여성의 육체 및 '레이스', '앞치마' 같은 사물들을 주요한 이미지로 삼아 풍요로운 세계를 재현하였다.[30] 송찬호의 시는 동물성과 식물성이 결합된 '동백'과 일종의 대륙적 상상력을 토대로 한 '산해경'을 매개로 강인한 이미지의 세계를 재현하고 있다. 이는 한국 문학사에서 신비주의적인 상상력의 전통이 계승되고 분기되어 발현되는 지점의 차이를 확인할 수 있는 흥미로운 장면이다. 서정주, 노혜경, 송찬호가 보여주는 신화적

30 심진경은 노혜경이 "자기 해체와 자기 희생을 통한 타자와의 영적 합일을 거쳐 인류를 구원하는 여성적 세계의 에로스적 진경을 펼쳐보인다"고 평한 바 있다. 심진경, 「여성적 시의식의 처음과 끝 - 김정란, 『스·타·카·토 내 영혼』, 노혜경, 『뜯어먹기 좋은 빵』」, 『오늘의 문예비평』 35, 1999, 314면.

이고 신비주의적인 상상의 언어들은 문학적 전통을 활용하여 개성적인 형식으로 재창조한 구체적인 예이다.

다시 태어나 살기: 한국시의 환생 모티프

－김소월, 서정주, 박재삼, 신경림, 최정례의 시

1. 환생과 불멸의 상상력

환생 모티프는 인간의 삶과 죽음에 대한 종교적이고 형이상학적인 관념을 담고 있다. 죽은 사람이 생전의 모습과는 다른 형태의 인간이나 생물 또는 사물로 재생한다는 상상력에서 비롯된 '환생'에 대한 관념은, 인류의 오랜 역사 속에서 뿌리내리며 다양한 문학적 원천을 제공해 왔다. '환생'이란 '幻生: (사람이 죽었다가) 형상을 바꾸어 다시 태어남' 또는 '還生: 1) 죽었다가 되살아남. 2) 다시 태어남'으로 풀이된다. 두 가지 의미는 대체로 혼용되어 쓰이는데, 설화의 유형 분류에서는 영혼 불멸 사상을 담고 있는 설화의 하위 개념으로 구분되기도 한다. 환생 모티프가 나타나는 설화는 그 유형에 따라, '이혼(離魂)형 설화', '재생(再生)형 설화', '환생(還生)형 설화', '환생(幻生)형 설화', '공창(空唱)형 설화' 등으로 나누기도 한다.[1] 이러한 환생 모티프를 가지고 있는

1 설화의 유형 분류는 박용식, 『한국설화의 원시종교사상 연구』, 일지사, 1984, 193~197면에서 참조하였다.

설화들이 다양한 방식으로 한국 설화 문학의 원천이 되는 경우를 찾아볼 수 있다.

환생과 영혼 불멸에 대한 상상력은 고대에서부터 보편적이고 강력하게 존재해 왔으며, 이것이 불교 사상과 복합되면서 한국 문학 전반에 걸쳐 폭넓고 다양한 모습으로 나타나게 되었다. 한국 설화 문학에 나타난 환생 모티프를 살펴본다는 것은, 구전과 구술의 방식을 통해 전하고 변용되어 오던 삶과 죽음에 관한 공동체의 상상력과 감수성이 후대에 와서 어떻게 계승되고 새롭게 재구성되는가를 짚어보는 일이기도 하다.

이 글에서는 이러한 설화 문학의 영향중에서도 특히 환생 모티프라는 소재·주제·사상과 관련된 영역이 한국 현대시에 어떻게 계승되고 변용되었는지를 살펴보고자 한다.[2] 이를 위해 먼저, 향가 설화 문학, 서사 무가, 민간 설화 등에 나타나는 환생 모티프를 살펴, 그 원형적인 모습과 상징성과 이미지 등을 파악하고자 한다. 이어 이와 같은 문학적 전통을 의식적·무의식적으로 인지하면서 재창조해낸 사례로서 김소월, 서정주, 박재삼, 신경림, 최정례의 시에 나타나는 환생 모티프의

2 설화와 관련하여 현대시를 다룬 논의로는 다음의 선행 연구를 참조할 수 있다. 김선학, 「설화의 시적 수용-『질마재 신화』를 중심으로」, 『한국문학연구』 3, 동국대학교 한국문학연구소, 1981; 김두한, 「현대시에 나타난 설화의 시적 변용 양상 소고」, 『문화와융합』 6, 한국문화융합학회, 1985; 임문혁, 「서정주 시의 설화 수용과 시적 효과」, 『국제어문』 12·13. 국제어문학회, 1991; 윤석산, 「신라 가요 '처용가'와 '처용설화'의 현대시 수용 양상」, 『한국언어문화』 17, 한국언어문화학회, 1999; 오정국, 『시의 탄생, 설화의 재생-한국 현대시의 설화 수용 연구』, 청동거울, 2002; 이성우, 「수로부인의 변신-『삼국유사』 수로부인의 설화와 현대시」, 『비교문학』 31, 한국비교문학회, 2003; 김종호, 「설화의 주술성과 현대시의 수용양상-서정주와 박재삼 시를 중심으로」, 『한민족어문학』 46, 한민족어문학회, 2005; 고현철, 「서정주 『질마재 신화』의 장르 패러디 연구」, 『현대문학의연구』 31, 한국문학연구학회, 2007; 박경수, 「구비설화의 현대시 수용 양상 연구-서정주 시의 여성인물 설화 수용을 중심으로」, 『배달말』 47, 배달말학회, 2010.

모습과 그 의미를 중심으로, 현대시에서 환생 모티프가 어떻게 변용되고 있는지를 분석하고자 한다. 각 시인들의 작품에 나타나는 환생 모티프는 영혼 불멸, 혹은 재생의 의미까지 폭넓게 포함하여 살펴보고 그것이 어떤 현대적 의미를 띠고 나타나는지 논하기로 한다.

2. 한국 설화 문학의 환생 모티프

한국의 설화 문학 중에서도 그 원형적 모습을 볼 수 있는 예로 향가 설화 문학, 서사 무가, 민간 설화 등에 나타나는 환생 모티프의 사례를 간략히 살펴보고자 한다. 그 상징과 비유와 이미지가 나타나는 방식과 의미를 다음 장의 현대시의 사례들과 비교 대조함으로써, 문학적 전통이 수립되고 이후의 작품들에 자양분을 제공하는 과정을 유추할 수 있을 것이다.

2.1. 향가 설화 문학에 나타나는 환생 모티프

「삼국유사」의 기이편에 실려 있는 '효소왕대 죽지랑' 설화는 불교적 윤회전생(輪廻轉生)의 설화에 속한다고 할 수 있다. 김유신을 따라 삼국을 통일했으며 득오가 지은 '모죽지랑가'의 주인공인 죽지의 출생은 다음과 같이 서술되고 있다.

> 오래전 죽지랑의 아버지 술종공이 삭주 도독사가 되어서 임지로 부임하게 되었을 때 마침 삼한에 병란이 일어나 기병 3천명으로 그를

호송하게 하였다. 일행이 죽지령에 이르자 한 거사가 고갯길을 닦고 있었다. (중략) 공이 다음날 사람을 보내어 거사의 안부를 물었더니 〈거사가 죽은 지 며칠이 되었다〉고 하였다. 그 사람이 돌아와 말하는 것을 들어본즉, 거사가 죽은 날이 공이 꿈꾼 날과 일치하였다. 공은 말하기를 〈아마 거사가 우리 집에 태어날 것 같소〉하였다. 술종공은 다시 군사들을 보내어 고개 위 북쪽 봉우리에 그를 장사 지내게 하고 그 무덤 앞에 돌미륵 하나를 세우게 하였다. 공의 부인은 꿈꾸던 날로부터 태기가 있어 아들을 낳고 이런 이유로 이름을 〈죽지〉라 했다.[3]

위의 인용에서 확인되는 바와 같이 화랑 죽지는 거사가 죽어서 새로 태어난 인물이다. 죽지의 아버지 술종공이 만난 거사가 윤회전생의 방식으로 술종공의 아들로 태어나는 것은 불교적 교의의 과제이며, 죽은 거사의 무덤에 미륵불상을 세워주는 술종공의 태도는 불교적 성사(聖事)에 해당된다. 죽지의 탄생으로 설명되는 '만남–죽음–환생'의 세 단계는 불교적 교의에 관련된다.[4] 즉, 불교에서 말하는 윤회전생의 과제에 해당되는 것이다.[5] 여기에서 볼 때 향가의 근간이 되는 설화문학의 환생 모티프는 영혼 불멸의 고대적 관념이 불교 전파에 따라 종교적 양상, 즉 윤회전생의 관념을 띠게 되는 것을 알 수 있다.

3 홍기삼, 『향가설화문학』, 민음사, 1997, 74면.

4 위의 책, 85~86면.

5 윤회는 생사를 되풀이하기를 바퀴가 돌아가듯이 끊임없이 반복하기 때문에 '유전(流轉)'과 같은 뜻이며, 전생은 영혼이 하나의 생명체에서 다른 생명체로 단순히 옮겨가는 것을 의미한다. 죽지 설화의 경우, 거사가 죽어 죽지로 태어나는 것은 전생에 해당된다고 말할 수 있으나 그 선후의 전체적 원리는 윤회에 해당된다고 볼 수 있겠다. 이에 대해서는 위의 책, 86면; 石上玄一郎, 『輪廻と転生』, 京都:人文書院, 1977.

2.2. 서사 무가에 나타나는 환생 모티프

서사 무가에서도 환생 모티프를 찾아볼 수 있는데, 함경도 무가 '문굿'의 뒷부분의 플롯은 다음과 같다.

> 축양대는 부모에게 양산백의 청혼을 말하였으나 거절당한다 – 양산백은 축양대가 다른 가문에 허혼한 사실을 알고 놀라 죽는다 – 축양대는 시집가는 도중, 양산백의 묘 앞에서 갈라진 묘 속으로 뛰어든다 – 묘는 다시 합쳐지고 축양대의 나삼자락이 밖으로 나와 떼어 내니 나비가 된다[6]

이 무가는 죽지 설화에 드러나는 것과 같은 불교적이고 도덕적인 가치관이 담겨 있는 윤회전생의 사상이 아니라, 죽은 사람의 넋이 다른 생물로 바뀌는 단순하고도 소박한 상상력에 기초한 환생 모티프를 보여 주고 있다. 이 무가에서 눈여겨 볼 것은 죽은 '축양대'의 '나삼자락'이 '나비'로 변하는 과정에 나타나는 이미지이다. 사람이 입고 있던 옷의 일부인 '나삼'이라는 옷자락이 '나비'라는 생물로 환생하는 과정에는 일종의 환유적 상상력이 작용했다 할 수 있고, 나비의 팔랑거림과 색깔을 떠올리게 하는 데서 은유적 상동성으로 이어지는 이미지로도 볼 수 있다. 이와 같은 상상력과 이미지가 원형적 상상력으로서 이후의 문학 작품들에 상상력의 원천을 제공하고 있는 것으로 보인다.

이밖에 서사 무가인 '바리공주'의 '문전본풀이'나 '이공본풀이' 부분은 서천 꽃밭에서 환생꽃을 얻어 사람을 재생시키는 내용이 나온다.

---

6 한국구비문학회, 『구비문학개설』, 일조각, 1971, 133면.

> "그대가 길어 쓰던 물이 약수이니 가져가고, 베던 풀은 개안초(開眼草)니 가져가오. 뒷동산 후원의 꽃은 숨 살이, 뼈 살이, 살 살이 꽃이니 가져가오. 숨 살이, 뼈 살이 살 살이의 삼색 꽃은 눈에 넣고, 개안초는 몸에 품고, 약수는 입에 넣으시오." (중략) 양전마마의 입에 서천 서역국에서 가져온 약수를 넣고, 또 개안수를 양전마마의 품에 넣고 뼈 살이 꽃, 살 살이 꽃, 피 살이 꽃을 눈에 넣으니 양전마마가 후- 하고 긴 숨을 내쉬며 기지개를 키고 일어나 앉으면서[7]

이 무가의 내용은 재생형 설화에 해당된다고 할 수 있다. 여기에는 죽음으로 생명이 끝나는 것이 아니라는 관념과, 갖은 역경과 고난을 극복하는 불굴의 의지가 인간의 죽음이라는 유한성을 극복할 수 있다는 무속적 신앙이 나타나 있다. 이러한 사상과 함께 이와 같은 서사무가의 구조에서 눈여겨 볼 것은, '공주'의 역경과 고난을 묘사하는 과정과 '양전마마'가 꽃과 약수를 통해 재생하는 과정에 나타나는 리드미컬한 운율 그리고 반복성이 주는 주술적 효과다.

원문인 무가의 채록본을 보면 "길값세는 나무 삼년하여 주소/그난 그리 하셔이다/삼값세는 불삼년 때여 주오/그도 그리 하오리다/물값세 물삼년 기러 주소/그리 하셩이다 (중략) 양영수난 입에 넣고 계안수난 품에 넣고 별이 용은 눈에 넣니/양전마마 일시에 일어 앉이시며/잠결이야 꿈결이야 상임뜰은 무삼일이야/앞바다 구경하러 왔느냐 뒷동산 꽃구경 왔느냐 하옵시니"[8]와 같이 반복되는 운율과 무속적인 이미

7 김태곤, 최운식, 김진영 편저, 『한국의 신화』, 시인사, 1988, 231~233면.

8 위의 책, 319~321면.

지들이 주술적 효과를 낳는다. 이와 같은 주술성과 이미지들은 전통에 기대 있는 시 장르의 구조와 이미지, 화법 등을 통해 재창조된다.

2.3. 민간 설화에 나타나는 환생 모티프

민간 설화에는 다양한 환생 모티프가 나타나는데, 대표적인 것으로 다음의 '뻐꾸기 설화'를 한 예로 들 수 있다.

> 옛날에, 박고개 아래에 한 홀아비가 달미라는 딸과 둘이 살았다. 어느 날, 달미는 오지주네로 빚 대신 종으로 끌려 갔다. 오 지주 가족이 봄나들이를 갈 때, 먹다 남은 떡국을 부뚜막에 놓고 가면서 달미에게는 입도 대지 말라고 했다. 달미가 아버지를 생각하다가 잠이 들자, 그 사이에 그 집 개가 떡국을 먹어 치웠다. 오 지주 부부는 집에 돌아와 떡국이 없어진 것을 보고, 달미에게 매질을 했다. 매에 못 이겨 그 집을 뛰쳐나온 달미는 박고개 근처에서 지쳐 쓰러져 죽었다. 이듬해 봄, 달미의 무덤 곁 밤나무에 새 한 마리가 날아와 "뻐꾹, 뻐꾹…개가 갸(떡국, 떡국…개가)!"하고 울었다는 이야기가 전한다.[9]

이와는 조금 다른 형태로는 경북 문경 지방에 전하는 뻐꾸기 설화가 있다. '이웃집 처녀를 짝사랑한 총각이 있었다. 처녀가 갑자기 병으로 죽자, 총각 역시 상심한 나머지 죽고 말았다. 총각의 원혼은 뻐꾸기가

---

9 한국문화 상징사전 편찬위원회, 『한국문화 상징사전 2』, 동아출판사, 1995, 358~360면.

되어 그 처녀를 그리워하며 이 산 저 산 옮아 다니면서 "볼까! 볼까!(뻐꾹, 뻐꾹)"하고 애절하게 운다고 한다.'[10]

이처럼 민간 설화에 나타나는 환생 모티프는 생전의 한이나 슬픔이 죽음 이후에도 소멸하지 않고, 몸을 바꿔서 계속됨을 보여 주고 있다. 그밖에도 '두더지가 된 며느리' 이야기나 '뱀이 된 처녀' 이야기와 같은 것들은 살았을 때 행한 업보를 죽은 후에까지 져야 하거나, 이루지 못한 소원을 죽은 후에 이루고자 하는 원망(願望)을 표현하고 있다.

이러한 예들을 통해 민간 설화의 환생 모티프는 주로 민중들의 삶 속에서 체험한 박해와 결핍에 따른 비애, 절망, 그리움 등의 감정들이 육체의 사라짐과 함께 끝나는 것이 아니라, 계속해서 회귀하며 현실의 결여와 폭력을 환기시키는 역할을 하고 있음을 알 수 있다. 또 이러한 상상들이, 주로 청각적 이미지를 통해 활성화되고 있는 것에도 주목할 수 있다.

3. 한국 현대시와 환생 모티프

이처럼 설화 문학에 나타나는 환생 모티프는 한국 문학의 근간이 되는 원형적인 상상력의 세계를 보여 준다. 나라는 존재가 다만 현재의 시간에 의해서 규정되는 것이 아니라 나의 과거 혹은 전생과 관련되어 있으며, 또 현재의 나의 행위가 다음의 시간을 규정할 수 있다는 인식은, 시간과 공간에 대한 무한한 상상력을 전제로 한다. 또 나와 나 아닌

10 같은 곳.

다른 것들은 연결되어 있으며 내가 다른 사물과 맺는 관계와 행위가 궁극적으로 나의 다음 생을 규정할 수도 있다는 의식은, 불교적 교의인 인연과 연기의 관념에 닿아 있다. 한편 환생 모티프를 담고 있는 설화들은, 절망스러운 현생의 삶이 다음 생에서도 몸을 바꿔 계속된다는 것을 보여주는데 이 계속됨은 문학의 형식을 통해 더 깊은 슬픔과 울림을 발생시키기도 한다.

설화 문학의 환생 모티프가 담고 있는 이러한 관념, 상징적 의미, 이미지와 비유 그리고 화법 등은 현대시를 통해 다양한 모습으로 재발견된다. 특히 고전을 창조적으로 수용하여 전통적 상상력을 새롭게 해석하며 시적인 심상으로 끌어 오고 있는 시인들에게서 그 모습을 찾아볼 수 있다. 그 대표적인 예로, 김소월, 서정주, 박재삼, 신경림, 최정례의 시들을 분석하며, 환생 모티프가 나타난 설화 문학의 다양한 요소들이, 어떤 방식으로 시적 상상력을 제공하고 이를 통해 새로운 형태로 재창조되고 있는지 살펴보겠다.

3.1. 주술적 리듬의 계승과 영혼의 청각적 심상: 김소월

민간 설화 문학의 환생 모티프를 살펴보며 지적하였듯이, 여러 민간 설화에서는 새의 우는 소리를, 넋이 돌아와 우는 소리로 해석하거나 생전의 절망적인 슬픔이나 그리움을 표현하는 반복적인 울음으로 느끼는 경우가 많다. 이와 같은 모티프는 한국의 시가에 폭넓게 드러난다. 그 대표적인 예로, 현대시의 앞머리에 있는 김소월의 경우, 죽음과 삶 사이에서 유동하는 넋의 소리에 특히 주목하였으며 스러지지 않는 존재의 형상들을 이미지화하는 데 이와 같은 전통적 심상들을 효과적

으로 차용한다.[11]

가령, "그누구가 나를헤내는 부르는소리/부르는소리, 부르는소리,/내넉슬 잡아끄러헤내는 부르는소리."(「무덤」)[12]에서, 김소월은 "그 누구"로 지칭되는 영혼의 활동을 "부르는 소리/부르는소리, 부르는소리"와 같이 소리의 반복으로 표현하고 있다. 이와 같은 형태는 정확히 환생 모티프가 나타난다고 할 수 있는 것은 아니지만, '재생' 설화나 '공창(空唱)' 설화에 나타나는 영혼의 움직임과 그것이 소리의 형식을 빌어 표현되는 부분을 연상시킨다.[13]

이와 같은 소리의 반복은 공창 설화가 환기시키는 것처럼, 특히 "부르는 소리"의 네 번이나 계속되는 반복을 통해 묘한 주술적 효과를 야기한다. "애달피잠안오는 幽靈(유령)의눈결./그림자검은 개버드나무에/쏘다쳐나리는 비의줄기는/흘늣겨빗기는 呪文(주문)의소리."(「悅樂(열락)」)[14]에서, "유령"의 이미지가 빗소리라는 청각적 심상을 매개로 "주문의소리"로 환기되는 것 또한 이와 동일한 효과를 야기한다. 반복적이고 주술적인 형식을 통해 죽은 넋이 되살아나 시의 화자를 부르는 것 같은 분위기를 조성하는 것이다.

같은 시에서 "식컴은머리채 푸러헷치고/아우성하면서 가시는싸님"

11 이 글의 일부 단락을 수정하고 변용하여 『시창작론』(김신정 외, 한국방송통신대학교출판문화원, 2021)에 실린 「문학적 전통과 창조성」이라는 글의 한 부분으로 삽입한 바 있다.

12 김용직 주해, 『원본 김소월 시집』, 깊은샘, 2007, 187면.

13 공창 설화는 영혼이 인격적 형상을 빌지 않고 공창(귀신이 무당의 입을 빌어 소리를 내는 것과 같은 말)이라는 형식으로 인간에게 지시, 예시하는 유형이다. 여기에 해당하는 설화는 「가락국기」나 '김후직 설화', '김현감호', '혜통광룡', '광덕 엄장', '죽엽군 설화' 등에서 찾아볼 수 있다. 박용식, 앞의 책, 186~192면.

14 김용직 주해, 앞의 책, 185면.

의 존재를 현재적으로 불러일으키고 있는 것은, "啄木鳥(탁목조)의/쪼아리는소리, 쪼아리는소리"와 같은 소리의 반복이다. 이 소리의 반복은 특히 '탁목조'가 나무를 쪼는 소리와 같이 새가 하는 행위를 통해 잊히지 않는 소리로 환기된다.

김소월 시에서 특히 이처럼 '새'의 울음과 소리의 반복성이 자주 드러나는 것은, 민간 설화에 나타나는 새의 이미지를 연상시킨다. "山(산)새도 오리나무/우헤서 운다/ (중략) 不歸(불귀), 不歸(불귀), 다시不歸(불귀)/三水甲山(삼수갑산)에 다시不歸(불귀)."(「山(산)」)[15] 같은 부분에서 "불귀, 불귀, 다시불귀" 같은 리듬의 창조는, 새를 매개로 전해 내려오는 전통적 정서와 모티프를 김소월이 개인의 리듬으로 재해석하면서 가능해진 것이다. 2.3.에서 살펴본 것처럼 민간 설화인 '뻐꾸기 설화'에서 '총각 역시 상심한 나머지 죽고 말았다. 총각의 원혼은 뻐꾸기가 되어 그 처녀를 그리워하며 이 산 저 산 옮아 다니면서 "볼까! 볼까!(뻐꾹, 뻐꾹)"하고 애절하게 운다고 한다.'고 했을 때, 민간 설화의 공동 창작자 또는 향유자들은 죽은 넋의 애절한 그리움을, 반복적으로 우는 뻐꾸기 소리에 빗대 "볼까, 볼까"로 해석하여 듣고 있다.

김소월이 산새의 반복적인 울음을, "불귀, 불귀, 다시불귀"와 같이 돌아갈 수 없는 고향에 대한 그리움으로 환치시키는 지점은 이와 같은 민간 설화의 환생과 새에 관한 모티프에 그 연상을 크게 빚져 있는 것이다.[16]

---

15 위의 책, 216~217면.

16 이에 더해, 두견새의 울음소리를 '불여귀거(不如歸去)'로 표현하여 고향을 떠나 객지를 떠돌고 있는 나그네의 설움을 노래한 한시의 영향도 생각할 수 있다. 두견새 모티프가 한시에 나타난 예에 대해서는, 박순철, 「두견새 전설과 문학적 수용 및 의상 고찰」, 『한국사상과문화』 41, 한국사상문화학회, 2008, 399~400면.

김소월의 작품 중에서도 특히 「접동새」는 민간 설화인 접동새, 소쩍새, 뻐꾸기 설화 등에 나타나는 환생 모티프를 직접 활용하여 시적으로 형상화하고 있다.

접동
접동
아우래비접동

津頭江(진두강)가람까에 살든누나는
津頭江(진두강)압마을에
와서웁니다

옛날, 우리나라
먼뒤쪽의
津頭江(진두강)가람까에 살든누나는
이붓어미싀샘에 죽엇습니다

누나라고 불너보랴
오오 불설워
싀새움에 몸이죽은 우리누나는
죽어서 접동새가 되엿습니다

아웁이나 남아되든 오랩동생을
죽어서도 못니저 참아못니저

> 夜三更(야삼경) 남다자는 밤이깁프면
>
> 이山(산) 저山(산) 올마가며 슬피웁니다
>
> —「접동새」[17]

김억은 이 시에 대해 시의 소재를 전설에서 가져온 것이라 하였고, 소월의 숙모 계희영은 이 시의 배경 설화가 당시 서북 지방에 널리 유포된 것으로 자신이 어린 소월에게 들려준 것이라 하였다.[18] 며느리가 시어머니의 구박 끝에 죽어 '솥적! 솥적!' 하고 우는 소쩍새가 되었다는 소쩍새 전설이나, 친모가 아닌 의붓어미에 의해 죽어 뻐꾸기가 되었다는 '뻐꾸기 전설'과도 동일한 화소를 공유하고 있다.[19]

한시에 나타난 두견 모티프를 차용하여 새로운 시상을 만들어내었다는 견해도 있지만,[20] 한시에서 '망제(望帝)'의 넋이 두견새로 되살아나 구슬피 울었고 그 울음소리가 "불여귀(不如歸)"로 들린다는 모티프가 중심이 된다고 할 때 한시의 영향은 앞서 지적했듯, 김소월의 다른 시 「산」에 더 가까운 편이라 할 수 있다. 「접동새」의 이미지와 연상, 의미 등은 가족 내의 불화로 인해 큰 설움을 지니고 죽은 이의 넋이 '새'로 환생하여 구슬프게 반복적으로 운다는 민간 설화의 환생 모티프에 더 가깝다고 할 수 있다. 한편 '지장아기씨'가 죽어 새의 모습으로 환생하는 모티프가 나타나는 제주 시왕맞이굿의 환생 모티프가 '접동

---

17 김용직 주해, 앞의 책, 226~227면.

18 이에 대해 다음 논문에서 지적하였다. 김두한, 「현대시에 나타난 설화의 시적 변용 양상 소고」, 『문화와 융합』 6, 한국문화융합학회, 1985, 147면.

19 최운식, 『옛이야기에 나타난 한국인의 삶과 죽음』, 한울, 1992, 102면.

20 김주수, 「현대시에 나타난 두견 모티브 연구 - 한시의 두견 모티브 수용을 중심으로」, 『민족문화』 36, 한국고전번역원, 2011, 310면.

새 설화'의 원형에 닿아 있는 것으로 보는 견해도 참고할 수 있다.[21]

이 시에서 누나는 "이붓어미시샘"이라는 현실적 억압에 의해 죽고 만다. "몸이죽은" 누이가 접동새로 환생하여 밤마다 슬피 우는 것은 누이의 육체는 소멸하였지만 그 설움과 한이 사라지지 않고 현존하는 것을 뜻한다. 현생의 절망이 다음 생에 몸을 바꿔 계속될 때 설움과 절망이라는 비가시적인 성질은 좀 더 가시적으로 구체화되며 따라서 슬픔의 정서는 한층 강화된다. 현생에서 겪어야 했던 설움이 접동새의 몸을 빌어 '접동 접동 아우래비 접동'하는 소리로 토해질 때 그 슬픔은 청자에게 더욱 애달프게 전해져 오는 것이다.

소월의 「접동새」는 이처럼 민간 설화의 환생 모티프를 차용하며 구비 문학을 함께 향유해 온 공동체의 보편적이고 오랜 정서와 의미를 재생시킨다. 또한 "접동/접동/아우래비 접동"과 같은 구절에서는, 새의 울음소리를 슬픔을 간직하고 환생한 넋이 내는 반복적인 소리로 해석하는 점에서 민간 설화의 형식과 의미를 활용했다고 볼 수 있다.

"야삼경 남다자는 밤이깁프면/이산 저산 올마가며 슬피웁니다"라고 표현한 「접동새」의 구절은, "낮에는 안 나오고 밤에만 나와 울기를 "구읍 접동 구읍 접동"하고 운다. 이것은 '아홉 오라버니 접동'이란 뜻이다"라거나, "누이는 새가 돼서 '아호라비 잡동 아호라비 잡동'했다"와 같은 접동새 전설의 장면을 연상시키며,[22] "이 산 저산 옮아다니면서 "볼까! 볼까!(뻐꾹, 뻐꾹)" 하고 애절하게 운다"는 뻐꾸기 전설의 화소

21 이에 대해서는 오태환, 「혼과의 소통, 또는 무속적 요소의 문학적 층위」, 『국제어문』 42, 국제어문학회, 2008, 216면.

22 접동새 설화는 다양하게 전한다. 여기 나오는 화소들을 김소월의 「접동새」와 비교한 예로, 강헌규, 「소월시 '접동새'에 나온 몇 단어의 어원적 의미에 대하여」, 『한어문교육』 9, 한국언어문학교육학회, 2000, 33~42면 참조.

또한 긴밀하게 연관된다. '아우래비'를 '아우 오래비'로 보는 견해도 있지만, "아웁이나 남아되든"과 같은 시의 구절과 "구읍 접동 구읍 접동"과 같이 소리를 해석하는 민간 설화의 요소들을 비교해 볼 때, "아우래비"는 '아홉 오래비'를 김소월이 율격에 맞춰 변용시킨 것으로 보인다. 또 접동의 뜻을 접동옷, 즉 색동옷으로 보는 편이 접동새 설화와의 연관 하에서 이 시의 의미를 파악하는 타당한 해석이라 생각된다.[23]

소월은 이처럼 민간 설화의 환생 모티프를 수용하되, 민간 설화의 주술적 리듬과 '새'를 통해 드러나는 청각적 심상을 효과적으로 구현하고 있다. 민중의 보편적인 정서와 상상력을 구비 문학적 전통에 의거하여 근대의 시적 형식을 통해 되살려내고 있는 창조적인 예로 볼 수 있다.

3.2. 영혼의 교통과 불교적 윤회 전생관: 서정주

설화의 세계를 누구보다 적극적으로 시 속에 받아 들였던 시인으로 서정주를 꼽을 수 있다. 그의 시에 나타나는 설화는 특히 신라 향가의 영향을 깊이 받고 있으며, 따라서 작품에 나타나는 환생 모티프 역시 향가의 설화에 담겨 있는 불교의 윤회전생 사상을 중심으로 펼쳐지고 있음을 볼 수 있다. 신라 정신과 관련한 서정주의 시의식과 영원성에 대한 인식은 그간의 선행 연구에서 깊이 있게 다루어진 바 있다.[24]

---

23 '접동옷'에 대한 해석으로는 위의 글, 28~30면 참조.

24 신라 정신과 관련하여 서정주를 논한 연구로는 상당히 방대한 양의 선행 연구가 누적되어 있다. 이 글에서는 다음과 같은 선행 연구를 참고하였다. 김학동, 「신라의 영원주의-서정주의 『신라초』를 중심으로」, 『어문학』 24, 한국어문학회, 1971; 손진은, 「서정주 시와 '신라정신'의 문제」, 『어문학』 73, 한국어문학회, 2001; 최현식, 「신라적 영원성의 의미-서정주의 『신라초』에 나타난 '신라' 이미지를 중심으로」, 『현대

서정주는 그의 문학세계 전반에 걸쳐 현세의 시간을 영원성의 시간으로 잇대는 시적 전략을 구사해 왔다. 시 「부활」에서 "그날 꽃 喪阜(상부) 山(산)넘어서 간다음 내눈동자속에는 빈하눌만 남드니, (중략) 燭(촉)불밖에 부흥이 우는 돌門(문)을 열고가면 江(강)물은 또 몇천린지, 한번가선 소식없든 그 어려운 住所(주소)에서 너무슨 무지개로 네려왔느냐"(「부활」)[25]라고 할 때, 서정주는 "꽃 상부"로 지칭되는 죽음으로 인한 단절을, "무지개"라는 이미지를 매개로 해서 거리의 "햇볕에 오는 애들" 속에 살아오는 부활의 환상으로 대체한다.

또 「귀촉도」에서는 "초롱에 불빛, 지친 밤 하늘/구비 구비 은하ㅅ물 목이 젖은 새,/참아 아니 솟는가락 눈이 감겨서/제피에 취한새가 귀촉도운다./그대 하늘 끝 호을로 가신 님아"(「歸蜀途(귀촉도)」)[26]와 같은 구절에서처럼, 김소월이 그러했듯 옛이야기 속에 전해오는 두견새(소쩍새, 접동새)를 소재로 하여, 외롭게 죽은 이의 넋을 새 울음소리로 표현한 바 있다.

서정주의 시 중에서, 설화 문학의 환생 모티프가 좀 더 적극적으로 나타나는 예로는 「숙영이의 나비」를 들 수 있다. 2.2.에서 살펴본 함경도의 무가 '문굿'에서 중국의 양산백 전을 토대로 한 환생의 모티프가

문학의연구』 19, 한국문학연구학회, 2002; 김정신, 「서정주의 『신라연구』 고찰-그의 시와의 관련성을 중심으로」, 『우리말글』 45, 우리말글학회, 2009; 남기혁, 「서정주의 '신라정신'론에 대한 재론-윤리의식과 정치적 무의식 비판을 중심으로」, 『한국문화』 54, 서울대학교 규장각 한국학연구원, 2011; 문태준, 「서정주 시의 '신라' 표상과 불교적 상상력-시집 『신라초』를 중심으로」, 『인문과학연구』 28, 강원대학교 인문과학연구소, 2011; 남기혁, 「'신라정신'의 번안으로서의 『질마재 신화』와 그 윤리적 의미」, 『한국문학이론과 비평』, 18(4), 한국문학이론과비평학회, 2014.

25 서정주, 『미당시전집 1』, 민음사, 1994, 63면.

26 위의 책, 75면.

우리의 구비 설화 문학으로도 전해 내려오고 있음을 볼 수 있었다. 무덤 속에 들어간 축양대의 옷자락이 나비로 환생하는 모습은, 문굿과 같은 무속 설화 외에도 민간의 호접 설화나 서사 민요의 중요한 모티프다.

서정주는 여기서 시상을 얻어 시의 제목 아래 "먼저 죽은 愛人(애인) 양산이의 무덤 앞에 숙영이가 오자, 무덤은 두 쪽으로 갈라져 입을 열었다. 숙영이가 그래 그리로 뛰어드는 걸 옆에 있던 家族(가족)이 그리 못하게 치마 끝을 잡으니, 그건 찢어져 손에 잠깐 남았다가, 이내 나비로 변했다–는 우리 옛이야기가 있다."고 표기하고 있다. 이 시의 본문에서, "그 나비는 아직도 살아서 있다./숙영이와 양산이가 날 받아 놓고/양산이가 먼저 그만 이승을 뜨자/숙영이가 뒤따라서 쫓아가는 서슬에/생긴 나빈 아직도 살아서 있다."(「숙영이의 나비」)[27]고 할 때, 숙영이의 넋이 나비로 환생한 것이라 보는 시적 주체의 발화는, 이루어지지 못했으나 변치 않는 사랑의 지속성이 나비라는 새로운 몸을 얻어 환생한다는 설화의 환생 모티프를 그대로 차용한다.

이른바 '영통(靈通)'의 의식으로 볼 수 있는 이와 같은 이미지는 「해일」과 같은 시에서는,[28] "우리 외할아버지는 배를 타고 먼 바다로 고기잡이 다니시던 漁夫(어부)로, 내가 생겨나기 전 어느 해 겨울의 모진 바람에 어느 바다에선지 휘말려 빠져 버리곤 영영 돌아오지 못한 채로 있는 것이라 하니, 아마 외할머니는 그 남편의 바닷물이 자기집 마당에 몰려들어오는 것을 보고 그렇게 말도 못 하고 얼굴만 붉어져 있었던

27 위의 책, 149면.

28 김열규는 「해일」을 '반혼(返魂)'이 표현된 것으로 보면서, 동해안 일대의 진오귀굿과의 연관 하에 고찰하고 있다. 김열규, 『한국의 전설』, 한국학술정보, 2002, 124~125면.

것이겠지요."(「해일」)[29]에서처럼, 살아 있는 생물뿐만 아니라, 바다 즉 해일과 같은 비생명적인 자연현상의 부분까지도 재생, 환생, 부활의 의미로 해석하는 시적 인식에로 나아간다.

이러한 서정주의 시적 인식은 불교적 세계관에 깊이 닿아 있는데, 앞서 2.1.에서 살펴본 모죽지랑가의 '만남–죽음–환생'으로 이어지는 윤회전생의 관념이 가장 잘 형상화된 시는 「春香 遺文(춘향유문)–春香(춘향)의 말·參(삼)」과 「因緣說話調(인연설화조)」라 할 수 있다.

> 안녕히 계세요
> 도련님
>
> 지난 오월 단오ㅅ날, 처음 맞나든날
> 우리 둘이서 그늘밑에 서 있든
> 그 무성하고 푸르든 나무같이
> 늘 안녕히 안녕히 계세요
>
> 저승이 어딘지는 똑똑히 모르지만
> 춘향의 사랑보단 오히려 더 먼
> 딴 나라는 아마 아닐것입니다
>
> 천길 땅 밑을 검은 물로 흐르거나
> 도솔천의 하늘을 구름으로 날드래도

---

29 위의 책, 343면.

그건 결국 도련님 곁 아니에요?

더구나 그 구름이 쏘나기되야 퍼부을때
춘향은 틀림없이 거기 있을 거예요!

—「春香(춘향) 遺文(유문) - 春香(춘향)의 말 · 參(삼)」[30]

이 시는 춘향이라는 고전의 소재를 불교의 윤회전생 사상에 담아 새로이 창조하고 있다. 작품을 보면 '춘향의 죽음'→'천길 땅 밑의 검은 물' 혹은 '도솔천 하늘의 구름'→'소나기'와 같이 물의 이미지에 의한 윤회의 상상력이 나타남을 알 수 있다.

이는 나의 육신이 사라진다고 해도 도련님의 곁에 있고 싶다는 춘향의 강렬한 욕망을 나타낸 심상이라고 할 수 있다. 동시에 현재의 육신이 소멸한다 해도 그것은 완전히 소멸하는 것이 아니라 다른 존재로 전환되는 것이라는 인식을 전제하고 있는 것이다. 여기에서 시간과 공간은 생사를 초월하여 끊임없이 확장되어 있으며, 인간 존재의 유한성은 무한한 우주의 질서 속에 편입되면서 새로운 생성의 원리로 치환된다.

사랑에 의한 죽음이 곧 사랑을 위한 또 다른 삶을 만들어 낸다는 이 시의 환생 모티프는 춘향의 사랑이 지닌 애절함과 절대성을 더욱 강화시켜 준다. 위에서 살펴본 바와 같이 향가 설화 문학이 불교적인 윤회전생관을 담고 있었다면, 서정주는 이러한 관념을 받아들이되 춘향전이라는 또 하나의 고전을 수용함으로써 전통적 소재와 사상을 새로운 형태로 해석하여 창조하고 있다.

30 위의 책, 113면.

윤회전생 사상에 의한 환생 모티프는 다음과 같은 작품에서도 이어지고 있다.

언제든가 나는 한 송이의 모란꽃으로 피어 있었다.
한 예쁜 처녀가 옆에서 나와 마주보고 살았다.

그 뒤 어느날
모란꽃잎은 떨어져 누워
메말라서 재가 되었다가
곧 흙하고 한 세상이 되었다.
그래 이내 처녀도 죽어서
그 언저리의 흙 속에 묻혔다.
그것이 또 억수의 비가 와서
모란꽃이 사위어 된 흙 위의 재들을
강물로 쓸고 내려가던 때,
땅 속에 괴어 있던 처녀의 피도 따라서
강으로 흘렀다.

그래, 그 모란꽃 사윈 재가 강물에서
어느 물고기의 배로 들어가
그 血肉(혈육)에 자리했을 때,
처녀의 피가 흘러가서 된 물살은
그 고기 가까이서 출렁이게 되고,
그 고기를, — 그 좋아서 뛰던 고기를

어느 하늘가의 물새가 와 채어 먹은 뒤엔
처녀도 이내 햇볕을 따라 하늘로 날아올라서
그 새의 날개 곁을 스쳐다니는 구름이 되었다.

그러나 그 새는 그 뒤 또 어느날
사냥꾼이 쏜 화살에 맞아서,
구름이 아무리 하늘에 머물게 할래야
머물지 못하고 땅에 떨어지기에
어쩔 수 없이 구름은 또 소나기 마음을 내 소나기로 쏟아져서
그 죽은 샐 사 간 집 뜰에 퍼부었다.
그랬더니, 그 집 두 양주가 그 새고길 저녁상에서 먹어 消化(소화)
하고
이어 한 嬰兒(영아)를 낳아 養育(양육)하고 있기에,
뜰에 내린 소나기도
거기 묻힌 모란씨를 불리어 움트게 하고
그 꽃대를 타고 올라오고 있었다.

그래 이 마당에
現生(현생)의 모란꽃이 제일 좋게 핀 날,
처녀와 모란꽃은 또 한 번 마주보고 있다만,
허나 벌써 처녀는 모란꽃 속에 있고
前(전)날의 모란꽃이 내가 되어 보고 있는 것이다.

—「因緣說話調(인연설화조)」[31]

이 작품에서 나(모란꽃)과 처녀의 만남을 간략하게 표기해 보면 다음과 같다.

모란꽃 → 재 → 물고기 → 물새 → 영아 → 나 　 모란꽃 → 나
‖ 　 ‖ 　 ‖ 　 ‖ 　 ‖ 　 ‖ ⇒ 　 ×
처녀 → 피 → 물살 → 구름 → 소나기 → 모란꽃 　 처녀 → 모란꽃

제목에서 알 수 있듯이 이 시는 형식적 측면에서 설화의 서사구조를 차용하면서 각 연마다 모란꽃과 나의 인연이 새로운 모습을 띠고 계속되고 있음을 보여 준다. 마지막 연에서 다시 한 번 과거의 장면이 재현되지만 전날의 처녀가 모란꽃이 되고 전날의 모란꽃이 내가 되어 마주보고 있다는 설정이다.

하나의 개체가 확정적으로 존재하거나 소멸하는 것이 아니라 끊임없이 변화하여 새로운 모습으로 생성된다는 상상력은, 고전의 보편적 정서에 기대어 나온 것이라 할 수 있다. 그 변하는 모습 속에 변하지 않는 하나의 공통적 관계인 인연이 존재한다는 인식은 불교의 영향을 받은 설화에 나타나는 연기(緣起) 사상에서 비롯된 것으로 볼 수 있다.

이 작품은 세상의 사물들이 어떻게 연관되고 새로이 생성되는가에 대한 관념을 설화의 환생모티프에서 빌어 와 원형적인 순환의 연결고리 속에 녹아들게 한 작품이라 할 수 있는데, 이처럼 서정주 시에 나타나는 환생 모티프는, 새나 나비로의 재생과 같은 설화의 환생 모티프를 영원성의 관념으로 치환하는 한편 불교적 윤회전생관을 바탕으로 한 새로운 생성의 원리를 보여 주고 있다.

31 위의 책, 182~184면.

3.3. 재생하는 '혼'과 식물 환생: 박재삼

전통적인 소재와 리듬을 현대 서정시에 접목한 시인으로 박재삼을 들 수 있다. 그의 시에서는 김소월의 시들에 나타나는 지난 생에서 억울하고 서러움을 당한 주체들의 슬픔과 한의 떠돎, 서정주의 시에 나타나는 영혼의 환생과 교통 같은 모티프들의 영향이 두루 엿보인다. 그의 시적 화자가 "사람들이여/이승과 저승은 어디서 잘린다더냐"(「한 경치」)[32]라고 발화할 때, 여기에는 삶의 건너편, 즉 죽음 이후의 세계가 현세의 삶에 깃드는 장면을 발견하는 시인의 눈이 있다.

특히 박재삼은 서정주의 일부 시에 보였듯, 물이나 바다의 순환과 합일의 장면에서 삶과 죽음의 경계가 무너지고 삶에 깃드는 죽음의 모습과 죽음 이후에 새로운 형상을 띠고 다시 살아나는 환생의 원리를 발견해 낸다.

> 혼도, 어여쁜 혼은, 우리의 바다에 살아 바다로 구경 나선 눈썹 위에서, 다시 살아 어지러울 줄이야……
>
> —「어지러운 혼」 부분[33]

> 우리가 살았닥해도 그 많은 때는 죽은 사람과 산 사람이 숨소리를 나누고 있는 반짝이는 봄바다와도 같은 저승 어디쯤에 호젓이 밀린 섬이 되어 잇는 것이 아닌것가.
>
> —「봄바다에서」 부분[34]

---

32 박재삼, 『박재삼 시전집 1』, 민음사, 1998, 66면.

33 위의 책, 27면.

34 위의 책, 25면.

사람이 죽으면 물이 되고 안개가 되고 비가 되고 바다에나 가는 것이 아닌것가.

—「가난의 골목에서는」 부분[35]

위의 인용 부분들에서 바다는 물이 다다르는 종착이자, 모여든 것들이 드넓은 곳에서 합일된다는 점에서 혼이 환생하거나 재생하는 매개 역할을 한다.

「어지러운 혼」에서 바다는 "남평 문씨 부인"의 죽음의 장소이자 "다시 사"는 재생의 장소이기도 하다. 여기 나타나는 '혼'의 특징은 '어여쁘'다는 점이다. 소월의 시에서 되살아 온 '넋'이 살아서의 슬픔을, 반복적인 새의 소리를 통해 '애절함'으로 환기시키고 있었다면, 박재삼의 시에서 재생하는 혼의 모습은 그 슬픔의 정서는 공유하지만, 대부분 반짝이는 아름다움의 이미지로 나타난다. 남들이 다 자는 깊은 밤에 산을 옮겨 다니며 슬피 우는 '접동새'의 청각적 이미지를 빌어 소월이 넋의 재생을 형상화한 데 반해, 박재삼의 시가 "밝은 날"(「어지러운 혼」) 물결이나 눈물이 반짝이는 이미지를 통해 혼의 재생을 시각적으로 형상화하고 있는 것을 비교하여 볼 수 있다.

「봄바다」에서는 "우리"의 삶을 "저승 어디쯤에 호젓이 밀린 섬"으로 환치시키면서, 죽음의 세계를 적극적으로 삶의 중심으로 편입하는 시적 상상력을 발견할 수 있다. 여기에도 "봄바다"의 "반짝"이는 물결은 "문씨 부인"의 "비단치마"와 동일시되며, 죽음으로 단절된 문씨 부인과의 인연을 다시 잇는 역할을 한다.[36]

35 위의 책, 31면.

「가난의 골목에서는」에서 사람의 죽음 이후를 물의 순환과 연결 짓는 부분은 서정주의 시와 비교하여 볼 수 있다. 「춘향 유문-춘향의 말·삼」과 「인연설화조」에 공통적으로 나타나는 이 순환적 이미지는, 죽음으로 인해 소멸되는 육체의 유한성을 불교적 윤회전생의 관념을 통해 영원성으로 확장시키는 관념에 기대 있었다. 박재삼의 시 또한 이와 같은 상상력에 영향을 받고 있지만, 서정주의 시에 비해 "눈물 고인 한 바다의 반짝임"(「가난의 골목에서는」)과 같이 스러질 듯 말 듯, 다시 살아나는 아름다움의 이미지를 강조하는 특징을 볼 수 있다.

"-나 여기 있어요!/하도 몰라주는/섭섭한 섭섭한/옛날의 사랑하던 이!/아, 하늘의 구름!"(「구름의 나들이」)[37]과 같이 사랑하는 이를 지켜보는 자의 재생을 구름의 이미지에 비유하는 방식 또한, 설화적 상상력을 되살려낸 서정주의 시들과 비교할 수 있다. 특히 「춘향이 마음」 연작들은 전통의 소재와 설화적 모티프를 차용하는 방식에서 흥미로운 비교가 된다.

감나무쯤 되랴,
서러운 노을빛으로 익어가는
내 마음 사랑의 열매가 달린 나무는!

이것이 제대로 벋을 데는 저승밖에 없는 것 같고

36 장만호는 이 시의 마지막 부분인 "돛단배 두엇, 해동갑하여 그 참 흰나비 같네"에 대하여 "인과는 무한히 유전한다고 말하는 것 같다"고 해석한 바 있다. 장만호, 「박재삼 시의 시적 주체와 타자-첫 시집 『춘향이 마음』을 대상으로」, 『우리문학연구』 41, 우리문학회, 2014.

37 박재삼, 앞의 책, 57면.

그것도 내 생각하던 사람의 등뒤로 벋어가서
그 사람의 머리 위에서나 마지막으로 휘드려질까본데,

그러나 그 사람이
그 사람의 안마당에 심고 싶던
느껴운 열매가 될는지 몰라!
새로 말하면 그 열매 빛깔이
전생의 내 全(전) 설움이요 全(전) 소망인 것을
알아내기는 알아낼는지 몰라!

아니, 그 사람도 이 세상을
설움으로 살았던지 어쨌던지
그것을 몰라, 그것을 몰라

— 「한」[38]

천지창조 신화에 해당하는 서사무가인 '창세가'에는 '석가님 세월 삼 일 만에 삼천 중과 일천 거사가 내려와서 석가님이 이들을 데리고 산중에 가서 노루를 잡아 먹이니 두 중이 안 먹고 죽어서 바위와 솔나무가 되었다.'[39]와 같이 사람이 바위와 같은 광물이나 나무와 같은 식물로 환생하는 모습을 볼 수 있다.

이처럼 우리의 설화 문학에는 사람이 죽어서 나무나 꽃의 모습으로

38 박재삼, 앞의 책, 42면.
39 장덕순, 『한국설화문학연구』, 박이정, 1995, 306면.

다시 살아난다는 상상력이 편재해 있는데, 박재삼의 「한」에서는 이와 같은 상상력의 편린을 엿볼 수 있다. 시적 화자의 사랑이 죽음 이후에야 가능하다는 점에서, 현실에서 다 이루지 못한 욕망을 가진 자아의 설움과 한이 다른 존재로 환생하는 설화적 모티프에 닿아 있다. 여기에서 노을빛으로 익어가는 감나무 열매의 붉은 빛깔은, 시적 화자의 "전생의" "전 설움"을 담고 있다. 그러나 동시에 사랑하는 사람의 안마당에 심기고 싶은 "전 소망"을 담고 있다는 점에서는, 현실적 삶에서 좌절한 자아의 소망을 다음 생에 이루고자 하는 설화의 환생 모티프에 담겨 있는 상상력이 변용되고 있음을 보여준다.

많은 민간 설화의 환생 모티프가 현실에서는 이루지 못한 원망(願望)을 담고 있으며 그것을 다음 생에서 이루려고 하는 상상력의 표현인 것처럼, 박재삼의 시는 이러한 민중의 보편적 상상 체계와 닿아 있다.

그런데 그의 「춘향이 마음」 연작들에 나타나는 환생 모티프는, 소월에게서 볼 수 있는 애달픈 민중적 설움이나 미당에게 나타나는 윤회적 생성의 원리와는 조금 다른 양상을 띤다.[40] 그의 시에서 죽은 영혼은 식물의 열매와 같이 소멸되지 않는 슬픔의 결정(結晶)으로 재생되는데, 이때 그 결정은 순수한 아름다움의 구현체가 된다.

40 박현수는 박재삼의 시도 기본적으로 서정주식 영원주의를 기반으로 하고 있으며, 「포도」 또한 변신 모티프를 기반으로 하고 있음을 지적한 바 있다. 다만 영원주의를 서술적으로 전달하려고 한 서정주의 시에 비해 박재삼의 시에서 초월적 지향이 내면화되어 있어, 서정성 상실의 위험을 피해갔다고 보고 있다. 박현수, 「전후 초월주의의 그늘과 그 극복-박재삼론」, 『한국민족문화』 35, 부산대학교 한국민족문화연구소, 2009.

형틀에 매여 원통하던 일을 이승에서야 다 풀고 갔으련만
저승에 가 비로소 못 잊겠던가
춘향이 마음은 조롱조롱 살아 다시 열렸네.

저것은 가냘피 아파 우는 소리였던 것을.
저것은, 여릿이 구슬 맺힌 눈물이던 것을,
못 견딜만큼으로 휘드리었네.

우리의 무릎을 고쳐, 무릎 고쳐 뼈마치는 소리에 우리의 귀는 스스로 놀라고,
절로는 신물이 나, 신물나는 입맛에 가슴 떨리어,
다만 우리는 혹시 형리의 손 아픈 후예일라……

그러나 아가야, 우리에게도 비치는 것은
네 눈이 포도라, 살결 또한 포도라……

— 「포도」[41]

이 시에서 '포도'가 춘향의 환생인지 그렇지 않은지 모호하게 처리되고 있는 것은, 박재삼이 그의 시에서 표현하고자 하는 다시 삶, 즉 재생이란, '마음'과 같은 형태의 결정이기 때문이다. 다만 살았을 때 맺혀 있던 한이, 죽음 이후에도 지워지지 않고 다른 모습으로 몸을 바꿔 나타난다는 점에서는 앞선 시들과의 연결점을 찾아볼 수 있다.

41 박재삼, 앞의 책, 21면.

"조롱조롱 살아 다시 열"린 춘향이의 마음은 가냘프고 아픈, 구슬 맺힌 눈물과도 같은 '한'의 상징이다. 박재삼은 자신이 그려내고 있는 '한'이란 "영원히 지워지지 않는 슬픔의 정감"에 있다고 한 바 있다.[42] 또 "슬픔은 해소된다. 그런데 영원히 해소되지 않는 슬픔이 한이다."고 말하면서 "가장 슬픈 것을 노래한 것이 가장 아름답"기 때문에 자신의 초기시가 그것에 의해 지배되고 있음을 밝히고 있다.[43]

「포도」 역시 영원히 해소되지 않는 슬픔과 한을 표현하는 동시에, 거기 내재해 있는 영원성과 맑은 아름다움을 "살아 다시 열리"는 "포도"로 형상화하고 있다. 3연에서 "우리"는 그 순수한 슬픔 앞에 "무릎을 고쳐 앉게" 되는데 그 아름다움의 경건함을 발견함으로써, 혹 우리가 "형리의 손아픈 후예"가 아닐까 돌아보게 된다.

소월의 시에서 접동새의 노랫소리가, 결코 소멸하지 않는 한과 슬픔을 구비적 공동체에게 청각적으로 각인하는 역할을 하고 있었다면, 여기서 포도의 "눈물"과 같은 시각적 이미지는 또한, '우리'라는 공동체의 집단적 폭력이 빚어낸 "원통"함을 다시 살려낸다. 그런데 박재삼은 이에 그치지 않고, 4연에서 그 순수한 아름다움이 "아가"의 "눈"과 "살결"에 이어지고 있다고 표현하면서, 한과 슬픔을 맑은 결정과도 같은 존재로 미학적으로 승화시킨다.[44]

42 박재삼, 「특집 현대시의 계보」, 『심상』, 1976.10, 78면.

43 최동호·박재삼 대담, 「나의 문학, 나의 시작법」, 『현대문학』, 1983.9, 382면.

44 심재휘는 박재삼의 『춘향이 마음』을 분석하며, 박재삼이 "슬픔조차도 가치 있는 미학적 정서로 삼"으며, "한국인의 원형적 심성을 시화하는 원동력으로서 슬픔을 지목하였고 그것을 아름답게 형상화하는 일에 온 문학적 인생을 바쳤다고"고 지적한 바 있다. 심재휘, 「박재삼의 시집 『춘향이 마음』에 나타난 상상력의 구조」, 『상허학보』 28, 상허학회, 2010, 332면.

박재삼은 이처럼 삶과 죽음의 경계를 넘나드는 전통적 상상력을 계승하면서, 그것을 아름다움의 결정이라는 시각적 이미지로 재현하여 전통을 재해석하고 있다.

3.4. 민중의 원혼 재생과 진혼굿: 신경림

민요나 무가와 같은 구비적 시가 전통의 형식을 적극적으로 받아들여 시적 형식을 만들어 낸 시인으로 신경림을 들 수 있다. 그가 이러한 형식을 채택하게 된 것은, 민중의 목소리를 담는 데는 민중의 형식을 채택하는 것이 필요하다고 생각했기 때문이다.

신경림은 민요를 연구하며 그것이 "우리 문화를 튼튼히 세우기 위해 우리 정서의 바탕인 민요를 발굴 재창조하여 그것을 우리 문화의 복판에 갖다 놓자는 것"인데, "여기서 듣는 노래들은 내가 어려서 장꾼들한테서, 빗장수 체장수 아낙네들한테서, 퉁수를 잘 부는 당숙한테서, 또는 강물 위를 떠가던 뗏목꾼한테서 듣던 노래와 본질적으로 다른 것일 수 없었다"고 술회한 바 있다.[45] 그의 초기 시들이 의식적으로 민요의 형식을 많이 활용하였으며, 그 민요적 전통이란 구비적 공동체에 전해 내려오는 이야기적 요소들을 내포하고 있음을 알 수 있다.

신경림의 많은 시는 김소월이나 박재삼의 시에서 볼 수 있었던 것처럼, 원통하게 죽은 이의 원혼이 다시 살아오는 형식을 취한다. 시집 『농무』에 실린 「傳說(전설)」이라는 작품은, 그가 설화 문학의 요소를 직접 차용하고 있음을 보여 주는데, "안개가 낀 자욱한 여름밤/ 원통해

45 신경림 외, 『우리 시대의 시인 신경림을 찾아서』, 웅진닷컴, 2002, 37~38면.

서 원통해서/그 녀석은 운다//원통해서 원통해서/고목나무도 운다 그 녀석은/되살아나서 도사리고 앉았고"[46]에서 이 혼의 '되살아남'은 원통함 때문이다.

그 억울함은 「밤새」에서는 김소월의 「접동새」와 같이 새의 슬픈 울음소리를 매개로 나타나는데, "원귀로 한치 틈도 없는/낮은 하늘을 조심스럽게 날며//저 밤새는 슬프게 운다"[47]처럼 죽은 넋은 대부분 '원귀'의 모습을 하고 되살아오고 있다.

이와 같은 표현들은 『새재』나 『달넘세』와 같은 시집에서도 자주 보이는데, "쥐엄나무 잎 사이로 개똥불 뜨자/숨죽였던 원귀들 잠이 깨더라"(「달래강 옛나루에」),[48] "새재 가파른 벼랑에선가/멀리서 늑대 울음이/낭군 찾아 객지땅/주막거리에 얼쩡대는/피엉킨 연이의 통곡이 되어/높이 걸린 내 머리에 와/부서지고 있다."(「새재」),[49] "되돌아왔네, 피멍든 눈 부릅뜨고 되돌아왔네, (중략) 골목길 장바닥 공장마당 도선장에/줄기찬 먹구름되어 되돌아왔네"(「씻김굿」),[50] "내가 쏜 괴로움에 네게 찔린 아픔에/아흔아홉 고비 황천길/되돌아오기 몇만 밤이던가/울고 떠돌기 몇만 날이던가"(「열림굿 노래」)[51]와 같은 시들에서는 공통적으로 억울하게 죽음을 당한 민중의 형상이 '원귀'로 다시 살아나고 있다.

신경림의 시들은 이와 같은 원귀의 형상을 재생하는 동시에, 그들의 목소리를 시의 리듬에 실어냄으로써, '씻김굿'과 같은 진혼의 형식을

46 신경림, 『농무』, 창작과비평사, 1975, 88~89면.

47 위의 책, 84면.

48 신경림, 『새재』, 창작과비평사, 1979, 8면.

49 위의 책, 147~148면.

50 신경림, 『달넘세』, 창작과비평사, 1985, 9면.

51 위의 책, 15면.

취하고 있다. '씻김굿', '열림굿 노래'와 같이 제목에 '굿'을 명시하여 시의 목적을 표명하는 것은 물론, 2.2.에 인용한 무가의 원문에서 보았던 것처럼, 4.4조의 리듬과 청자를 상정하는 화법과 어미, 반복적 구조 등은 무가의 전통에서 차용한 것으로 보인다. '굿'이 혼의 재귀와 그 형상을 무당의 입을 통해 재현하며, 원혼의 사연을 풀어냄으로써 그 혼의 원통함을 달래듯이 이 시들 또한 그들의 사연을 구술하는 리듬을 통해 '굿'과도 같은 진혼을 목표로 하고 있는 것이다.

시집 『가난한 사랑노래』에서는 민중의 원혼이 원귀가 되어 돌아오는 형상이 좀 더 다양한 형태의 사물을 빌어 표현된다. 「밤비」에서는 "그 자식들의 원혼이 되어/빈 나뭇가지에 전봇줄에/외로이 매달리기도 한다"[52]와 같이 비의 형상으로 나타나고, 다음의 시에서처럼 꽃의 형상을 하고 나타나기도 한다.

> 월악산에서 죽었다는 아들의
> 옷가지라도 신발짝이라도 찾겠다고
> 삼십 년을 하루같이 산을 헤매던 아낙네는
> 말강구네 사랑방 실퇴에 앉아 죽었다 한다
>
> 한나절 거적대기에 덮여
> 살구꽃 꽃벼락을 맞기도 하고
> 촉촉이 이슬비에 젖기도 하던 것을

52 신경림, 『가난한 사랑노래』, 실천문학사, 1988, 13면.

여우별이 딸깍 난 저녁 나절
장정 둘이 가루지기로 메어다가
곳집 뒤
바위너설 아래 묻었다

찾아다오 찾아다오 내 아들 찾아다오
너희들이 빨갱이라고 때려죽인
내 아들 찾아다오
이슬비 멎어 여우별
딸깍 난 저녁 나절이면 아낙네는 운다
살구꽃잎 온몸에 뒤집어쓴 채
머리칼 홑적삼이 이슬비에 젖은 채

—「월악산의 살구꽃」[53]

이 작품은 제목에서부터 식물의 유래를 설명하는 환생 설화의 구조와 비슷한 모습을 보여준다. 식물 환생 설화로 겨울날 쫓겨난 할머니의 넋이 꽃이 되었다는 '할미꽃 전설'처럼,[54] 위의 시는 원통하게 죽은 넋이 환생한 모습으로 꽃을 차용하고 있다. 민간 설화의 서사 구조와 같이 이야기를 전달하는 형태로 되어 있는 점도 설화적 전통에 기대 있다고 할 수 있다.

한에 사무쳐 죽어간 사람이 꽃으로 환생한다는 점에서는 설화의 환

53 위의 책, 65면.
54 최운식, 앞의 책, 175면.

생 모티프가 가진 보편적인 정서를 담고 있으나, "빨갱이라고 때려죽인" 아들을 찾아 헤매는 어머니의 모습에는 특히 시인의 역사의식과 현실에 대한 비판 의식이 깊이 투영되어 있다.

시인은 빨갱이라고 죽임을 당한 아들을 찾아 헤매다 죽은 아낙네의 넋을 꽃으로 재현시킴으로써, 억울하게 죽은 사람이 꽃이 된다는 민중적 상상력에 우리 역사의 상처를 결합시키고 있는 것이다. 신경림은 이야기와 전설이라는 설화의 형식적 요소를 적극적으로 차용하는 방식으로 환생 모티프를 계승하는 한편, 이와 같은 시적 형식을 통해 민중의 역사를 재생하고 그 원혼을 달래는 진혼굿의 정신과 형식을 현대적으로 되살려낸다.

3.5. 쓸쓸한 기시감과 재생의 욕망: 최정례

최정례는 그의 여러 작품들에서 기시감을 표현한다. 그의 작품에 나타나는 환생 모티프는 대체로 시인의 삶이 숙명적 양상으로 반복되거나 이 쓸쓸한 삶의 모습이 아주 오랜 것임을 표현하기 위해 사용된다. 그는 대담에서, "기억 속에 뿌리를 두고 자꾸 그것으로 돌아가 쓰게 된다는 것은 매우 피곤한 삶을 반복하는 일"이지만 "사실은 근본으로 돌아가고 싶은 욕망"[55]을 표출한 것이라고도 말한 바 있다. 최정례의 시는 동시대의 시인들 중에서도 특히 설화적 형식과 화소들을 적극적으로 활용한다.

55 강계숙·최정례 대담, 「기억의 현기증과 만나다」, 『열린시학』 2008년 겨울호, 25면.

25년 전 할아버지가 죽었다
할아버지가 죽은 해로부터 다시 55년 전
부뚜막에는 가물치가 있었다
할아버지 할머니 아버지 고모 삼촌 들
둘러앉아 가물치 국을 먹었다
역시 남의 살이 들어가니 맛있다며
한 대접씩 마셨다

35년 전 할머니가 죽었다
할머니가 죽은 해로부터 다시 45년 전
부뚜막에는 가물치가 아직 있었다
깜빡 잊고 솥에 들어가지 못한 가물치가 있었다
식구들은 가물치 빠진 헛가물치 국을 마시고
역시 남의 살이 들어가니 다르다며 한 대접씩 먹었다

45년 전 아버지는 전쟁을 만나 동굴 속에 숨어 있었다
그로부터 다시 35년 전 아버지는 아이였다
조그만 아버지 속의 더 작은
나는 부뚜막 위 가물치를 보았고
나는 가물치 속으로 들어가고 말았다

내가 한 마리 가물치 속에 있을 때로부터 다시 100년 전
나의 할아버지 가물치는 큰 가뭄을 만났다
강바닥이 갈라져 몸부림쳤다

아가미 대신 입으로 숨쉬다 땅에 올랐다
살려고 식구끼리 잡아먹었다
결국은 몸 비틀고 죽기도 했다

할아버지 가물치가 죽은 해로부터 다시 100년 전
밤이면 살아남은 가물치 나무에 올랐다
달이 떠오르다 별이 뜨다라는 아득한 말처럼
나무에 기어올랐다
마른 강줄기를 따라선 지친 나무들
하염없이 두 팔 벌린 그들 가슴을
가물치 속의 내가 흔들었다
검은 등줄기로 툭툭 치면서
비린내를 풍기면서
몸 바꿔 나뭇잎으로 펄럭였다

180년 전 그로부터 다시 200년 전
내가 한 잎 나뭇잎으로 흔들릴 때
본 것 같았다 들은 것 같았다
푸르렀던 것 갑자기 시들어지고
문득 영원한 휴일이 오고
뜻도 없이 침몰하는 배 한 척
오늘 이 순간에 타고 있는 이상한 나를 본 것만 같았다

— 「내가 한 잎 나뭇잎이었을 때」[56]

위의 시는 25년 전 할아버지의 죽음을 시작으로 해서, 그로부터 55년 전의 가물치 국을 먹는 장면을 축으로 35년 전의 할머니의 죽음과 아버지의 아이적 모습, 그리고 가물치 속의 '나'가 몸을 바꿔 '나뭇잎'으로 펄럭이는 모습까지, 가족사를 일종의 설화적 이야기로 탈바꿈하여 보여주며 여기에 환생의 모티프가 개입하고 있다. 현재 시점에서 거꾸로 거슬러 올라가면, 아버지 속의 내가 가물치로 들어가고 그 가물치를 식구끼리 잡아먹고 가물치인 내가 나뭇잎으로 몸 바꿔 펄럭이게 되는 등의 과정이 나타나 있다. 그 구조를 도해해 보면 아래와 같다.

380년 전	280년 전	180년전	80년 전	45년 전	35년 전	25년 전	현재
‖	‖	‖	‖	‖	‖	‖	‖
나(나뭇잎)	나(가물치)	할아버지 (가물치)	가물치 먹음 헛가물치 먹음	아버지 전쟁	할머니 죽음	할아버지 죽음	나 침몰
↓	↓						
오늘의 나를 봄	나뭇잎	가뭄, 식구끼리 잡아먹음	아버지 속 나 ↓ 가물치				
6연	5연	4연	1,2,3연	3연	2연	1연	6연

화자인 '나'의 몸이 끊임없이 다른 존재로 바뀌면서도 삶은 계속되고 있는 이 "이상한" 시간들은, 윤회와 환생의 관념이 없이는 성립되지 않는 상상력에 기반을 둔다. 물고기와 관련된 설화로 효행에 관련된 민담이나, 잉어를 조상의 살을 먹은 고기라 하여 꺼리는 평산 신씨의 풍습[57]과 이 시의 모티프를 비교해도 흥미로운 점이 보인다.

마지막 연의 "내가 한 잎 나뭇잎으로 흔들릴 때/본 것 같았다"는

56 최정례, 『내 귓속의 장대나무숲』, 민음사, 1994, 94면.

57 한국문화 상징사전 편찬위원회, 『한국문화 상징사전』, 동아출판사, 1992, 509면.

진술에서, '나뭇잎'인 과거의 '나'가 보고 있는 것은 현재의 '나'이다. 그리고 현재의 나의 모습은 "뜻도 없이 침몰하는 배 한 척"에 타고 있는 모습이다. 이러한 모습은 죽음으로 향해 가는 화자의 삶이 아주 오래 전부터 있어 온 숙명적인 양상이지만, 한 존재 안에 겹쳐 있는 여러 시간의 층을 문득 발견하게 되는 시인의 시선에 의해 매우 낯익으면서도 다시 낯선 것으로 독자의 앞에 새로이 놓여진다.

말발굽, 말발굽이 내게로 왔다
천장의 백열등을 바라보다가 백열등 속 필라멘트, 작은 말발굽을 바라보다가

아니 오백 년 오천 년 전의 어느 저녁부터 말발굽들이 내 눈속으로 자그락자그락 걸어 들어온 것을 내가 모른 것이다

왜 내 몸이 그렇게 오랫동안 사막을 그렸는지 죽을 물새의 몸을 빌려 허공을 헤매었는지

한 오천 살은 먹은 내 마음이 사막의 모래 폭풍 소리를 듣는다
짙푸른 호수가 넘실넘실 파도 치며 떠 있음을 본다

새벽이면 밤새 내게로 온 말들이 하늘 마을 대장간에서 발굽에 징을 박으며 울부짖는 소리를 듣는다

세상의 모든 헛된 것에 대한 갈증으로 지상의 꽃들은 피고 지는

것일까

갈 길 멀어 아직도 내 눈은 끝도 없이 말발굽을 삼키는데 내 발가락 한없이 쓸쓸한 줄 모르고 꽃들은 자꾸 그렇게 피고 지는 것일까

―「한 오천 살은 먹은 내 마음이」[58]

이 시에서도 화자인 '나'는 "물새의 몸을 빌려 허공을 헤매"거나 "한 오천 살은 먹은" 마음으로 "사막의 모래 폭풍 소리를 듣"고 있다. 시인이 자신의 마음을 한 오천 살은 먹었다고 표현하는 것은, 자신의 지금의 삶이 지난 윤회전생의 시간들을 모두 포함하고 있다고 생각하기 때문이다. 이 시의 말발굽은 아주 오래 전에 화자에게 걸어 들어와 그가 끝없이 "갈 길"을 떠나게 하는 마음이고 "한없이 쓸쓸"하도록 하는 마음이다. 시인은 다른 시에서도 "다른 생의/ 언젠가 아득한 곳에서도/이런 똑같은 풍경 속에 잠겨 있었던가"(「거울 속에 거울 거울 거울」)[59]와 같이 윤회적 고리 속에 있는 자신의 모습을 표현하였다. 이처럼 최정례의 시들에서는, 육체의 유한성이나 병과 죽음과 같은 삶의 숙명적 한계와 반복성이, 쓸쓸한 기시감을 형성하며 환생 모티프를 매개로 하여 나타난다.

그런데 이 쓸쓸한 기시감의 이면에는 재생의 욕망이 존재하고 있다. "비유로 말하자면 나뭇가지 끝에서 떨다가 나무 둥치로 내려가 보다가 그러면 혹시 뿌리로부터 다시 돋을 새잎까지도 예견하지 않을까 하는

58 최정례, 위의 책, 99면.

59 최정례, 『햇빛 속에 호랑이』, 세계사, 1998.

그런 생각"[60]이 이와 같은 설화적 모티프와 변신의 상상력을 끌어오고 있는 것이라 할 수 있다. 설화나 신화와 같은 형식의 일부를 차용하여 삶의 원리를 시 속에 재현함으로써, 죽음의 시간을 넘어 재생을 꿈꾸는 설화적 상상력을 현대적으로 활용하고 있는 것이다.

4. 현대시의 창조적 형식들

고대의 설화나 서사무가의 환생 모티프는 우리 민족의 원형적인 상상력의 풍부한 모습을 담고 있다는 점에서 후대의 문학에 이어져 내려올 수 있는 창조적 가능성을 지니고 있다. 환생 모티프는 '죽음–재생–변화'라는 문학의 궁극적인 상상력에 닿아 있으며 세상의 만물이 연결되어 있다는 인연과 연기의 불교사상, 그리고 현실의 절망을 다른 것으로 치환하고자 하는 민중의 원망을 표현하고 있다.

이 글에서는 향가 설화 문학과 서사 무가, 민간 설화 등을 중심으로 환생 모티프가 어떤 모습을 띠고 나타나고 있으며 그것의 문학적 의미는 무엇인지 알아보았다. 향가 설화는 주로 불교의 윤회전생 사상과 인연설의 입장에서 환생 모티프를 보여 주고 있음을 〈죽지랑 설화〉를 통해 살펴보았다. 〈바리공주〉는 서사무가가 지니고 있는 죽음에 대한 우리 민족의 인식을 나타내 주는데, 죽음으로써 인간이라는 한 개체가 완전히 소멸하는 것이 아니고 시련과 고난을 극복하는 의지가 죽음의 유한성을 넘어설 수 있다는 관념을 담고 있다. 민간설화들은 대체로

60 강계숙·최정례 대담, 25면.

현실에서 원통하게 죽은 넋이 죽어서도 그 슬픔을 잊지 못하고 환생하거나 또는 죽은 후에야 자신의 소원을 이룸으로써 현실의 절망을 극복하고자 하는 민중들의 보편적 정서를 담고 있다.

이러한 환생 모티프를 자신의 시에 수용하여 현대적으로 재창조하고 있는 시인으로 김소월, 서정주, 박재삼, 신경림, 최정례의 시들을 살펴 보았다.

김소월은 민간 설화적 상상력에 기대어 애달픈 설움을 형상화하는 측면에서 환생 모티프를 수용하고 있다. 특히 「접동새」에서와 같이 주술적 리듬의 계승과 '새'를 매개로 한 영혼의 청각적 심상을 구현하고 있다.

서정주는 신라의 향가 설화에 나타나는 불교적인 윤회전생 사상의 입장에서 환생 모티프를 수용하는 경우인데, 「춘향 유문–춘향의 말·삼」, 「인연설화조」와 같은 작품은 죽음이 새로운 생성의 원리로 치환되면서 끊임없이 반복되는 인연의 아름다움을 보여주고 있다.

박재삼은 소월과 미당의 전통을 수용하면서 소멸되지 않는 한의 아름다움을 표현했는데, 그 예로 「한」이나 「포도」와 같은 작품들에서 재생하는 '혼'의 시각적 이미지와 '한'의 결정으로 나타나는 식물 환생 모티프를 살펴보았다.

신경림은 여러 시집에 걸쳐 역사의식과 결합한 '원귀'의 되살아옴을 표현하였으며, 그의 시적 형식은 일종의 진혼굿과도 같다. 특히 「월악산의 살구꽃」을 통해 환생 설화의 모티프와 서사구조가 역사의식과 결합되고 있는 경우를 보았다.

최정례는 최근의 시인들 중에서도 특히 설화적 형식을 많이 활용하는데, 「내가 한 잎 나뭇잎이었을 때」, 「한 오천 살 먹은 내 마음이」와 같은 작품에서처럼, 삶의 숙명적 한계와 반복성이 주는 쓸쓸한 기시감은 재생의 욕망이라는 전통의 문학적 정서와 닿아 있음을 알 수 있었다.

이 글에서 살펴 본 설화문학의 환생 모티프의 변용 양상을 통해, 전통의 형식과 상상력을 접목하여 현대시의 창조적인 형식을 확립한 여러 시인들의 작업과 그 의미를 비교하여 볼 수 있을 것이다.

3부

최소한의 최대치,
시의 혁명

붉은 거울, 악몽의 형식

― 김혜순, 『한 잔의 붉은 거울』(문학과지성사, 2004)

네 꿈을 꾸고 나면 오한이 난다
열이 오른다 창들은 불을 다 끄고
아무도 움직이지 않는 밤거리
간판들만 불 켠 글씨들 반짝이지만
네 안엔 나 깃들일 곳 어디에도 없구나

아직도 여기는 너라는 이름의 거울 속인가 보다
발걸음이 떼어지지 않는다
고독이란 것이 알고 보니 거울이구나
비추다가 내쫓는 붉은 것이로구나 포도주로구나

몸 밖 멀리서 두통이 두근거리며 오고
여름밤에 오한이 난다 열이 오른다
이 길에선 따뜻한 내면의 냄새조차 나지 않는다
이 거울 속 추위를 다 견디려면 나 얼마나 더 뜨거워져야 할까

저기 저 비명의 끝에 매달린 번개
저 번개는 네 머릿속에 있어 밖으로 나가지도 못한다
네 속에는 너밖에 없구나 아무도 없구나 늘 그랬듯이
너는 그렇게도 많은 나를 다 뱉어내었구나

그러나 나는 네 속에서만 나를 본다 온몸을 떠는 나를 내가 본다
어디선가 관자놀이를 치는 망치 소리
밤거리를 쩌렁쩌렁 울리는 고독의 총소리
이제 나는 더 이상 숨 쉴 곳조차 없구나

나는 붉은 잔을 응시한다 고요한 표면
나는 그 붉은 거울을 들어 마신다
몸속에서 붉게 흐르는 거울들이 소리친다
너는 주점을 나와 비틀비틀 저 멀리로 사라지지만
그 먼 곳이 내게는 가장 가까운 곳
내 안에는 너로부터 도망갈 곳이 한 곳도 없구나

—「한 잔의 붉은 거울」

김혜순의 이번 시집에서 '붉은 거울'은 '나'와 '너', 그러므로 존재인 '우리들'의 깊숙한 풍경에 대한 비유이다. 거울은 나의 내부이면서 너를 비추어내는 바깥이다. 거기 비치는 너는 때로 나의 안이 되어서, 나는 너의 안에 태어나고, 갇히고, 사랑한다. 이상(李箱)의 예의 역설처럼, 그러나 이것은 끝내 나에게서 달아나 나를 소외시키는 풍경이다.

이 거울은 투명하지 않다. 여기에서 시인은 하나의 새로운 이미지를

생산해내는데, 그것은 "한 잔의 붉은 거울"이다. 이 시집의 화자는, 타인을 반영하는 "고요한 표면"(「한 잔의 붉은 거울」)이었다가 "시리다 못해 팽팽히 끓는"(「오래된 냉장고」) 붉은 피를 가진 그릇이다. 그 그릇은 북을 둥둥 울리며 오는 낙랑공주를, 서치라이트처럼 쏟아지는 햇빛에 쫓겨다니는 유화부인을, 판화에 갇힌 에우리디케를 담아낸다. 화자는, 마치 귀신 들린 무당처럼, 그녀들의 몸이 되었다가 그녀들의 목소리를 내었다가 그녀들에게 잡아먹힌다.

그러나 화자의 '붉은' 피톨들은 끝내 화자 자신을 증거하는 감각으로 남아 그 존재들과 작용한다. 마치 합체 로봇처럼 그녀는 합쳐졌다, 분리되며, 온전한 받아들임을 갈망하다가 필사적으로 그들을 밀어낸다. "이상하지요/당신이 날 잡아먹었는데/내가 당신 속에 있는 것이 아니라/당신이 내 속에 날아든 것 같았어요"(「새가 되려는 여자」)라는 화자의 고백은, 시집 속에 펼쳐진 너와 나 사이의 이 드라마가 어디에서 연유하는지를 보여준다. 나를 벗어던지고 싶은 욕망. 나를 삼키는 타인의 욕망. 그러나 섞이지 않는 팽팽한.

그러므로 이 시집의 많은 시들은, 이렇게 불러도 좋다면, 일종의 '악몽의 형식'을 띤다. 화자가 바라보는 광경은 자신의 내부에서 나오지만, 이미 자신의 것이 아닌 어떤 것이다. '어떤 것(something)'은 내게서 나왔으되 내 무의식의 근저에 더 가깝고 내가 목도할 수 있으되 정체는 파악할 수 없는 것이므로 공포스럽다.

타르코프스키의 영화 〈솔라리스〉에서, 자신의 내부에서 나왔으나 통제할 수 없는 존재가 되어 자신을 압도해 오는 '기억'에 공포를 느끼고 절망하는 주인공처럼, 화자는 살아오는 자신의 악몽들에 대면한다. 그의 꿈들은 자가 증식하고, 때로 내 몸에 "차가운 화상 자국"(「칼의 입술」)을 남긴다. 그와 그의 꿈은 마치 쌍둥이 태아와도 같이 두 귀와 두 입술을 맞대지만, 화자에게 자신의 꿈이란 "무한해져서 오히려 사라져"(「기상 특보」)가는 수많은 '너'들을 지칭한다.

시집 『한 잔의 붉은 거울』에 입술, 손톱, 귓바퀴, 눈동자 같은 신체 이미지들이 유독 자주 등장하는 것은 이 신체의 부분들이 타자를 받아들이는 '감각의 창'이기 때문이다. 동화와 분리의 욕망을 한 몸에 지닌 시집의 화자들이 구체적인 선명함을 얻는 지점은 바로 여기에서이다. 관계와 자아에 대한 오래고 보편적인 명제들이, 완전히 투명해질 수는 없는 육체의 몸을 빌어 생생히 현존한다.

시인은 밖은 차갑고 안은 뜨거운 얼음 같은, 혹은 밖은 뜨겁고 안은 차가운 냉장고 같은, 그 시초가 모순에서 연원하는 '인간'이란 존재가 서로를 수용하고, 관통시키고, 진동하는 방식은, '몸'의 수많은 통로를 매개로 한 것일 수밖에 없음을 전달한다. 그리하여 시집을 이루는 전제들의 지평은 넓어졌으나, 전제들을 구현하는 화법은 지극히 미세한 에너지로 충만하다. 이 미묘한 에너지의 열도가 김혜순의 이번 시집이 겨냥하는 미학의 세계를 구성한다.

때로 이 시집이 만들어내는 세계가 모종의 향연과도 같은 분위기를 띠는 것은, 각자의 '몸'을 지닌 타자들의 에너지가 화자의 목소리에 흘러들어 미만해 있기 때문이라는 생각이 든다. "침 흘리고, 씹고, 핥고, 트림하고, 질겅질겅하고, 빨고, 맛보고, 마시고, 한시도 쉬지 않고 받아먹고, 삼키고, 건배! 하고 외치고, 더 먹어! 하고, 이봐요! 하고, 여기 한 병 더! 소리치고, 쩝쩝하고, 큭하고, 끄르륵하고, 캭!"(「장엄부엌」) 하는 이 장엄한 향연의 풍경을 과연 이전의 시집들에서 본 적이 있었던가? "아들의 살을 발라 먹고 살아남은 아버지들이 아웃 오브 예술의 전당 안에서 삼류 뮤지컬을 공연하며 울부짖"(「예술의 전당 밖의 예술의 전당」)는 광경은?

김혜순의 시에서 자주 발견되던 주체의 목소리를 강력히 환기하는 풍경은 이번 시집에서, 흘러들어오는 타자의 목소리를 환기시키는 풍경들과 섞인다. 시인이 만들어내는 향연은 내 바깥의 타자들을 불러들이고, 삶과 맞댄 죽음을 불러들인다. 향연을 구성하는 언어들은 그냥 잔치가 아닌 하나의 제의, 산 자와 죽은 자가 만나는 굿에서 흘러나오는 언어들처럼 때로 그로테스크해진다. 말잔치인데, 귀기 어린 말들의 잔치다.

재탄생의 모티프를 가진 많은 시들이 이 잔치에 자연스럽게 섞여든다. 시 속에서 화자는 뜨겁고 고통스러운 "몸의 붉은 벼랑"(「저 붉은 구름」)에서 뛰어내리고 싶어 하고 "태어나기 전의 나"(「꿈속에 꿈속에 꿈속에」)로 되돌아가고 싶어 한다. 위태로운 현생의 살을 던져버리고 싶은 욕망이 타인의 욕망에 반응한다.

할머니와 엄마를 복제해내고, 태어나지도 않은 채로 고래 뱃속에서 아기를 낳는 이 시집의 여자들은 '한 몸인 나'가 아닌 '여러 몸인 나'의 이미지다. 온갖 잡것들이 들끓는 이 몸은 "걸어다니는 연옥"(「구멍」)이다. 그런데 이 타인들의 목소리는 여전히 '나'와 섞여서만 존재한다. 화자가 "나는 내가 너무 많아 정말, 죽을 지경이다"(「내 꿈속의 문화 혁명」)라고 할 때 그는 사라지되 사라지지 않는 자이다. 그러므로 우리는 '날마다의 장례' 속에서도 사라지지 않는 시인을 발견한다. "잊지는 말아줘"(「날마다의 장례」)라는 시인의 목소리를.

틈과 겹, 사적인 시야 안에서 떠오르는

— 노춘기, 『오늘부터의 숲』(서정시학, 2007)

왜 빛나는 건 늘 거기 있는 걸까
거기 있는 게 늘
보이는 걸까
건너뛰는 건 없기로 했잖아

—「창 밖의 그들」 부분

시선

그의 시선을 따라가 본다. 느리고 끈질기다. 그의 웅숭깊은 눈동자에 사물들의 어슴푸레한 윤곽이 비친다. 윤곽들이 겹쳐지고 일렁이다 뚜렷이 떠오르는 순간, 그의 눈동자가 반짝 빛난다. 아무렇지 않은 풍경들, 심상한 장면들 속에 끼어 있던 수상한 기미들이, 어두운 기억들이, 낯선 형태들이 스멀스멀 움직이기 시작한다. 겹겹의 그늘을 지닌 오래된 윤곽들이 처음 보는 것처럼 이상한 형체를 하고서 나를 매혹시킨다. 우리들은 늘 네 곁에 있었다는 듯이, 버려진 우물 뚜껑은 언제라도 열릴 수 있다는 듯이.

내 눈의 점막은 약간 다른 색깔이 되거나 조금 더 투명해진 것 같다. “빈 방을 비게 만드는 시선”(「형광등의 시선」)으로 나의 눈동자는 사물들을 담는다. “밤이 오고 다른 밤이 오고 다른 밤이 오”(「이 버튼을 누르지 마시오」)는 동안, 이 밤의 색깔들이 달라지는 순간을 알아차릴 수가 있다. 내 엷어진 눈 안에서 “형태를 잃은 것들이 어두워진다”(「검은 양초를 둔 테이블」). 그러므로 나는 어두워졌지만 사라지지 않은 이들에 대해, 이들의 잃어가는 형태에 대해 말할 수 있는 자이다. 아니 그의 시선을 따라가는 나는, 이 지워진 세계들에 닿아 있는 여러 개의 골목 앞에 서 있는 사람이다.

붉은 것들이 움직이고 웅크리고
눈 깜짝할 사이에 사라진다
보이지 않는 것들은 붉다

지붕 위에서 새와 고양이는
노래하는 관계, 저녁이면 함께
어두워지는 관계
아주 오래된 지붕들을 바라보는
저녁들이지 지붕 사이로
골목길을 새겨넣는 침묵이지
지붕 위에 펼쳐진 긴 시선이지

—「무수한 옆집 지붕들을 내려다보는 저녁」 부분

그는 '보이지 않음'과 '붉음' 사이에서 '움직이고 웅크리고 눈 깜짝할 사이에 사라지는' 것들을 좇는 눈길을 가졌다. 그들은 이미 사라져서, 지금 여기에 없는 '붉음'이지만, 우리는 이 순간을 기억하기로 한다. 빛과 소리의 반대편에서 어두워지면서 침묵으로써 자신을 소리 내는 사물들, 이 부재로서의 자기증명의 순간을. 그리고 이들을 좇는 '긴 시선'이 가지고 있는 부드러운 궤적과 조심스러운 완강함에 대해, 떠올려 보기로 한다.

그와 나 사이로 굽은 길

'그'와 '나'가 있다면, 이 둘은 지금 여기의 세계에서 분명히 '나'와 '그'로서, 존재한다. 존재할 수밖에 없는 것이다. 그런데 그의 시에서 '나' 밖의 것들은 때로 '나' 안으로 들어온다. 이상한 주술이다. 어느 날은 '그'가 '나'로 되는 것을 지켜보기도 한다. 수상한 마법이 아닌가?

멀리 있는 것들이여
내 밑으로 내려가라
라라라 라라라
훤히 보이는 바닥에서
낳는 자 없이 태어난 것들이
죄 없이 투명한 것들이
수면 위에 켜켜이 싸이는

— 「Suicide Bubble」 부분

어느 날, 나는, 우물 속에서 기어 나오고
우물 밑에서 내 디딤발을 붙들며
다시 내가 기어오르고, 그 밑에 또,
그 어느 날의 내가,
이끼 낀 손을 치켜들며
우물 밖으로 쓰러지는,
내 소유가 아닌 몸을 지켜보는 것이지

—「그와 나 사이로 굽은 길」 부분

"내 소유가 아닌 내 몸을 지켜보는" 그의 끈질긴 눈길로 인해 이 주술과 마법은 탄생한다. "멀리 있는 것들이여/내 밑으로 내려가라"라는 외침 속에 "낳는 자 없이 태어난 것들"이 거품처럼 솟아오르는 장면의 초현실성은 매력적이지만, 기이하게 현실적이기도 하다. "라라라라라라"라는 구절은 그러므로 환상적인 노래가 아니라, 현실과 뒤섞여 있는 일그러진 주문이 되어 우리의 귀를 침입한다. 주문은 묘하게 달콤하되, '자살'하듯 치명적이다.

"그 어느 날의 내가,/이끼 낀 손을 치켜들며/우물 밖으로 쓰러지는" 모습을 바라보는 장면은 그야말로 그로테스크하지 않은가. 그러나 그가 그로테스크함 자체에 대해 말하고 싶은 것은 아니다. '그'와 '나' 사이에 놓인 굽은 길, 우리가 알아차리지 못하거나 알고 싶어 하지 않는 이 길이 불쑥 나타나기도 한다는 것에 대해, 우리가 그 길을 결코 가로지를 수 없음을 절박하게 느끼는 자로서 말하고 싶은 것이다.

빈틈

그러므로 당신도 그의 주술과 마법을 구경하고 싶다면, 자세를 낮추고 숨을 죽이고 어둠을 응시해야 한다. 시간은 냉정한 것이어서, 당신을 자꾸 앞으로 떠밀고, 당신의 뒤에는 눈이 없으므로. 아주 잠시 동안의 순간과 아주 약간의 틈이 있을 뿐이다.

등 뒤의 길바닥에서 잡풀들이 치솟고
숲의 복판이 굴뚝처럼 어두워졌다
뱀 한 마리가 잡풀 사이로 몸을 일으켰다
허리에 두른 무늬의 굴곡을 따라
출렁, 숲의 윤곽이 흔들렸다
여러 겹의 시간이 구부러지고 포개졌다
습한 바람이 숲의 바깥쪽으로 걸어갔다
숲이 흰 뿌리를 대기 위로 천천히 내밀었다

—「오늘부터의 숲」 부분

들이킨 숨을 내쉬기 직전,
그 틈 한가운데에 이 순간이 있다
그런데 과연 문이 열리겠는가
그 곳에 문밖이 있겠는가
볼 수 없게 되어 있는 쪽으로
누가 흘깃 쳐다본다

—「그가 떠난 뒤」 부분

숲의 윤곽이 흔들리는 건 잠깐이고, 틈 가운데의 순간을 알아차리기란 쉽지 않다. 거기는 일상적인 눈으로 일상적인 시간을 살고 있는 당신에게는 “볼 수 없게 되어 있는 쪽”이기 때문이다. 이 비밀스러운 순간에 구부러지고 포개지는 “여러 겹의 시간”들을 그는 당신에게 펼쳐 보인다. “그런데 과연 문이 열리겠는가/그 곳에 문밖이 있겠는가”라는 의문에 끊임없이 속박당하면서, 그 의문의 질긴 현실성을 마주하고 서야, 당신의 등 뒤와 열린 문밖으로 숲의 어둠과 그믐의 사이가 또렷이 떠오른다.

그가 당신에게 펼쳐 보이는 여러 겹의 시간들의 비밀이 궁금하다면, 달리의 초현실주의적인 그림처럼 펼쳐지고 늘어지는 시간이 만들어내는 불길한 색채와 질감을 당신도 경험하고 싶다면, “그의 우산”을 써볼 것을 추천한다. “나와 흰 나무와 그 사이의 너와 오늘과 어제와 새털구름과 가을바람이 모두”(「그의 우산」) 그 안에 ‘넘실거리고’, ‘소용돌이치는’ 그의 우산 말이다.

이상한 성장기

나는 그에 대해 조금은 오래 알아 왔다고 생각한다. 그는 쉽게 가벼워지지 않으나, 유쾌한 사람이다. 타인의 말에 귀를 기울이지만, 유연하게 자신의 생각을 표현하는 능력을 가졌다. 소년의 얼굴과 어른의 목소리를 함께 가진 사람이다. 그러나 나는 그에 대해 조금은 알고 있는 것일까?

“그녀는 속삭임, 그녀는 무도회,/잊혀지는 저녁과 귀기울임/이 숲은 그녀의 것"(「꽃잎에게 나는」)이라 말하는 그의 눈길은 언제나 새로운 경이를 발견해 내는 소년의 그것을 닮아 있다. 하지만 그 소년은 "나는 잊혀졌다 그곳에서, 내가 이름을 부르면 지숙이는 흰 얼굴을 들어올린다 나는 삐걱거리는 나무 복도에 서 있고 지숙이는 빈 교실에 있다 그 복도를 떠나고 싶지 않았다"(「지숙이, 잊혀진 마을에서」)고 죽은 지숙이를 참담하고 건조한 목소리로 기억해내는 성장한 소년이다. 나는 그의 시에서 겨드랑이에 검은 수염이 자라는 소년의 '면도날' 같은 성장기를 읽는다. 성장과 죽음이, 소년과 청년과 노인이 겹쳐 있는 이상한 성장기이다.

그의 시에는 유년과 아버지와 어머니와 동생과 친구들이 등장하지만, 출생과 가족보다 훨씬 강력한 것은 그 마을의 "들썩거리는 물소리"와 "천장 위에서 꿈틀거리는 먹구렁이"와 "그 물풀들에 관한 이야기"이다. "낫으로 벨 수 없는 물풀들이 마을을 뒤덮을 거예요"(「어머니, 장다리꽃」)라는 심상치 않은 전언이다. 그러므로 그가 "육신을 떠난 체온은 집요하게 길을 되돌린다 반복이 그 순간의 앞과 뒤를 지운다 말끔하게"(「마릴린의 치마」)라고 말할 때 그의 이상한 성장기에 등장하는 가족과 친구들은, 힘이 센 반복의 시간들을 대신하는 이름이다. 아주 단순하게 말해서, 우리가 '기억'이라고 부르는 그것.

> 톱날 같은 바람이 몰려들어 뺨에 붉은 자국을 내는 동안 소년은 저녁의 태양을 뚫어져라 쳐다보았다
>
> 깜박거리는 두 눈 사이에 은화 같은 허공이 반짝였다
>
> —「담쟁이 덩굴 밑에서 낙서가 자란다」 부분

보이지 않는 것을 확신하게 되는 순간
안개 속에는 검고 깊은 구멍이 있다
(…)
불빛이다, 생각한 순간 거기 누가 서 있는 게 보였다
파도 소리가 들렸다
새의 형상을 한 흑점이 날고 있다
나는 지금 구멍이다

—「검은 새」 부분

저녁의 태양을 뚫어져라 쳐다보는 소년의 두 눈 사이에 "은화 같은 허공"이 뚫린다. 그것은 반짝이는 검은 구멍과도 같다. 소년은 안개 속의 검고 깊은 구멍을 발견하고, 구멍의 깊이를 헤아리고, 자신의 깊숙한 구멍을 들여다본다. "나는 지금 구멍이다"라고 말하는 그는, 그러므로 반복해서 그 구멍의 어둠과 깊이를 되새기는 소년이고, 성장했지만 자라는 것이 끝나지 않은 소년이다. 빛을 빨아들이며 느리게 자라는 구멍이다. 이 구멍 안에서 기억들은 "새의 형상"을 하고서 오래오래 파닥거린다.

그늘, 그리고 사적인 시야

나는 그의 시선의 궤적을 따라 "구름과 구름 사이 언뜻 비치는 빈틈"(「그늘이 있다」)을 발견한다. 그늘의 색깔과 무늬와 온도를 찾아내는 그의 촉수는, 때로는 파충류의 그것처럼 끈끈하다. 곁눈으로 찾아낸 사물의 모서리들은 우리가 알고 있다고 생각했던 것보다 훨씬 더 명징하기도 하다. 낮익었던 골목들이 이상한 감각으로 번져 나가 거울 미로 앞에 서 있는 것처럼 신기하다. 이 낯선 풍경들은 "1인치 밀어낸 만큼 커지는 허공, 선명한 경계, 사라지기 직전인 자를 위한"(「흑점」) 것이어서, 1인치를 놓친다면, 그 허공의 선명한 경계를 가늠할 수 없다. "꼬리는 사라지기 직전에만 발견된다"(「골목 이야기」)는 것을 그는 알고 있으므로, 서두르지 않는다. 그는 추궁하지만 즐기는 자이다. 서서히 거리를 좁혀가면서, 범인의 정교한 계획과 아름다운 알리바이를 마련해주는 탐정처럼, 그는 면밀하고 신중하다. 그리고 그늘의 어둠과 틈 사이의 시간을 볼 수 있는 시야를 갖기 위해서 필요한 것은 용기, "눈을 감지 않기 위한 용기"(「눈 감으면 어둠이다」)이다. 이 용기가 그의 사적인 시야 안에, 지워진 세계를, 잊혀진 골목들을, 지나쳐간 그늘을, 불러오고 펼쳐놓고 드리운다.

> 어떤 사실은 안개로부터 분명해졌고
> 지워진 세계가 매우 가까워졌다
> 비로소 사적인 시야를 갖게 되었다
>
> —「안개로부터 시작되는」 부분

앓고 난 몸으로 세상은 꽃밭처럼

– 최승자, 『쓸쓸해서 머나먼』(문학과지성사, 2010)

최승자 시인의 시를 통해 나는 '몸'이라는 존재의 슬픔에 관하여 배웠다. 아니 존재의 슬픔은 '몸'을 통하여 온다는 것을 알았다. 참을 수 없게 무거운 몸, 사라지지 않는 몸, 사라졌으면 싶은 몸이었다. 그러나 나도 모르게 실은 조금씩 사라져가고 있는 몸들이 앓고 또 앓는 곳이 세상이라는 것을. 몸들의 신음을, 들뜸을, 상처를 말로 옮겨, 옮겨진 말로 다시 사랑하고 고통 받는 이가 시인이라는 것을 그로 인하여 알았다.

집으로 돌아가는 길에 탄 덜컹거리는 버스가, 세상 끝 어디론가 나를 데려가 아무 곳에나 버려 주었으면 하고 바라던 이십대에 그를 만났다. 그의 모든 시에서 고통이 읽혔고, 그의 고통이 나를 위로해 주었다. 그건 정말 이상한 일이었다. 내가 지녔던 세계에 대한 적개심과 분노는 최승자의 언어에 맞닥뜨리면서 어떤 실체가 되었다. 형언하기 어렵다고 생각했던 뒤엉킨 감정들이 내가 날마다 사용하는 한국어로 이렇게 분명히 발성될 수 있다는 것, 쏟아져 나온 언어의 질량과 감촉이 이토록 생생하다는 것. 이 정체불명의 위로가 다른 것이 아닌 시(詩)였다는 것을 이제야 말할 수 있을 것 같다.

『쓸쓸해서 머나먼』을 읽는다. 시인은 "오랫동안 아팠다"(「시인의 말」)고 고백하는데, 그의 오래고 아픈 세월들이 아주 가벼운 한 권의 종이 묶음이 되어 내 앞에 놓여 있다. 고마운 마음으로 시들을 본다. 시들은 종이보다 더 가벼워져서 어딘가로 날아갈 것만 같다. 흘러가는 시간 속의 한 모퉁이에서 시인은 졸듯 꿈꾸듯 아주 잠깐, 배고픔을 까먹은 것처럼 자신을 데리고 온 시간들을 바라보고 있다. 몸에서 아픔이 떨어져 나가는 것만 같은 시간들. 아픔에서 몸이 떨어져 나가는 것만 같은 시간들이 한 찰나로 현현한다. "누군가 보고 또 보았던 세계"(「왜 세계는」)가 한 페이지씩, 그렇게 노인의 얼굴을 했다가 아이의 얼굴을 하면서 펼쳐진다.

이 세계를 얼마나 멀리 혼자서 가면 건너갈 수 있을까. "흔들리고 흔들리는 이 세계"(「시간의 잿빛 그림자」) 안에서 시인은 여전히 흔들리고 있다. 나는 나인데 왜 흔드냐고 누가 흔드는 것이냐고 묻지 않고 흔들린다. "나는 내가 아닌데 누군가 나를 흔드"는 것이므로 "조용히 흔들린다"(「흐린 날」).

그러므로 바꿔 물어야 한다. 이 세계를 얼마나 멀리 혼자서 가면 다시 이곳으로 돌아올 수 있을까. 잠 너머의 꿈, 꿈 너머의 잠이 몸을 섞는다. "잠든 적도 없이 잠들어"(「사람들은 잠든 적도 없이」) 사는 이 세계의 마술. 그 마술을 깨뜨리는 것이 "여덟이요/여든이요 팔백쉰여덟"(「가는 길」)인 나이를 가진 시인의 마술이다. 깨뜨리기 위해 소리치지도, 욕하지도 않고, 지켜본다.

지켜본다는 것, 어찌할 수 없이 바라본다는 것에 관한 이야기, 『쓸쓸해서 머나먼』은 "시간의 마술"(「시간이 사각사각」)을 견디는 시인의 눈에 관한 이야기이다. 잠들지 않고 꿈꾸는 눈에 관한 이야기이다.

"이 세상 주소를 갖고 있지 않"(「새들은 모두가」)은 새들처럼 최승자 시인도 지상의 주소를 갖지 않았다. 이전의 그의 시들을 읽으며, 세상의 집 없는 그가 머물 집을 구해 떠도는 게 아니라 죽음 너머의 다른 집을 구하는 게 아닌지 아득해졌던 적이 있다. 단 한 번으로 스러지고 마는 찰나의 시간, 거기에 깃든 영원의 섬광을 붙잡으려는 것이 시의 기도라면 시인은 영영 허망하다.

그 허망, 그 깊은 허무가 『쓸쓸해서 머나먼』에서는 무겁지 않다. "커피 한 스푼의 無(무)"(「구름 한 점 쓰다 가겠습니다」)를 떠 올린 듯, "하늘 虛(허) 한 잔"(「하늘 虛(허) 한 잔」)을 마신 듯 담담해서 슬프게 아름답다. 그에게는 이제 "한 불안한 결정체로서의/시간들"만 아니라 "한 아름다운 결정체로서의/시간들"(「시간이 사각사각」)이 함께 있다. 시간의 바스락거림을 우리 대신 듣고 있는 그는, 백발을 한 삼천갑자 동방삭의 귀를 가졌고 천 개의 팔랑개비를 돌리는 아이의 손을 지녔다.

잠들지 않고 꿈꾸는 눈을 하고서 시인은 오랫동안 잠이 들었다 깨어난 모양이다. 잠들 수 없는 눈으로 잠들었다가 다시 깨어난다는 일은 어떤 것일까. 깨고 난 후에도 병은 사라지지 않았지만, 세상이 다른 것들로 이루어져 있음을 시인은 응시한다. "만지고 또 만져본 세상"(「다른 세상」)인데 다시, 있는 세상이다. 한 번 연기로 흩어져 사라진 몸인 줄 알았는데, 앓고 난 몸으로 세상은 꽃밭처럼 여러 색깔로 비친다.

시인의 몸이 투명하다. 그 투명한 몸으로 시인은 여전히 전화번호도 주소록도 갖지 않고 세상을 건너고 있다. 누가 그의 이름을 "수 세기 너머에서"(「높푸른 하늘을」) 부르고 있나 보다. 건너야 할 그 길의 무한한 넓이를 짐작할 수 없다. 그리고 "미래의 시간들은/銀(은)가루처럼 쏟아져 내린다"(「담배 한 대 길이의 시간 속을」). 나 또한 쏟아져 내리는 그 은가루의 시간들을 그와 함께 맞을 수 있을까.

다시 이상한 경험을 한다. 시집을 읽다가 어머니가 생각났다. 이십 대에 최승자의 시집을 읽었을 때 나는 내가 많이 아프다고 생각했다. 그래서 그의 시들로 아픔과 싸웠다. 지금도 그 싸움을 그치지 않았는데, 겹쳐 떠오르는 얼굴이 있다. 『쓸쓸해서 머나먼』에는 아마 어머니가 나오지 않을 것이다. 그런데도 나는 밝은 날에는 묻고 싶다. 어머니 거기는 오늘도 비 내리고 눈 내리나요. 저기, "구름 비행기 하나 쾌속으로 날아갑니다/기장도 승무원도 탑승객도/단 한 명인 채로"(「구름 비행기」) 그 풍경을 보고 있나요, 어머니.

무한한 역설의 사랑

– 신용목, 『아무 날의 도시』(문학과지성사, 2012)

'나'라는 사람을 이루는 근원을 좇기 위해서 우리는 어디를, 무엇을 들여다보아야 하는가. 신용목의 앞선 시집들은 이 어려운 물음을 따라 그를 이룬 대지의 것들, 공중의 것들, 육신의 것들에게로 지극한 시선을 보냈다. 그 시선은 바람처럼 산개하면서, 야생과 문명이 서로의 상처를 고백함으로써 삶을 증명하는 도시의 나날에 가 닿았다.

새 시집 『아무 날의 도시』에서 도시는 시인의 현재를 구성하는 근본적 조건과도 같다. 나의 발생 이전에도 도시는 존재했으며, 나의 소멸 이후에도 도시는 번식할 것이며, 도시의 멸망 이후에조차 도시라는 폐허가 남긴 절망은 지속될 것 같다. 제 자식을 잡아먹음으로써 자신의 현재를 연기하고 지속시키는 크로노스의 이미지처럼, 자신이 발생시킨 모순을 숙주로 삼아 번식해 가는 자본주의의 상징으로서, 도시는 괴물의 얼굴을 하고 있다. 괴물의 내장 속에서 소화되어 가며 우리는 우리가 이미 괴물에게 잡아먹힌 것인지 그리하여 우리가 괴물의 몸 자체인지 알 수 없게 된다.

『아무 날의 도시』의 시적 주체는 도시라는 괴물의 내장 안에서 끈적하게 알 수 없어진 우리의 얼굴이 지니는 윤곽을 투시하고자 분투하는 주체이다.

불타는 도시, 시인의 지구

도시는 불타고 있다. "지구는 뜨거워지고 있다 풀잎도 지기 전에/먼저 뿌리를 태운다, 어디를 가도 화장터이므로"(「꽃들의 귀가」)와 같은 구절에 드러나듯 우리 존재의 뿌리까지 집어삼키는 광포한 도시의 불길 속에서 시인은 죽음을 도처에서 느낀다. 생의 나날이 곧 죽음으로 가는 나날인 것은 어찌할 수 없는 인간의 시간이 지닌 본질이다.

그러나 죽음으로 귀결될 수밖에 없는 시간의 소모를 우리 자신의 것으로 만들지 못하는 도시의 삶, 그러므로 지금 우리는 여기에서 삶뿐 아니라 스스로의 죽음이라는 종국의 사건에서조차 소외된 시간을 살고 있다. "이 별에서 왜 우리는 모두 같은 배역을 맡았을까,/사각의 관 속에서도/나는 주인이지 못했다"(「꽃들의 귀가」)와 같은 구절은 이러한 사태를 명확하게 적시한다.

이 시집에서 자주 보이는 불꽃과 화염의 이미지는 인간이 자연과, 인간이 인간과, 인간이 신과 치르고 있는 무한전쟁의 속성을 대변한다. 시적 주체에게 이 전쟁은 타는 살점의 감각처럼 참을 수 없이 뜨겁고 붉으며, 타고 남은 재의 검은 폐허처럼 암흑에 닿아 있고, 석양을 바라보는 심정처럼 아름답고 슬픈 것이다. 슬프지만 또한 아름다운 것. 시인이 마주한 전쟁의 이와 같은 역설은 어디서 나오는 것일까.

비유가 아닌 실재로서 불타올랐다 폐허로 변한 지구의 곳곳, 타고 남은 잔해의 위. "아이가 엄마의 얼굴이 되는 동안 엄마가 아이의 얼굴이 되는 동안, 밤의 아궁이에 환한 넝쿨로 타오르는 어둠의 심장, 화상 자국은 장미를 닮았다"(「장미」). 아이는 엄마의 얼굴을 닮아가며 성장하고, 엄마는 아이의 얼굴을 닮아가며 죽음에 가까이 간다. 도시의 몰락과 폐허 속에 펼쳐지는 삶들에 대해 시인은 말하는 중이다. 죽음과 끝으로 나아가는 선로 위에서 시인은 쉽사리 신생을 향한 예감을 발설하지도 전망하지도 않지만, 그렇다고 해서 나날의 장면에 깃드는 "봉오리 꽃잎의 빛깔"이, "장미를 닮"은 "화상 자국"(「장미」)이 아름답지 않은 것은 아니다. 전쟁이 낳는 역설은 이렇게 우리의 육체에 붉은 화인을 남긴다.

불가능한 자세, 시인의 시제

도시의 삶 또는 도시의 죽음이라는 전쟁을 치르는 우리가 할 수 있는 일에 대한 시인의 고백은 비관적이다. 그것은 다만 "관 속으로 잘못 뻗은 아카시아 뿌리를/씹어 먹는 시체의 표정으로"(「노아의 여름」) 텔레비전을 보는 일상을 사는 것뿐. 질기게 죽어가고 있는 우리를 관망하는 것뿐.

"그러나 달리다 멈춰도 그대로 둥근 바퀴처럼, 떠나도 늘 앞에 있는 도시처럼"(「장미」) 우리의 인생을 악무한의 수레바퀴 속에 굴러가게 하는 전쟁에서, 날마다 패하기만 하는 조세희의 난장이들과 같은 우리는 어떻게 하면 수레바퀴를 멈출 수 있는 것일까? 멈출 수 없다면 뛰어내리기조차 할 수 있는 것일까?

이 의문들이 던지는 절망을 가장 먼저 간파하고, 가장 깊게 아파할 수 있는 것이 시인의 재능이자 형벌이라면 신용목은 그 재능이 가장 뛰어난 자이며 그 형벌을 가장 무겁게 짊어진 자이다.

"다음날 갈게, 거울 속처럼 텅 빈 몸으로. 나무마다 주렁주렁 매달린 돌멩이가 새들의 웅덩이를 향해 힘껏 날아갈 때. 내 얼굴, 붉은 먼지를 지피며 조금씩, 조금씩. 다음날 갈게, 영원한 다음날에"(「바퀴 자국」)라고 말하는 시적 주체의 나지막한 읊조림에서 우리는 유예된 희망과 유예된 죽음을 동시에 전해 듣는다. 영원히 유예된 희망과 영원히 유예된 죽음을 제 안에 간직하는 삶은 그야말로 영원한 형틀의 삶이 아닌가.

그가 형틀의 삶을 자처한 것이 아니라, 이곳에서의 삶이 매순간 그에게는 형틀일 수밖에 없음을 뼈저리게 자각함으로써 그는 죄수가 되었다. 다만 포로로서 절망의 식량만을 배급받는 그가 대신 얻은 것은 먼 시간을, 오지 않은 무한한 미래를 보는 투명한 눈이다. 지금의 전쟁과 문명의 도시, 거기 세워진 아파트가 "30억 년쯤 뒤의 지층"(「그것을 후회하기 위하여」)이 되리라는 것을 보는 투명한 눈.

"다른 곳으로 꿈꾸러" 가는 것만 가능한 이곳에서 꿈을 지닌다는 것은, "하나의 선을 따라 타들어가는 불꽃을 달고//하나의 선의 끝에 매달아놓은 화약을 향해"(「다른 곳으로 꿈꾸러 간다」) 뛰어내리는 것만큼 위험한 일이다.

그러나 그는 투명한 눈을 지니기 위해 끝까지 투항하지 않고 "오래 꿈을 꾼다". "있지도 않은 약속을/지키겠다는 다짐"(「삐라의 나라」)을 하며 말이다. 꿈을 꾸기 위해 감은 그의 눈은 이 생의 건너편과 저 너머까지 꿰뚫으면서, 삶이라는 "알 수 없는 구령의 불복할 수 없는 전언—우주 저편에서 불어온 바람(「포로들의 도시」)"을 해독해 낸다. 영원처럼 지속되어 온 피의 조종술에 의해 우리는 진행되어 온 것만 같다.

"묻지 마,//중력의 울타리를 친 행성의 서러운 수용소에서/줄지어 밥을 타러 가는 이유에 대하여"(「포로들의 도시」). 『아무 날의 도시』에서 우리 삶의 고통은 이토록 구체적으로 번역되는 동시에, 이렇게 무한히 확장된다. 죽음을 유예시키고 고통을 무한하게 확장시킴으로써 그는 이 생조차 "만약"(「만약의 생」)의 것으로 만든다.

생을 만약의 것으로 고통을 영원한 것으로 치환함으로써 이 시집의 시들은 때때로 이곳의 삶이라는 불가능성 자체를 넘어서는 것처럼 보인다. 벗을 수 없는 형틀을 영원의 것으로 만드는 태도. 이 시집의 특이한 시제는 여기서 발생한다. 다만 포로라는 존재로서만은 불가능한 자세를 취함으로써.

최소한의 최대치, 시인의 혁명

"살아 있다는 것/그것을 후회하기 위하여" 눈을 뜨는 시인의 도덕이란 이런 것이다. "나대신 머리를 감싸쥐고 쭈그려 앉은/젊은 남자"(「그것을 후회하기 위하여」)의 고통을 알아차리는 것. 누군가의 고통을 보며, 내가 그것을 대신 앓고 싶다고 말하는 것이 아니라, 나의 고통을 그 사람이 대신하고 있다고 말하는 것.

어느 쪽도 쉬운 일은 아니지만 많은 사람이 전자의 진술을 취하는 반면, 신용목이 하고 있는 후자의 진술은 드문 것이다. 후자의 태도란 마치 그가 취할 수 있는 최소한의 도덕인 것처럼 보이는데, 나는 이를 통해 시가 다다를 수 있는 최대한의 도덕을 발견한다.

"이 생과의 계약이 오래 아프리라는 것"(「꿈 밖에서 잠들다」)에 대한 예감을 스스로에게 부과하여 확정함으로써 꿈 밖에서 잠드는 시인의 불편함. 이 불편함 속에서 그는 "한쪽 다리를 잃은 사람의 잘려나간 다리처럼/누워 있다"(「오지의 비유」). 원인은 알 수 없고 존재는 사라진 불명의 아픔이지만, 현실의 고통이 오랜 시간의 지층 속에서 누적된 것임을 체험하는 육체의 아픔이다.

"발굴은 보이지 않는 것을 보지 않는 것"이며 "폐허는 보이는 것을 보는 것"(「얼굴의 고고학」)이다. 수없이 진행되는 발굴(개발)을 통해 폐허(야만)가 된 얼굴들 사이에서 '보이는'이라는 수동태를 거부함으로써 그는 잘려나간 고통을 감각하고, 보이지 않는 것을 보는 눈을 가지게 되었다. 그러므로 시인은 "나의 사랑은 눈먼 자의 눈 속에 있다"(「얼굴의 고고학」)는 진실된 역설을 고백한다.

"여태 오지 않은 것들은 결국 오지 않는다는 걸/알면서도"(「우리는 이렇게 살겠지」) 희망을 갖는다는 것은 무력하다. 그것은 마치 제 꼬리를 물고 도는 뱀의 머리와 꼬리를 분리하는 것처럼 어려운 일인데, 시인의 혁명이란 이 삶이라는 영원한 기하학적 무한성의 원 안에 위치한 나를 정확하게 묘사하는 것이다. "뭉쳐지지 않는 시간"을 던지고 굴리기 위해 "환하게 던져서 부서지기"와 "까맣게 달려가 깨어지기"(「어떤 혁명의 시작」)를 자처하는 것이다. 그리하여 "나는 여기 머문 채 멀리 떠날 것이다"(「오지의 비유」)라는 역설의 사랑을 실천하는 것이다.

그의 시집을 읽는 데 매우 오래 걸렸노라고 고백해야겠다. 자연을 쉽사리 상징과 비유로 환원시키지 않기 위해, 무참한 이 땅의 정부 아래서 겪는 경험을 지속되는 시간의 지평으로 확장시키기 위해 신용목의 시들은 투쟁한다. 깊이 누적된 문장들, 켜켜의 문장들은 도시라는 괴물의 아가리 속에서 내가 잊어가는 통증을, 잘린 다리의 아픔처럼 사라지지 않는 마음 저림을 끝내 소환한다. 그리하여 내 멀쩡한 다리조차 허방 딛게 한다. 도시의 삶은 내 잠조차 편치 못한 것으로 만들었으되, 그의 맹세와 고백들은 불편한 잠 속에 깃드는 내 꿈의 원인이 될 것이다.

다른 말-현실을 발명하다

—황현산을 따라 읽다

황현산 선생의 글을 처음 접한 것은, 진이정의 시집 『거꾸로 선 꿈을 위하여』(세계사, 1994)의 해설에서였다고 기억한다. 낯설고 멀게 느껴지던 진이정의 시가 좋았다. 그리고 아예 먼 것으로만 남을 수 있었던 그의 시를 발견하고, 엮고, 전해 준 해설에서 깊은 안타까움과 곡진함을 느낄 수 있어 그것 또한 좋았다. 진이정은 이 세상에 없지만, 그의 시를 누군가와 함께 읽는 기분이었다. 시를 해설한다는 것은 이런 것이구나, 라고 생각했다. 먼 불빛을 오래 바라다보게 하는 밤의 창문 같은 것, 아스라이 희미하게 깜빡이는 것들을 조금 가까이 빛나게 하는 유리창 같은 것.

아침 햇빛에 금세 사라질 것 같은 밤의 불빛들을 오래 바라보는 시간들을 지나며, 나는 견디기 어려운 것들을 조금은 견디게 되었고, 여전히 거의 매일 밤 죽음을 생각하지 않고는 잠들지 못하였으며, 그리고 시인이라는 이름을 하나 더 갖게 되었다. 이상과 서정주와 김수영을, 아폴리네르와 말라르메와 보들레르를, 더불어 진이정 이후의 한국 시인들을 읽었다. 생각해 보니 꽤 긴 시간 내가 시를 읽고 문학을 이야기하고 글을 쓰는 마디마다, 황현산 선생의 글이, 가까이 있었다. 말라르메를, 이상을, 문학을, 초현실주의를, 한국시를, 새로 읽은 황현산이 있었다. 몰랐던 것은 아니지만, 이제 생각해 보니, 선생의 글을 따르며 읽고, 다시, 쓰는 내가 있었다.

그리고 이 글은, 다만, 황현산이 번역하고 주석하고 해설한 앙드레 브르통의 『초현실주의 선언』(미메시스, 2012)의 몇 구절을 따라 읽는 것으로 대신한다. 그가 번역한 『초현실주의 선언』을 지금 굳이 따라 읽는 것은, 시를 쓰는 내게 매우 상징적인 행위로 여겨진다. 초현실주의는 이곳에 여전히, 아직도, 더 많이 필요하기 때문이다. 황현산의 번역과 주석과 해설은, 그러므로 우리에게, 훨씬 더 많이, 필요하기 때문이다.

> 그러나 중요한 것은 현실의 체적을 줄이거나 희박하게 하는 것이 아니라, 낱말들을 〈초현실적으로 사용〉(101면)하여 현실이 움직일 수 없는 것이라는 믿음을 파괴하는 일이다. 낱말들을 지배하여 빈약한 내용과 죽은 지식들을 실어 나르게 하는 낡은 연상을 청산하여, 그 낱말들을 낡은 의미 가치에서 풀어내는 것이 우선적인 과제다. 이때 현실은 파괴되거나 사라지는 것이 아니다. 오히려 감추어져 있던 그 비밀스러운 구석들이 햇빛 속에 얼굴을 들어 다른 현실의 발명에 참가한다. 현실은 쉬지 않고 움직이며 확대된다.
>
> — 황현산, 「상상력의 원칙과 말의 힘」[1]

황현산의 글에서 내가 읽은 것들 즉, 현실의 질서 너머를 보는 상상

1 앙드레 브르통, 황현산 번역·주석·해설, 『초현실주의 선언』, 미메시스, 2012, 27면.

력, 사건의 배후와 역사를 탐구하고 미래를 조망하는 시선, 결국 시간의 질서 아래 흐르는 희망의 빛을 찾는 능력은 초현실주의와 맞닿아있다. 그가 초현실주의 시를 번역하고, 초현실주의 선언을 소개하고, 초현실주의 정신에 대하여 쓰는 것은, 한국문학의 과거와 현재에서 다른 시간을 발견하고 새로운 언어의 싹을 틔우기 위해서이다.

이 움직일 수 없을 것 같은 현재의 시간 속에서 나와 나 같은 이들은, 선생의 글을 읽으며, 다른 현실의 얼굴을 상상하는 것이 가능하다. '눈앞의 보자기만한 시간'에 갇히지 않기 위해, 몽유도원도의 위대함을 특별하게 간직하기 위해 끈질기게 삶의 비루한 시간을 헤치는(황현산 산문집 『밤이 선생이다』에서) 사람들의 작고 큰 패배들. 잊힐 뻔한 이곳의 과거와 현재가 선생의 글 덕분에 낱낱이 살아나게 되었다. 다른 시간은, 죽은 삶이 아니라 살아나는 삶 속에서 발명 가능하다는 것을 알게 되었다. 희박해져가는 무거운 공기 속에서 조금 숨을 쉴 수 있는 기분이었다.

> 체계를 재구축하는 강령과 체계를 허무는 문체는 그렇게 서로 협력하여 한 체계를 다지면서 열어놓는다. (중략) 초현실주의의 역사를 가로지르는 변함없는 원칙은 인간의 자유이다. 인간을 자유롭게 하고 인간의 능력 전체를 지금 이 자리에 불러내기 위해 먼저 시작해야 할 일은 언어를 대상으로 삼는, 언어의 힘을 빌린, 언어의 작업이다. 인간이 자신에 대한 지식을 늘이는 일은 세계에 대한 인간의 학식을 늘이는 가장 훌륭한 방법이다. 언어의 개혁은 시의 개혁으로, 인간의 개혁으로, 세계의 개혁으로 연결된다. 이 점에서 초현실주의는 20세기의 전위 예술 운동 중에서 존재의 총체성을 문제 삼은 거의 유일한 운동이다.

초현실주의는 시의 선동력과 언어의 잠재력에 판돈 전체를 걸었다.

— 황현산, 「상상력의 원칙과 말의 힘」[2]

『초현실주의 선언』을 읽으며 나는 드물게도 감각적인 전율 같은 것을 느꼈는데, 그것은 이 문장들이 지니는 정확성과 아름다움이 주는 쾌감 때문이었다. 그의 글은, 판단하고 선택해야 할 것을 미루지 않는 용기가 지식의 깊이와 만날 때 갖는 언어의 미감을 최대한으로 구현한다. 나는 이 문장들을 내가 쓰는 한국어로 읽을 수 있다는 사실에 감사한다.

내가 접하는 상당수의 글은, 판단을 방기하고 선택을 미루고 자신의 자리와 가두리를 모호하게 흐리느라 애쓴다. 나의 글 또한 그렇다. 그러나 그것은 언어적으로 즉 정치적으로 태만하고 허약한 행위임을 나는 선생의 글을 읽으며 다시 깨닫는다.

그는 서정주의 시 쓰기를 "벌써 도달해버린 것 같은 자리와 영원히 도달할 수 없는 자리를 이상하게 겹쳐놓는"(황현산, 『잘 표현된 불행』, 문예중앙, 2012) 그것이라고 말한다. 이상의 텍스트를 평범하고 성실하게 그리고 식민지 언어가 놓여 있는 특별한 한국어의 현실에 비추어 읽어야 한다고 말한다. '내재율'이라는 말에 들어 있는 한국문학사의 허망한 관념에 대해 말한다. 이 적확함에 기대어, 누군가는 서정주를, 이상을, 한국문학사를 다른 시각으로 읽을 수 있었다. 그 새로움에 발을 딛고 자신의 글을 쓰고 싶어졌다. 나는 그러했다.

2 위의 책, 47~48면.

인간은 사랑과 같은 예외적인 상황의 높이에 오르는 것이 불가능해지자, 살아야 할 이유가 차츰차츰 남김없이 사라져 버린 것을 느끼고, 뒤늦게야 이리저리 자신을 회복해 보려고 애쓰지만, 거기에 이르는 일은 거의 없을 것이다. 이는 이제 인간의 심신이 모두, 인간의 시선 밖으로 벗어나는 것을 참지 못하는 저 거역할 수 없는 실용적 필요성에 매여 있기 때문이다. 인간의 모든 행위는 넓이를 잃고, 그의 모든 생각은 늘품을 잃을 것이다.

— 앙드레 브르통, 「초현실주의 선언 1924」[3]

20세기 초입의 한국 문학을 읽을 때마다 거의 예외 없이 번역에 관하여 생각하게 된다. 번역을 통해 문학을, 현대를, 너머의 세계를 사유하였던 시인과 번역가들. 그들의 희열과 의지와 좌절에 대하여 생각하게 된다. 한국어는 이들의 고투와 실패를 통해서만 그 깊이와 넓이를 얻어 왔다. 입에 붙은 한국어의 편안함에 젖어 그것을 생경하게 바라볼 시야를 좀처럼 갖지 못하는 지금의 시간이 그리 두텁지 않지만, 두께가 있다면 이 번역이라는 싸움을 통해서 다져온 것일 테다.

황현산의 번역은, 한국적인 것과 보편적인 것의 교통을 가능하게 하는 언어의 활성과 가능에 대하여 사유하고 실천한다. 좋은 번역이란, 하나의 언어와 다른 언어 곧 한 세계와 또 하나의 세계의 맞부딪침과 투쟁에 기꺼이 가담하여 함께 싸워내는 일임을 보여준다. 이 승리와 실패의 과정에서 황현산은 한국어의 긴 문장을 논리적으로 구성하는 일이 어디까지 가능한지, 쉼표를 어떻게 찍어야만 호흡과 직관과 체계

3 위의 책, 62면.

를 정확히 전달할 수 있는지, 거의 잊혀져가는 한국어의 고유한 품사들을 얼마만큼 배치할 수 있는지를 시험한다. 그의 번역은 곧 한국어를 통한 감성과 사고와 논리의 시험이자 실험인데, 번역가에게 주어진 과제에 이만큼 성실하고 용감하게 답한 예는 한국문학사에 드물 것이다.

선생의 번역을 읽기 이전에, 나는 이 정도로 승리한 한국어 번역 문장을 만나기 어려웠다. 그리고 '말도로르의 노래'의 구절 하나를 한국어의 한 문장으로 옮길 것인지, 두 문장으로 분할한 것인지 사흘 동안 생각 중이라는 선생의 고심을, "더욱 엄격한 비평적 사고의 온갖 단계를 열나게 뛰어넘는 꼬락서니"와 같은 문장의 위트를, 나는 동시대인으로서 함께 하는 기쁨을 누리고 있다.

> 전적으로 자기 자신에 속하는 것은, 다시 말해서 날마다 더욱 무서워지는 자기 욕망의 무리를 무정부 상태로 유지하는 것은 오직 저 자신에게 달린 일이다. 시가 바로 그것을 인간에게 가르친다. 시는 우리가 참고 견디어 나갈 비참함의 완전한 보상을 그 품속에 지니고 있다.
>
> — 앙드레 브르통, 「초현실주의 선언 1924」[4]

그러므로 번역된 문장을 읽는다는 것은 이런 것이다. 나는 위의 문장을 읽으며 앙드레 브르통과 황현산을 동시에 느낀다. 시에 대해 내가 가졌던 첫, 생각에, 다시 골몰하게 된다. 시와, 초현실주의와, 황현산과, '다른 곳'의 삶과, 외국어와, 비참함과, 나의 시 쓰기가 섞인다. 이 섞임 속에 떠오르는 순수함에 대해 생각한다.

4 위의 책, 81면.

바로 이런 필요성의 막강한 승인을 내걸고, 나는 우리의 삶을 지배하는 사회 체제의 문제를, 내 말인즉은 이 체제를 받아들이느냐 마느냐의 문제를, 더할 나위 없이 뜨겁게 자신에게 제기하는 일에서 우리가 도피할 수 없다고 사료하는 것이다.

— 앙드레 브르통, 「초현실주의 제2선언 1930」[5]

'제기해야 한다'가 아니라 '제기하는 일에서 우리가 도피할 수 없다고 사료한다'는 완곡어법의 도덕성. 한국어로 번역되어 실현된 이 문체의 순결함에 대해 생각한다. 사고의 관용과 표현의 엄정함과 도덕의 불가피함의 총합을 보여주는 문체가, 30대의 브르통과 60대의 황현산과 40대의 나를 관통하며 펼쳐지는 현재형의 시간에 대해 생각한다.

나는 종종 선생의 글에 나타나는 기억의 생생함에 놀라곤 한다. 과거의 시간이 현재에도 그 빛깔과 무게를 지닌 채로 출현하기 위해서는, 상실과 마모에 대항하는 정신의 힘 즉 결코 잊을 수 없는 것들을 결코 잊지 않는 의지가 얼마나 강인해야 하는가를 쉽사리 상상할 수 없기 때문이다.

기억의 힘을 통하여 선생이 잃지 않는 것은 더 있다. "때리지 마세요"라며 손을 비비던 동창 아이의 모습. 그리고 그 모습과 오늘의 교실을 겹쳐놓는 선생의 시선. 슬픔을 꿰뚫는 마음의 다정함. 이 다정함이 없었더라면, 선생의 글이 오늘처럼 나와 같은 이들의 수많은 밤 가운데 함께 있지 않았을 것이다. 그 다정함에 위로 받으며, 나는 다음과 같은 선생의 목소리에 나의 목소리를 겹쳐 읽는 것으로, 이 투박한 따라

5 위의 책, 145면.

읽기를 이어간다.

> 인간은, 어떤 끔직한 역사적 좌절에 자칫 겁을 먹게 될지라도, 아직 제 자유를 믿을 자유가 있다. 흘러가는 낡은 구름에도 불구하고, 난관에 부딪치는 자신의 맹목적인 힘에도 불구하고, 그는 저 자신의 주인이다. 그는 누설된 짧은 아름다움과 접근 가능하고 누설 가능한 긴 아름다움에 대한 감각을 지니지 않았는가?
>
> — 앙드레 브르통, 「초현실주의 제2선언 1930」[6]

다만, 아름다움에 대한 감각에 관한 것이 아니라면, 시적인 것은, 예술적인 것은, 우리가 그토록 꾸어 왔던 꿈은, 무엇일 수 있겠는가? 그러므로,

> 인간이 자신의 조건을 자각하지 않〈는 한〉, 끈질기게 자신을 속이〈는 한〉, 독창적 의견과 영합적인 의견을 구별하지 않〈는 한〉, 나쁜 문화가 종식되지 않〈는 한〉, 착취가 계속되〈는 한〉, 지적 허영심과 위선이 지속되〈는 한〉, 투시와 관음이 구별되지 않〈는 한〉, 말할 필요도 〈없고〉, 투쟁할 필요도 〈없고〉, 사랑할 필요도 〈없고〉, 죽을 필요도, 살 필요도 〈없다〉.
>
> — 황현산, 「상상력의 원칙과 말의 힘」[7]

---

6 위의 책, 200면.

7 위의 책, 42~43면.

황현산은, 그의 글은, 그가 지금 이곳에 옮긴 초현실주의는, 이렇게 말한다. 우리는 나 자신의 조건을 자각해야 하며, 나 자신을 속이지 않아야 하며, 독창적 의견과 영합적 의견을 구별해야 하며, 나쁜 문화를 종식시켜야 하며, 착취를 중단해야 하며, 지적 허영심과 위선을 그만두어야 하며, 투시와 관음을 구별해야 한다.

이것은 어쩌면 시를 통해서만, 가능하거나, 시를 통해서만, 불가능하다.

그리고 나는, 인간으로서 말하기 위해, 투쟁하기 위해, 사랑하기 위해, 죽거나 살기 위해, 아니 살 필요와 죽을 필요가 무엇인지를 알기 위해, 계속해서, 황현산의 글을 따라, 읽는다. 계속해서, 시를 쓴다.

그러나 우리는 말할 것이다

– 이경수, 「곤경을 넘어 애도에 이르기까지」에 부쳐

그런 일은 다시 일어날 수 있다.

> 과거에 이런 일이 벌어졌다. 그러므로 그런 일은 다시 일어날 수 있다. 바로 이것이 우리가 말하고자 하는 핵심이다.[1]

2006년의 말미에, 서경식은 프리모 레비의 『이것이 인간인가』를 해설하며 한국 사회 구성원들의 민주화에 대한 낙관주의적 태도를 지적하고 있다. 중년 이상의 사람들은 이제 과거와 같은 일은 일어나지 않는다고 단언하고, 젊은 사람들은 태어나기 전의 고난의 역사를 실감할 수 없다고 말한다는 것이다. "과거의 고난이나 먼 장소에서 일어난 비참한 사건에 상상력을 발휘하는 일은 쉽지 않다. 하지만 우리들은 상상이 미칠 수 없다는 사실에 대한 공포를 의식해야 한다. 그러한 공포를 잃어버리는 순간, 냉소주의가 개선가를 울릴 것이다. 우리들 '인간'을 태우고 표류하는 배가 난파할 것이다."[2]

1 프리모 레비, 이현경 역, 『이것이 인간인가』, 돌베개, 2007, 338면.

2014년의 4.16 참사는 이와 같은 경고를 무섭도록 섬뜩하게 현실로 바꾸어 우리의 눈앞에 재현하였다. 그리고 더욱 절망적인 것은, 이 사회적 공모에 의해 표류된 배에서 가장 먼저 침몰한 '인간'의 대다수가 가장 어리고 가장 책임 없는 영혼들이었다는 점이다.

이경수는 「곤경을 넘어 애도에 이르기까지」에서 "1980년대의 문학에 '광주'가 깊은 상처로 아로새겨졌듯이 2014년 이후의 우리 문학은 '세월호'의 기억에서 자유로울 수 없을 것"[3]이라 말한다. 4.16 참사가 우리에게 남긴 부자유함이라는 감정은, 우리가 이 체제와 현실을 구성하였으며, 지금과 같은 사회의 시스템 속에서는 언제라도 이와 비슷한 사건이 일어날 수 있다는 비참함에 기인한다. 어디서부터 끊어내야 할지 모를 정도로, 이 아프고 비참한 현실에 우리는 너무나 깊이 연루되어 있는 것이다.

이와 같은 깊은 연루에서 작가들, 문학을 하는 자들의 '곤경'의 지점이 생겨난다고 이경수는 말한다. "막막하고 암담한 현실을 버티며 살아갈 힘이 되어 주었"던 글을 쓰는 행위가, 암담한 현실과는 다른 자리에 있다고 생각했던 문학의 자리가, 실은 '막막하고 암담한' 현실을 구성하는 한 행위이며 그것이 벌어지는 무대에 불과하지 않았나, 라는 자기 환멸에 우리는 사로잡혀야 했다.

이경수의 글은, "이 곤경을 어떻게 통과하느냐에 따라 전혀 다른 세상과 만날 수 있는 접촉지대"가 열릴 수 있는 가능성을 물으며, "곤경을 넘어설 수 있는 가능성은 쓰고 읽고 나누며 기록하고 기억하는

2 위의 책, 340면.

3 이경수, 「곤경을 넘어 애도에 이르기까지」, 『문학수첩』, 2015년 가을, 이하 출전 없는 인용문은 이 글에서 인용함.

길밖에 없음"을 아프게 재확인하는 적실한 탐구의 소산이다. 슬픔과 자기 환멸을 넘어, "다른 세상"으로 열리는 문을 발견하고자 하는 글쓰기, 다시는 '그런 일'이 일어나지 않는 세상을 바라는 그의 아픈 "고백"을 읽으며 함께 곤경 앞에 선 사람으로서, 나는 숙연해진다.

'다른 자리'의 가능성—우리는 공전한다, 우리는 공존한다

「곤경을 넘어」에서 주목하고 있는 것은, 4.16 참사 이후 "현실이 문학을 다른 세상으로 이끄는" "다른 자리"가 서서히 탄생하고 있다는 점이다. 이경수는 4.16 이후의 문학적 행적을 "시인, 소설가, 비평가들을 중심으로 이루어진 자발적인 문학 활동"이며 "기억의 투쟁이라고 부를 만한 것"이라 정의한다. 세월호와 관련한 문학적 실천의 행적을 그가 성실하게 따라가며 '기록'하고 있는 것은, 그 또한 이 '기억의 투쟁'에 함께하고 있기 때문이다. 특히 이 글에서 그가 주목하고 있는 것은, '304 낭독회'와 '생일시 쓰기'라는 시민들과 함께하는 문학 활동이다.

이경수가 언급하고 있듯, 시민들과 함께 하는 공간에서 작가들이 연대하는 형태의 문학적 실천이 이루어지는 '304 낭독회'의 시작은, 2009년의 '6.9 작가선언'의 형태와 닿아 있다. '6.9 작가선언' 이후 작가들은, 선언을 단지 '말'에 그치지 않는 것으로 만들기 위한 고민과 활동을 '작가선언 6.9'의 이름으로 1년 이상 지속시켰다. 용산 참사 현장의 릴레이 시위와, 용산 참사를 추모하고 환기하기 위한 북콘서트, 릴레이 기고 등이 이어졌고, 이 작업을 정리하여 『이것은 사람의 말』

(작가선언 6.9, 이매진, 2009), 『지금 내리실 역은 용산참사역입니다』(작가선언 6.9, 실천문학사, 2009)라는 출판물로 간행하기도 했다. 이후 4대강 사업 저지를 위한 소리영상제와, 낙동강 도보 순례 등도 이 모임을 통해 이루어졌다.

어떤 조직이나 기존의 모임에서 시작되지 않은 젊은 작가들의 주도와 자발적 참여로 이루어진 이 활동에서 가장 치열한 의제 중의 하나였던 것은, 한 사람의 '시민'으로서 첨예한 정치적 공간에 함께하는 것과, '작가'로서의 정체성을 지니며 발언하고 쓰는 문제를 어떤 방식으로 결합시킬 것인가 하는 것이었다. 이 경험에 대해 2000년대 말미의 '문학과 정치' 담론을 이끌었던 주요 논자였던 시인 진은영은, "우리는 그 작은 사건 속에서 문학과 정치에 대해 우리 나름의 방식으로 예민해졌고, 많은 것을 배우고 사유하도록 강제되었다"[4]고 표현한 바 있다.

'작가선언 6.9'의 모임에서 촉발되어 결성된 '1월 11일' 동인을 중심으로 하여, 2010년 말부터 철거가 예정되었던 홍대 앞의 두리반에서 약 8개월간 진행한 '불킨 낭독회'와, 명동 재개발 지역의 마리카페에서 열렸던 '말이(Mari) 낭독회지'와 같은 낭독회에는 작가들과 예술가들, 시민들이 자유로운 형태의 낭독과 공연을 통해 만나면서 문학과 예술이 이루어지는 장소에 관한 새로운 사유와 형태를 경험하였다. 제주 강정의 해군기지 건설로 파괴될 마을 공동체 복원을 위한 대안적 운동으로 시작한, 2012년 이후의 '강정 평화 책마을 만들기' 프로젝트 또한 작가들이 참여하여 함께 해나간 활동이다.

4 진은영, 『문학의 아토포스』, 그린비, 2014, 38면.

그러나 2008년 시작된 이명박 정부 이후, 진은영의 말처럼 '문학과 정치'에 관한 사유를 그 이전보다 작가들 스스로 첨예하게 '강제'할 수밖에 없었던 이러한 경험들에도 불구하고, 우리가 맞닥뜨려야 했던 것은 2014년의 '세월호 참사'라는 거대한 사회적 재난이었다. 우리는 공전(空轉)하고 있었던 것일까. 문학을 한다는 것은 다만 그 공전을 이루는 하나의 바퀴에 불과한 것일 뿐일까.

이 망연함과 비참함, 그리고 어찌할 수 없는 슬픔은 우리들 사이에 커다란 공동을 뚫어 놓았다. 작가들은 어떤 '말'로서 이 어두운 골짜기를 건너갈 수 있을까. 건너가는 것은 가능한 일인가. 2008년 이후, 이 사회가 진전시켰다고 믿었던 민주주의가 빠르게 퇴행하는 것을 지켜보면서, 작가들의 위와 같은 활동들이 무력화되는 현실을 연이어 경험하면서, 생겨나고 있던 피로감 위로 4.16 참사라는 비극적인 슬픔의 그림자가 우리 전체를 덮은 것이다.

최근 이경수의 글쓰기는, 이 슬픔의 그림자를 걷어내고 비극의 골짜기를 건너가려는 자가 지니는 순례자의 태도를 보여주고 있다. "당위와 윤리의 차원을 넘어서 서서히 다른 세상이 열리고 있다고" 고백하는 그의 글은 혼란스러운 파열 속에서 새로운 세상의 언어를 끌어오는 시의 언어를 닮아 있다. 11번째 '304 낭독회'에서 심보선은 4.16 이후의 예술에 대해 다음과 같이 말한다. "우리는 예술의 도구를 손에 쥐고 혼란스러워할 것이다. 이 혼란은 아주 오래갈 것이다. 그리고 이 혼란을 숙명처럼 감수해야 한다는 것을 알게 될 것이다. 우리는 마치 순례자의 지팡이처럼 예술을 대하게 될 것이다. 순례자의 지팡이가 그의 순례길에 특별한 상징인 동시에 그의 걸음을 돕는 유용한 도구에 불과한 것처럼. 순례자의 지팡이에 푸른 싹이 돋는 죄씻김의 기적이 일어날 때까지, 그 다다를 수 없는 장구한 시간 동안, 그것은 그저 죽은 나무로 만든 볼품없는 지팡이에 불과한 것처럼."[5]

이경수는 그의 비평을 통해 4.16 이후 문학이 겪고 있는 '숙명'과 같은 혼란과, '죄씻김'에 다다르기 어려운 순례의 길에 동참하고 있다. 이 '볼품없는 지팡이에 불과한' 문학과 시를 쓰다듬고, 그것을 들여다보고, 푸른 싹이 돋을 때까지 손에서 놓지 않겠다는 순례자의 눈길과 손길로 4.16 이후의 문학을 우리 앞에 펼쳐 놓는다.

세월호 참사 이후의 시 쓰기에 대해 논한 또 다른 성실하고 정밀한 글인 「현실 접속의 실재와 증언문학의 가능성－세월호 참사 이후의 시적 실천을 중심으로」(『서정시학』, 2016년 봄)에서, 이경수는 이렇게 쓴다. "오늘의 시와 문학이 담담히, 고통스럽게, 고요히 이 길을 걷기 시작했다. 이 길이 우리를 어디로 이끌지는 알 수 없지만, 그래서 두렵고 망설여지지만, 두려움과 망설임을 안은 채 느리게 오래오래 이 길을 걸어야 할 것 같다. 다른 미래를 상상하는 일이 아직도 가능하다면 이 느리고 오랜 걸음이 향하는 곳도 그와 다르지 않을 것이다"라고.

그 또한 시의 이 고통스럽고 고요한 순례의 길에 함께 할 것이다. 느리고 오래 걷는 일에 대해서라면, 그리고 그것이 문학을 통해 가능한 것이라면, 이경수만큼 그 일을 담담하고 고요하게 해왔으며 앞으로도 성실히 해나갈 것이라는 믿음을 주는 이를 나는 떠올리기 어렵다.

5 심보선, 「안산 순례길에 부쳐」, 『11번째 304 낭독회 - 멀리, 아주 멀리 있다고 해도』, 304 낭독회, 2015.

'너머'를 상상하기 위한 비평의 윤리

이경수의 「곤경을 넘어」와 그가 지금까지 써온 글들을 읽으며 비평의 윤리란 것에 대해 생각해 본다. 그리고 떠오르는 이야기가 있다. 지나가는 나그네를 집에 초대한다고 데려와 쇠침대에 눕히고는, 침대 길이보다 짧으면 다리를 잡아 늘이고, 길면 잘라 버렸다는, 프로크루스테스의 침대에 관한 이야기. 이경수의 비평의 언어는 저 신화 속의 푸로크루스테스의 운명을 떠올리게 한다. 그는 테세우스에게 자신이 나그네에게 행했던 것과 똑같은 방법으로 죽임을 당한다. 자신의 척도가 곧 자신에게로 돌아와 자신을 해치는 운명. 마치 그 결말을 알고 있는 듯한 언어들.

이경수는 자신이 초대한 텍스트에, 시에, 창작자에게 겨누는 자신의 언어를 정확히 자신에게로 되돌려준다. "나의 언어가 체제의 언어를 닮아 있지는 않은지, 방기와 기만이라는 방식으로 적당한 저항의 흉내를 내고 있는 것은 아닌지, 좀 더 날카롭게 벼려진 눈길을 우리 자신에게 돌릴 것"[6]을 그가 문학에 요구할 때, 그는 언제나 동시에 자신에게 그 요구를 되돌린다. 그가 4.16 참사 이후 '접촉지대'에서 생성되는 새로운 문학적 실천을 적극적으로 호명하고, 거기에 비평의 언어를 통해 가치를 부여하고 있는 것은 그러한 명명-이름 붙이기만이 이 무력하고 투명해 보이는 문학적 행위들을 실체화하는 비평적 실천임을 알고 있기 때문이다.

한 좌담에서, 4.16 참사를 통해 그리고 그 이후 지속적으로, 국가의

6 이경수, 『춤추는 그림자』 서문, 서정시학, 2012.

방기와 권력의 삭제에 의해 존재를 소거 당하고 목소리를 말살 당하는 시민들에 대해 시인 함성호는 국가가 우리를 '투명인간' 취급하는 것 같다고 언급하였다. 같은 자리에서 비평가 황현산 역시, '304 낭독회'와 같은 행위를 '투명인간들이 소리 안 나는 소리로 낭독하는 것'과 같다고 말하였다. 이런 '악조건' 속에서 필요한 것은 '시인과 시인들 간의 만드는 작업'(함성호)이며, '완벽한 절망 속에 너무나 작고 쓸모없는 일처럼 보이는 일을 지치지 않고 에너지로 만들어가는 힘'(황현산)이라는 것이다.[7] 그러나 이 무력함과 투명함을 함께 겪는 이들이 없다면, 이들의 목소리를 들어주고, 그것을 호명하는 행위가 없다면, 쓰는 이들 그리고 말하는 이들의 힘은 어디서 비롯될 것인가.

이경수는 "그러므로 우리가 목격하고 경험한 저 사건을 기록하는 일도 비단 시인, 작가들만의 몫은 아닐지도 모르겠다"고 말하는데, 그러므로 그 또한 기록한다. '304 낭독회'에서 낭독되었던 이영광, 진은영, 권혁웅 등의 시가 무엇을 기록하고 있는지 기록한다. 국가가 숨기고, 삭제하고, 침몰시키려 했던 진실을 되살리는 투쟁을 이영광의 시가 해내고 있음을 기록한다. 매도하고, 조롱하고, 진압하는 말들이 아니라 위로하고 공감하고 아름다움을 건네는 말들이 우리에게도 아직 남아있음을 진은영의 시가 증명하고 있음을 기록한다. 우리의 추악함에서 우리를 구원할 것은 우리의 믿음뿐임을 권혁웅의 시가 애써 말하고 있음을 기록한다.

왜 기록해야 하는가? 그들에게 말이 주어지지 않았기 때문이다. 희생자들에게는 죽음으로, 남아있는 자들에게는 망각으로, 말들이 지워

7 황현산·함성호·하재연 대담, 「소통·타자·감각」, 『현대시학』, 2014년 12월.

져 버렸기 때문이다. 그것은 도처에서 다른 말들로 되살아났다. 휴대폰 기록으로, 증언으로, 다큐멘터리로, 시로, 낭독으로. 그리고 되살아날 것이다. 우리의 상상과 믿음 그리고 시가 이 사라진 말들을 되살릴 것이라고 이경수의 글은 우리에게 말한다.

이경수의 비평에서 우리가 가장 자주 마주치는 것은 '너머'에 대한 그의 상상이다. "문학 너머의 문학, 즉 문학 너머를 상상하고 문학이 아닌 다른 무엇이 될 수 있는 문학의 무궁무진한 가능성"을 그는 꿈꾸어 왔으며 "분석 너머를 추구하는 비평"을 하고자 하며, "문학은 늘 삶과 마주치면서 삶 너머를 추구해 왔음"(『춤추는 그림자』)을 잊지 않는다.

그의 비평에서 기억의 투쟁을 기록한다는 것은 과거에 관한 상상의 지평을 마련하는 일이며, 미래를 향한 상상의 가두리를 넓히는 일이기도 하다. 과거는 지속되는 현재이며, 그는 미래로 통하는 시간을 열어두기 위해 '너머'를 이야기한다.

그의 비평은 꿈꾸는 일을 다만 꿈의 언어가 아니라 현실의 언어로 수행하기 위한 성실한 실천이다. 그 또한 시의 꿈을 같이 꾸며 미래의 시간으로 통하는 가느다란 통로의 빛을 발견하려고 한다. 오직 이러한 실천을 통해서만 현재의 참혹함은 견딜 수 있을 만한 시간이 된다.

곤경을 넘어 애도에 이르기까지, 아직 이르지 못했을지라도 그 이르는 과정에 함께 하겠다는 것이 아마 그의 비평적 다짐일 것이다. 곤경 속에서는 한치 앞도 보이지 않는다. 다만 갈팡질팡할 수 있을 뿐. '애도'로 나아가야 하는 것은, 미래에 이르기 위해서이다. 죽음으로 죽음을 가리지 않고, 죽음과 삶이 '접촉'할 수 있는 장소를 마련하여, 삶이 가능한 미래를 꿈꾸기 위해서다.

"암흑과 같은 시간에도 내 동료들과 나 자신에게서 사물이 아닌 인간의 모습을 보겠다는 의지"[8]를 갖기 위해 우리는, 국가와 권력에 의해 소거되는 장소들의 사이에서 시를 읽을 것이다. 곧 사라질지 모르는 임시적이고 헐거운 꼬뮨을 통해 "공동의 공기"를 호흡하며, 그 희박한 공기의 힘겨움에 대해 이야기할 것이다.

"'파도처럼 펼쳐지는 어둠' 속에서 사라지지 않기 위해서라도" 다시 광장에서, 햇살 앞에 낯을 드러낸 채로, 우리가 가진 "부끄러움"을 드러내고 "말할 수 없음을 말"할 것이다.

8 프리모 레비, 앞의 책, 307면.

미래시제로 수행하는 빛의 투시, 그리고 비휴머니티적으로 웃기

— 송승언, 『사랑과 교육』(민음사, 2019),
신해욱, 『무족영원』(문학과지성사, 2019)

망한 놀이공원 같은 세상(「구원이 끝나는 밤」)의 끝 이후는 어떨까? 인류 이후의 세계란 무엇일까? 인간의 소멸을 생각할 때 영혼이란 말은 어떤 의미가 있을까? 아니 이 지경이 되어서도 이 세상은 왜 망하지 않을까(벌써 망해야 했을 텐데)?

죽음이라는 인간의 유한한 조건을 살에 닿도록 실감하게 하는 사건들을 접하며, 지금이 재난과 재앙의 시기인가 아닌가를 짚어보며, 반복적으로 나의 내부에서 떠오르는 이 물음들에 대해, 송승언의 『사랑과 교육』(민음사, 2019)은 아주 흥미로운 그만의 발화를 들려준다. 이 목소리들은 해부된 시체(「커대버」)의 시점을 가졌거나, 사후적 관점(「사후적 관점」)에 서 있거나, 인간-기계를 초월할 수 없으나 초월을 상상하는 자의 눈(「내가 없는 세계」)을 지닌 유령의 것처럼 출몰한다.

그의 첫 시집 『철과 오크』(문학과지성사, 2015)에서 구축된 세계의 인공적이면서도 경건한 이미지는 쉽사리 규정하기 어려운 독특함을 갖고 있었다. 아마도 시집에 묘사된 세계와 그를 관조하는 시선이, 마치 게임의 끝 이후에 불타버린 세계와 종말을 맞은 캐릭터들을 여전히 무심하게 그러나 사랑에 연루되었던 기억을 거두지는 않고 바라보는 자의 눈길 같았다.

『사랑과 교육』에서도 송승언의 이 같은 태도와 발화법은 여전히 선명한데, 더욱더 뚜렷해진 것은 이 발화에 거의 과거에 관한 진술이라고 할 만한 것이 보이지 않는다는 점이다. 아니 과거를 진술한다고 해도 진술의 시점이라는 것이 특이하다. 사건이 이러이러하게 발생했고 전말은 이러이러했다, 는 과거의 시제가 아니라 모든 사건의 종료를 지켜보는 사람들을 바라보는 누군가의 시점으로 서술되고 있는 것만 같다. 사건은 종료되었거나 끝을 맞았다—이후에도 인간은 존재하거나 존재하지 않는다—인간의 비존재 이후에도 세계는 존재한다는 시점. 그러니 이 시집은 사후(死後)거나 사후(事後)의 시제로 서술된다.

가령, "왜 졌을까 없는 본진으로 돌아가며 패잔병들은 생각한다 사람이 죽으면 밤하늘의 별이 된다는 옛이야기 대신에 땅에 남은//시체들을 돌아가며 생각한다, 그리고/시체를 뚫고 기어나오려는 생각들을 바라본다//파편화//영혼이 떠나간 친구들과/길 잃은 패잔병들을//그것을 보았을 때는 이미 지평 너머로 별들이 한차례 퍼붓고 난 이후"(「별들이 퍼붓고 난 이후」)라고 서술하는 시를 보자. 밤하늘의 별은 없고 지상에 시체들은 남아 있다.

빛나는 영혼의 존재는 확인할 수 없으나, 인간의 죽음 이후에도 "기어나오려는 생각들"은 일종의 물질과 같은 것이다. 죽음은 인간/비인간, 생명/비생명을 가르지만, 물질의 세계에서는 영혼조차 다만 하나의 무의미한 파편이자 조각일 것이다. 그렇다면 퍼부은 별들은 영혼일까? 아닐까? 알 수 없다. "그것을 보았을 때"의 이후에 서 있는 마지막 시선이 패잔병들의 것인지, 아니면 친구들의 죽음을 영문도 모른 채 바라보는 패잔병을 응시하는 또 하나의 더 큰 (바깥의) 외부에서 온 것인지 알 수 없는 것과 같다.

그러므로 『사랑과 교육』의 시들은 "내가 아는 세상이 멈춘 뒤에도" 계속될 "내가 모르는 세상"(「이후에」), 이 망한 세상 '이후'를 상상하고자 한다. 미래시제로 우리에게 도달하는 시들. 전투가 끝난 후에도, 컴퓨터의 전원이 꺼진 후에도, 문명의 종말 이후에도, 삶은, 모니터 바깥의 삶은, 인간 바깥의 삶은 계속되지 않겠는가?

*

종말과 재앙 이후에도 구원이 없다면, 인간은 그것을 어떻게 견딜 수 있을까? "기도는 언어를 버리고" "구원받지 못한 이들"로서만 "희망의 의미를 알게" 되는 것이라면, 우리는 이 "밤의 설산"과 같은 무의미 속에 무엇을 사랑할 수 있을까(「구원이 끝나는 밤」)?

"이후의 죽음을 생각할 게 아니라 죽음의 이후를 생각해야 한다"는 말의 의미에 대해 곱씹는 것은 이 질문에 대한 대답을 찾는 행위이다. "죽은 사람이 살아서 오지는 않"는다는 엄연한 현실 앞에서도 "그 말을 핥다가 삼켰다가 씹다가 토까지 해"보는 것이 지상의 생을 부여받은 인간이 할 수 있는 일일 것이다(「몇 년 전, 장례식 있었던 무렵쯤」).

몇 편의 시들에 오마주처럼 등장하는 이상의 시에서 "제가생각하는꽃나무에게갈수없"어도 "제가생각하는꽃나무를열심으로생각하는것처럼열심으로꽃을피워가지고섰"는 꽃나무처럼, 그 "한꽃나무를위하여" "막달아나는"(이상, 「꽃나무」) 사람처럼, 송승언 시의 화자들은 "없는 계절의 꽃을 피우기 위해", '생각'한다. 비록 생각하는 행위조차 "신이 된 체제로부터" "생각되는" 수동성, 기계와도 같은 수동성을 피할 수 없는 것이라 할지라도 말이다(「내가 없는 세계」).

이 생각 속에 자주 등장하는 빛의 이미지는, 죽음 이후의 무의미를 넘어 존재하는 세계를 시 속에 감광하고 투시하려는 시인의 노력의 소산이라고 여겨진다. "오지 않은 것들을 모두 보고/(중략)/잠시 무엇이었던 내가/나 아닌 무엇이 될 때까지" "잠시만 나를 견"(「나 아닌 모든」)디는 타오르는 모닥불, 나를 태워 나 아닌 것들을 밝히는, 랜턴의 빛.

『사랑과 교육』의 시들이 풍기는 자조적이면서 경건한, 유머러스하면서도 성스러운 느낌에는 많은 부분 이 너울거리는 빛의 감각이 함께하고 있다.

존재를 태우기도 하고 비추기도 하는 빛의 역설은 유리세계에서 극대화된다.

> 진실은 깨진 유리이고 광선은 깨진 유리를 관통합니다. 없는 것들의 존재 가능성이야말로 광선이라는 것을 우리는 광선을 통해 받아들일 수 있습니다. 그것이 우리가 흔히 말하는 비전이라는 것입니다.
>
> —「유리세계」 부분

"비전 속에서 당신이 본 것들을 믿지 마십시오"라는 시인의 진술처럼, 이 시의 단정적 진술 또한 부정되기 위해 서술되고 있는 것처럼 읽힌다. "부서진 유리 조각들처럼 연대"할 때만, "깨어진 진실이라도 반드시 무언가를 비춘다"는 불완전한 진실에 다가설 수 있겠지만, 그러한 비전조차 "그것은 깨어진 것이라서 그것은 경험될 수 없"다는 지독한 아이러니 속에 있다. "죽음은 우리를 외롭게 하고/죽음이 우리를 강하게 합니다"라는 근본적 역설 속에 우리의 삶이 시계추처럼 진자 운동을 하고 있는 것처럼 말이다.

앞부분에서 나는 물었다. 종말과 재앙 이후에도 구원이 없다면, 인간은 그것을 어떻게 견딜 수 있을까? 이 역설의 차가움, 생의 추위를 견디는 방식으로 그는 시를 쓴다. 죽음이 우리를 외롭게 하지만, 강하게도 한다는 것 어느 한 편에 시의 무게 추를 드리우지 않으며 양쪽 모두를 침착하게 바라보면서.

> 읽어 보진 않았겠지만 분명 슬픈 이야기겠지
> 너는 눈을 비비며 하품을 했고
> 우리는 함께 옥상으로 올라가
> 우리의 작은 눈으로는 다 볼 수 없는 세상을 보았다
> 고가도로 아래 흘러가는 내로
> 물오리들이 흘러가고 있었다
> 어제와 다르지 않은 풍경이지만
> 그래도 좋구나
> 말했다
>
> —「액자소설」 부분

우리가 사랑하고 가슴 아파하고 불안해하는 이 모든 일은 사람의 일이어서 더 넓은 (비인간적 또는 범우주적) 관점에서 보자면 결말이 정해진 액자소설과 같을 수 있다. 끝을 변화시키기 어려운 인간의 운명 안에 우리의 삶은 정향되어 있는 것이다. 무릇 우리가 속해 있는 세계를 우리의 눈으로 다 볼 수 없듯이, 아무리 인간의 상상력으로 투시해

내고 감광해내려 할지라도, 그 프레임 바깥의 것들을, 보이지 않는 것들을 보는 일은 가능하지 않다. 적어도 일상의 질서 안에서는.

그러나 죽어가는 과정이라는 삶의 당연한 시간의 논리에 참여하는 순간에조차 "나는 죽어간다 또는/내가 죽었구나//그렇게 생각하기/멈추기"(「활력 징후」)를 하는 것은 "어제와 다르지 않은 풍경이지만/그래도 좋구나"라고 말하는 것과 같다. 생각하고 멈추는 순간의 틈에서, 다르지 않아도 좋다고 말하는 순간의 틈에서, 액자소설 속의 풍경에 금이 그어진다. 풍경의 금은 액자 속 인물들의 삶을 변화시키지는 못하지만, "프레임 바깥으로 흘러"(「활력 징후)」가는 비눗방울들처럼 이 오래된 무한 반복을 묘하게 어긋나게 비추어낸다.

죽어가는 것들의 활력이라는 아이러니 속에 죽음도 부정하지 않고 활력도 부정하지 않는 시인의 태도는 그리하여 그 양가성 너머의 것에 가닿는다. 좋다는 감각의 유한성을 받아들이고서만, 그 좋음을 생각하고 발화할 때만, 인간은 유한성 너머의 것과 닿는다.

> 세상은 좋은 모든 것들 내게 주고
> 나쁜 모든 일들 겪게 만들지
> 이 악마적인 힘
> 나는 좋을 거야. 좋다는 감각이 다 사라질 때까지. 그리고 무한한.
>
> —「아스모데우스」 부분

인간이 짐승이기도 하고 천사이기도 하다는 것. 좋은 모든 일들과 나쁜 모든 일들을 동시에 겪을 수 있다는 사실을 가장 구체적으로 경험하게 해주는 것은 삶이지만, 그것을 그려내 우리 앞에 펼치는 것이 시의 언어가 할 수 있는 일이다. 그리고 "그 일은 일어나지 않았지만/일어났어야 할 일이 있다는 것만으로도 우리는 살아갈 수 있는 것 같다/그렇게 생각해"라고 말하는 송승언의 시는, "어떤 길일지 예상되지 않던 곳을 넘어" "조금 더 걸어"가 보는 생각의 모험이다(「천막에서 축사로」). "없을 혁명을 연습"(「빛의 모험」)하는 빛의 투시에 다가가고자 하는 모험.

**

우리말이 가질 수 있는 느낌의 깊이와 넓이가 있다고 한다면, 신해욱의 시들은 아주 촘촘한 말들의 그물을 만들어 그 깊은 바닥까지 드리우다가 기어이 더 깊은 바닥 아래로 파헤쳐 내려가고야 만다. 입말과 글말 사이를 넘나들면서, 꿈과 꿈 바깥의 이미지를 얼기설기 엮으면서, 사람과 사람 아닌 것의 느낌을 중개하면서 말이다. 그의 시들에는 시간과 물체가, 관념과 물질이, 감각과 경험이, 장애물 없이 유동하며 흘러다닌다. 마치 시의 언어만이, 한국시의 언어만이, 신해욱 시의 언어만이, 그럴 수 있다는 것처럼.

> 아케이드를 걸었다
>
> 가게가 많았다
>
> 물건이 많았다
>
> 사고 싶은 것도 많았는데 잘 떠오르지는 않았다

시간이 흐르고 있었다

무지개떡 같은 것
리본 같은 것
아니면 장래 희망 같은 것

웃음이 나려고 했다

주마등 같은 것
축복 같은 것
휘두를 수 있는 낫과 호미와
녹다가 만 얼음 같은 것

아케이드를 걸었지 허락도 없이

전단지를 밟았다

비닐우산이 일제히 펼쳐지는 소리를 들었다

영원한 충격에 사로잡힌 얼굴을 보았다

아케이드를 걸었다

누구나 나를 앞질러 갔다

시간이 흐르고 있었다

—「아케이드를 걸었다」

아케이드를 걷는 화자에게 시간은 "흐르고 있었"고 "누구나 나를 앞질러 갔"지만 "녹다가 만 얼음 같"이 시간은 또 멈추어 있다. "비닐우산이 일제히 펼쳐지는" 소리를 듣는 순간의 감각은, "영원한 충격에 사로잡힌 얼굴"을 목격하는 무한의 감각과 함께 있다. 사고 싶은 것은 "무지개떡", "리본", "장래 희망" 같은 것. 이 이상하게 비슷하고 전혀 다른 몽글몽글한 물질과 관념들. "주마등", "축복", "휘두를 수 있는 낫과 호미"와 같은 찰나적이고 구체적이지만 또 신기하게 잡히지 않는 것들.

가게가 많고 물건이 많은 아케이드처럼, 신해욱의 『무족영원』(문학과지성사, 2019)은 우리의 세계에 감추어진 이 무한히 영원할 것 같은 사물과 감각의 목록이 길게 길게 이어지고, 서로가 서로를 증명하면서 넘나든다. 발은 없지만 입과 꼬리가 서로를 맞물며 이어지는 무족영원(의 이름을 지닌 생물이 실제로 그렇다는 게 아니라 말의 느낌이 그렇다는)의 몸뚱어리와 같이 단어들이 꿈틀거린다. 이 꿈틀거림을 전하기 위해 시인은 "녹다가 만 얼음"의 느낌을 감각할 수 있는 사람이 되고자 하는 것처럼 보인다. 아니, 가능한 한 사람에서 멀어지려 하는 것처럼도 보인다.

"음을 영원히 놓친/가수"가 아니라 "가수의 표정"만이 허락되는 세계란 어떤 세계일까. "깊은 잠을 자는 개의 규칙적인 숨소리 옆에" 나란히 있을 수 있는 그런 세계. 가수는 노래 부르는 자로서 실패하였을지는 모르나 그 실패로 인해 영원이라는 하나의 표정을 완성하였다. 완성에 다다르지 못하는 인간인 '나'는, 그러나 "무족영원의 순간"이라 중얼거려보면서 인간의 말로는 설명되지 않는 영원의 구체성 한 끄트머리를 그려낸다(「무족영원」).

***

21세기의 아방가르드란 어떤 모습일까 상상해본 적이 있다. 실은 상상이 되지 않았다. 언어나 기존의 예술 형식으로는 불가능한 것이 아닐까 생각했었던 것 같다. 외계어, 제7의 감각, 아니면 어떤 물질 변환 능력 같은 초광학적 형식(이라는 무슨 과학적 매체가 있다는 것이 아니라 단어의 느낌이 그렇다는)을 이용한 무엇? 그러나 그건 이미 아방가르드라는 예술의 형식이 아닌 영역일 텐데.

『무족영원』의 어떤 시들이 빚어내는 감각은 마치 이와 비슷한 능력들을 잠시 꿈에서 빌려온 자의 목소리를 내는 듯하다. 이 세계는 그러므로 전혀 말쑥하지 않고, 매끈하지도 않은데 이 이상한 불연속과 기이한 봉합면이 세계를 초광학 현미경으로 들여다보는 자의 눈으로 본 것처럼 극/초사실적으로 재현된다.

죽은 채로 들어와서 죽은 채로 퇴장하는 피조물을 위해
우리는 다 같이 야맹증을 앓아야 한다

그런 피조물의 등은
도무지 아름답지 않을 수가 없기 때문이다

타 넘고 싶은 유혹이 간절해서
눈을 뜨고 또 떠도 차마
본 것만 말할 수는 없기 때문이다

귀를 파고 또 파도
터널을 뚫을 수는 없기 때문이다

오늘 밤만, 부디 오늘 밤만

먹을 갈까

곡을 할까

그런 피조물의 삶은
도무지 추체험을 할 수가 없고

그런 피조물을 위한 노래는
너무 짧아서 끝을 맞출 수가 없고

—「레퀴엠」

그런데 여기 극/초사실적으로 재현된 인간 세계의 풍경을 보는 나-인간 독자는 왜 이렇게 웃기다가 슬퍼지는가. 무한한 파도가 왔다 가는 해변의 어린아이처럼, 쌓아 올린 모래성을 신이 나서 바라보다, 파도에 쓸려간 그것을 망연자실 보고 있는 사람처럼. 아마 그건 "야맹증을 앓"아도, "귀를 파고 또 파도", "먹을 갈"고 "곡을 하"더라도, 우리가 "그런 피조물의 삶"을 "도무지 추체험을 할 수가 없"는 어쩔 수 없는 인간이기 때문일까. "그런 피조물을 위한 노래"를 부르고자 해도 "너무 짧아서 끝을 맞출 수 없"기 때문일까.

그러므로 신해욱의 시들은 "차마/본 것만 말할 수는 없"음을 알아버린, 그리하여 비록 허물어지고 계속되지 못할지라도 "오늘 밤만, 부디 오늘 밤만" 이 '아름다운 등'을 가진 피조물을 위해 노래를 부르는 자의 꿈의 목소리일 것이다.

"우리를 이루는 서로 다른 물질"에 대해 알면서도 "아름다운 지팡이의 끝으로 흙바닥에 뭔가를 적어보려" 하는 자를 이해하고자 하는 몸짓, "같은 시간의 같은 사건 속에 우리가 엮일 수는 없"음을 알면서도 "떠날 준비를 하다 만 자세로 지팡이에 의지하여 늙어가는" 사람의 기분. 『무족영원』의 말들은 이 몸짓과 기분으로 존재하고자 한다. "좋은 생각이 나려고 하"지만 결코 좋은 생각에 다다르지 않는 그 사이 어딘가에서, "놓고 왔을 리가 없"음에도 계속해서 "뒤를 돌아"보면서(「여름이 가고 있다」).

****

> ……다리 에메랄드 네덜란드 열대요란 광대버섯 네 글자로 이루어진 고독의 무한한 목록 뭉게구름 허무맹랑 돈을새김 삼강썸머 강아지풀 삿갓조개 맨드라미 아스피린 지나갔다 몽고메리 물병자리 가로무늬 아네모네 가까스로 동그라미 모눈종이 침사추이 두루마리 바리…… ……이스 마스카라 파우스트 스크래치 모데라토 차이밍……기잠자리테 립반윙……
>
> —「뒤표지 글」

그러므로 이 "네 글자로 이루어진 고독의 무한한 목록"은 시인이 건져올린 이 세계를 이루는 "삶"과 "영혼", "물질"과 "무기질"의 한 목록일지라도, "가까스로" 여기 백·색·종·이에 대·롱·대·롱 걸려 있을 뿐, 다만 지나가는 것들임에 분명하다. 그 목록에 존재하는 것들은 "홍청망청 쏟아지"고 "곤드레 만드레 흘러내리는 것들"이라서 어떤 초인간의 능력을 발휘해 봐도(「파훼」), 아무리 꿈의 목소리를 빌어와 재현해 보려 해도, "늦었지 이미. 늦은 것이다", "멀었지 아직. 먼 것이다". 시를 통해서만 가능할지라도, 그 형체들은 이미 시 속에서 "개미지옥"처럼 빠져나올 수 없이 무너질 뿐이고, "둥글고 끝이 나지 않"는 지구처럼 시의 말들은 끝없이 "손가락을 빠져나간"다(「어디까지 어디부터」).

그렇다면 또 어찌해야 할까. 세계의 이 "깨진 맥락과. 무너진 간격과. 삭제된 심층"(「정오의 신비한 물체」)에 우리는 어떻게 다가갈 수 있을까.

아니, 이렇게 묻는 것도 어쩌면 "무던히도 지워지지 않는" 20세기적 "진정성의 얼룩"일 텐데(「채색삽화」), 지루하고 지겨운 "휴머니티"(「휴머니티」)의 흔적일 텐데, 어찌해야 "우리는 귤곰팡이색의 몰라보임을 당"하고 "귤곰팡이색의 몰라보임에 길들" 수 있을까(「채색삽화」).

방법이 없는 것 같다. 우리는 "인질로 잡혀 주지육림의 파티에 착석"(「남궁옥분 상태」)한 것처럼, 인간의 몸에 갇힌 인질일 테니 말이다.

만약 당신도 이 휴머니티가 지겹다면, 신해욱 식으로 웃는 수밖에. "시간을 옮겨", "자리를 옮겨", 비록 "틀렸어"(「과자를 주지 않으면 울어버릴 거예요」) 땅을 치게 될지라도, 후회를 하게 될지라도. "*죽을 때까지 오게 되어 있*"는 "*봐주지 않는*" 이 밤의 꿈에 계속 시달리며 "남은 시간"의 이 "무수한 부스러기"들을 돌아보는 수밖에(「놓고 온 것들」).

참고문헌

『가톨릭청년』, 1936.2.
『문장』, 1941.1.

강계숙·최정례 대담, 「기억의 현기증과 만나다」, 『열린시학』, 2008년 겨울.
강헌규, 「소월시 '접동새'에 나온 몇 단어의 어원적 의미에 대하여」, 『한어문교육』 9, 한국언어문학교육학회, 2000.
고려대학교 민족문화연구소, 『한국민속대관』, 고려대학교 민족문화연구소, 1982.
고은, 『이상 평전』, 향연, 2003.
고현철, 「서정주 『질마재 신화』의 장르 패러디 연구」, 『현대문학의연구』 31, 한국문학연구학회, 2007.
구모룡, 「완전주의적 시정신」, 『김춘수 연구: 시인 김춘수 송수기념평론집』, 학문사, 1982.
_____, 「초월 미학과 무책임의 사상」, 『포에지』, 2000년 겨울.
구인회 회원 편집, 『시와 소설』, 창문사, 1936.3.
권영민 엮음, 『이상 전집 1』, 뿔, 2009.
권혁웅, 「한국현대시의 시작방법 연구 – 김춘수·김수영·신동엽의 시를 중심으로」, 고려대 박사학위논문, 2000.
김 억, 「격조시형론소고」, 『동아일보』, 1930.1.16~26, 28~30.
_____, 「시형의 음률과 호흡」(34), 『태서문예신보』 14, 1919.1.13.
김건우, 「한국 전후세대 텍스트에 대한 서론적 고찰」, 『외국문학』 49, 열음사, 1996.
김동환, 「김춘수 시론의 논리와 그 정체성」, 『한국 현대시론사 연구』, 문학과지성사, 1998.
김두한, 「현대시에 나타난 설화의 시적 변용 양상 소고, 『문화와 융합』 6, 한국문화융합학회, 1985.
김선학, 「설화의 시적 수용 – 『질마재 신화』를 중심으로」, 『한국문학연구』 3, 동국대학교 한국문학연구소, 1981.2.
김수명 편, 『김수영 전집 1 – 시』, 민음사, 1981.
________, 『김수영 전집 2 – 산문』, 민음사, 1981.
김열규, 『한국의 전설』, 한국학술정보, 2002.
김영민, 『한국현대문학비평사』, 소명출판, 2000.
김옥순, 「동백의 영웅 이미지와 살 만한 땅을 찾아서 – 송찬호론」, 이화현대시연구회, 『이제 희망을 노래하련다 – 90년대 우리 시 읽기』, 소명출판, 2009.

김용직 주해, 『원본 김소월 시집』, 깊은샘, 2007.
김우창, 「한국시와 형이상」, 『미당 연구』, 민음사, 1994.
김인옥, 「송찬호 시에 나타난 시적 인식의 방향성 연구 – 시집 『붉은 눈, 동백』을 중심으로」, 『한국문예비평연구』 41, 한국현대문예비평학회, 2013.
김인환, 「과학과 시」, 『상상력과 원근법』, 문학과지성사, 1993.
______, 「서정주의 시적 여정 – 『화사』에서 『질마재 신화』까지의 거리」, 『문학과 지성』, 1972년 여름.
______, 「이상 시 연구」, 『양영학술연구논문집』, 양영회, 1996.12.
______, 『기억의 계단』, 민음사, 2001.
김재용, 『백석 전집』, 실천문학, 2012.
김정란, 「20세기 진혼곡 – 노혜경의 시, 영적 이미지 공학과 네이티브 스피킹」, 『뜯어먹기 좋은 빵』, 세계사, 1999.
______, 「몽환적 실존 – 이상 시 다시 읽기」, 권영민 편저, 『이상 문학 연구 60년』, 문학사상사, 1998.
김정신, 「서정주의 『신라연구』 고찰 – 그의 시와의 관련성을 중심으로」, 『우리말글』 45, 우리말글학회, 2009.
김종길, 「시의 곡예사」, 『문학사상』, 문학사상사, 1985.10.
______, 「자연, 시, 동아시아의 전통」, 『2000 서울 국제 문학 포럼 – 경계를 넘어 글쓰기』 1권, 대산문화재단, 2000.
김종호, 「설화의 주술성과 현대시의 수용양상 – 서정주와 박재삼 시를 중심으로」, 『한민족어문학』 46, 한민족어문학회, 2005.
김주수, 「현대시에 나타난 두견 모티브 연구 – 한시의 두견 모티브 수용을 중심으로」, 『민족문화』 36, 한국고전번역원, 2011.
김주연, 「이야기를 가진 시」, 『나의 칼은 나의 작품』, 민음사, 1975.
김주현 주해, 『이상문학전집 3』, 소명출판, 2005.
김진섭, 「기괴한 비평현상, 양주동씨에게」, 『동아일보』, 1927.3.24.
김춘수, 『김춘수 시 전집』, 민음사, 1994.
______, 『김춘수전집 2: 시론』, 문장사, 1984(중판).
김태곤, 최운식, 김진영 편저, 『한국의 신화』, 시인사, 1987.
김학동 외, 『송욱 연구』, 역락, 2000.
김학동, 「신라의 영원주의 – 서정주의 『신라초』를 중심으로」, 『어문학』 24, 한국어문학회, 1971.
김혜순, 『한 잔의 붉은 거울』, 문학과지성사, 2004.
남기혁, 「'신라정신'의 번안으로서의 『질마재 신화』와 그 윤리적 의미」, 『한국문학이론과 비평』 18(4), 한국문학이론과비평학회, 2014.
______, 「서정주의 '신라정신'론에 대한 재론 – 윤리의식과 정치적 무의식 비판을 중심으

로」, 『한국문화』 54, 서울대학교 규장각 한국학연구원, 2011.
노춘기, 『오늘부터의 숲』, 서정시학, 2007.
노혜경, 「미당을 둘러싼 몇가지 문학적 오해에 대하여」, 『인물과사상』 35, 인물과사상사, 2001.3.
______, 『뜯어먹기 좋은 빵』, 세계사, 1999.
문태준, 「서정주 시의 '신라' 표상과 불교적 상상력-시집 『신라초』를 중심으로」, 『인문과학연구』 28, 강원대학교 인문과학연구소, 2011.
문표, 『현대시학』, 양문각, 1987.
문화공보담당관실 편, 『민담민요지』, 충청북도, 1983.
박경수, 「구비설화의 현대시 수용 양상 연구-서정주 시의 여성인물 설화 수용을 중심으로」, 『배달말』 47, 배달말학회, 2010.
박순철, 「두견새 전설과 문학적 수용 및 의상 고찰」, 『한국사상과문화』 41, 한국사상문화학회, 2008.
박용식, 『한국설화의 원시종교사상 연구』, 일지사, 1984.
박윤우, 「김춘수의 시론과 현대적 서정시학의 형성」, 『한국현대시론사』, 모음사, 1992.
박인기, 「이상의 자아인식」, 『한국현대시사연구』, 일지사, 1983.
박재삼, 「특집 현대시의 계보」, 『심상』, 1976.10.
______, 『박재삼 시전집 1』, 민음사, 1998.
박창원 엮음, 『장용학 문학 전집 6』, 국학자료원, 2002.
박현수, 「전후 초월주의의 그늘과 그 극복-박재삼론」, 『한국민족문화』 35, 부산대학교 한국민족문화연구소. 2009.
박혜경, 「시, 허공 중에 떠 있는 말-송찬호의 시들」, 『문학과사회』 13(1), 문학과지성사, 2000.2.
백 철, 「한국문단 십 년」, 『사상계』, 사상계사, 1960.2.
서정주, 「이상의 일」, 김유중·김주현 엮음, 『그리운 그 이름, 이상』, 지식산업사, 2004.
______, 『미당 시전집 1』, 민음사, 1994.
______, 『미당 자서전』, 민음사, 1994.
서준섭, 「순수시의 향방」, 『작가세계』, 세계사, 1997년 여름.
______, 『한국모더니즘문학연구』, 일지사, 1988.
손진은, 「서정주 시와 '신라정신'의 문제」, 『어문학』 73, 한국어문학회, 2001.
송 욱, 『문학평전』, 일조각, 1969.
______, 『시학평전』, 일조각, 1963.
______, 『하여지향』, 일조각, 1961.
송승언, 『사랑과 교육』, 민음사, 2019.
송찬호, 『붉은 눈, 동백』, 문학과지성사, 2000.
송찬호·이희중 대담, 「산경, 새로운 말과 기호의 땅」, 『문학과사회』 13(1), 문학과지성사, 2000.2.
송하선, 「미당의 질마재 신화」 고찰-원형적 심상을 제기한 설화들」, 『한국언어문학』 14, 한국언어문학회, 1976.
신경림 외, 『우리 시대의 시인 신경림을 찾아서』, 웅진닷컴, 2002.
신경림, 「가난한 사랑노래」, 실천문학사, 1988.
_____, 『농무』, 창작과비평사, 1975.
_____, 『달넘세』, 창작과비평사, 1985.
_____, 『새재』, 창작과비평사, 1979.
신용목, 『아무 날의 도시』, 문학과지성사, 2012.
신해욱, 『무족영원』, 문학과지성사, 2019.
심보선, 「안산 순례길에 부쳐」, 『11번째 304 낭독회-멀리, 아주 멀리 있다고 해도』, 304 낭독회, 2015.
심상욱, 「「街外街傳」과 「황무지」에 나타난 이상과 엘리엇의 제휴」, 『비평문학』 39, 한국비평문학회, 2011.3.
심재휘, 「박재삼의 시집 『춘향이 마음』에 나타난 상상력의 구조」, 『상허학보』 28, 상허학회, 2010.
심진경, 「여성적 시의식의 처음과 끝-김정란, 『스·타·카·토 내 영혼』, 노혜경, 『뜯어먹기 좋은 빵』」, 『오늘의 문예비평』 35, 1999.
양왕용, 『정지용 시 연구』, 삼지원, 1988.
양주동전집간행위원회, 『양주동 전집 11: 평론·번역』, 동국대출판부, 1998.
오정국, 『시의 탄생, 설화의 재생-한국 현대시의 설화 수용 연구』, 청동거울, 2002.
오태환, 「혼과의 소통, 또는 무속적 요소의 문학적 층위」, 『국제어문』 42, 국제어문학회, 2008.
유종호, 「비순수의 선언」, 『사상계』, 사상계사, 1960.3.
_____, 「서라벌과 질마재 사이」, 『현대문학』, 2001.2.
_____, 「소리지향과 산문지향-미당 시의 일면」, 『작가세계』, 1994년 봄.
윤석산, 「신라 가요 '처용가'와 '처용 설화'의 현대시 수용 양상」, 『한국언어문화』 17, 한국언어문화학회, 1999.
윤재웅, 「『질마재신화』에 나타나는 '액션' 미학」, 『한국어문학연구』 61, 한국어문학연구학회, 2013.
이경수, 「곤경을 넘어 애도에 이르기까지」, 『문학수첩』, 2015년 가을.
_____, 「현실 접속의 실재와 증언문학의 가능성-세월호 참사 이후의 시적 실천을 중심으로」, 『서정시학』 2016년 봄.
이경훈, 『이상, 철천의 수사학』, 소명출판, 2000.
이광수, 『이광수 전집 1』, 우신사, 1979.
이광호, 「영원의 시간, 봉인된 시간-서정주 중기시의 〈영원성〉 문제」, 『작가세계』, 1994

년 봄.
이명희, 「미당시에 나타난 신화적 상상력」, 『한국시학연구』 4, 한국시학회, 2001.
이보영, 『이상의 세계』, 금문서적, 1998.
이성우, 「수로부인의 변신-『삼국유사』 수로부인의 설화와 현대시」, 『비교문학』 31, 한국비교문학회, 2003.
이숭원, 『정지용 시의 심층적 탐구』, 태학사, 1999.
이승훈 엮음, 『이상문학전집 1』, 문학사상사, 1989.
이승훈, 「김춘수, 시선과 응시의 매혹」, 『작가세계』, 세계사, 1997년 여름.
_____, 「김춘수론-시적 인식의 문제」, 『현대문학』, 1977.11.
이영지, 『이상시연구』, 양문각, 1989.
이창민, 「김춘수 시 연구」, 고려대 박사학위논문, 1999.
이하윤, 「형식과 내용 6-운문과 산문·시가의 운율」, 『동아일보』, 1928.7.6.
이혜원, 「1970년대 서술시의 양식적 특성-김지하, 신경림, 서정주의 시를 중심으로」, 『상허학보』 10, 상허학회, 2003.
이희승, 『국어대사전』, 민중서림, 1982.
임문혁, 「서정주 시의 설화 수용과 시적 효과」, 『국제어문』 12·13. 국제어문학회, 1991.
임우기, 「오늘, 미당 시는 무엇인가?」, 『문예중앙』, 1994년 여름.
임종국 편, 『이상전집』, 문성사, 1966.
작가선언 6.9, 『지금 내리실 역은 용산참사역입니다』, 실천문학사, 2009.
________, 『이것은 사람의 말』, 이매진, 2009.
장덕순, 『한국설화문학연구』, 박이정출판사, 1995.
장만호, 「박재삼 시의 시적 주체와 타자-첫 시집 『춘향이 마음』을 대상으로」, 『우리문학연구』 41, 우리문학회, 2014.
장석주, 『이상과 모던뽀이들-산책자 이상 씨와 그의 명랑한 벗들』, 현암사, 2011.
장창영, 「서정주 시의 구술성 연구-『질마재 신화』를 중심으로」, 『한국문학이론과비평』 14, 한국문학이론과비평학회, 2002.
정문순, 「공동체에 바친 성찬의 언어-노혜경 시집 〈뜯어먹기 좋은 빵〉」, 『사림어문연구』 12, 사림어문학회, 1999.
정영진, 「탈식민주의적 감각과 현대시를 향한 열망-송욱의 역사주의와 교양주의」, 『겨레어문학』 52, 겨레어문학회, 2014.
정유화, 「"질마재 신화"의 공간구조에 나타난 매개항의 기능 고찰」, 『국어교육』 87, 한국어교육학회, 1995.
정지용, 『백록담』, 문장사, 1941.
정효구, 「우주 공동체와 문학」, 『현대시학』, 1994.1.
조병무, 「영원성과 현실성-미당 「질마재 신화」 고(考)」, 『현대문학』, 1975.5.
조해옥, 『이상 시의 근대성 연구-육체의식을 중심으로』, 소명출판, 2001.

좌담, 「문학 썸포지움-신문학 50년: 제 1회 시」, 『사상계』, 사상계사, 1962.5.
진은영, 『문학의 아토포스』, 그린비, 2014.
최금진, 「PUN으로 바라보는 두 개의 풍경-이상론-시 「가외가전」, 「행로」를 중심으로」, 『시와세계』 29, 시와세계사, 2010.3
최동호, 「산수시의 세계와 은일의 정신」, 『하나의 道에 이르는 시학』, 고려대학교출판부, 1997.
최동호·박재삼 대담, 「나의 문학, 나의 시작법」, 『현대문학』, 1983.9.
최동호·김춘수 대담, 『문학과 의식』, 문학과의식사, 1999년 봄.
최승자, 『쓸쓸해서 머나먼』, 문학과지성사, 2010.
최운식, 『옛이야기에 나타난 한국인의 삶과 죽음』, 한울, 1992.
최정례, 『내 귓속의 장대나무숲』, 민음사, 1994.
______, 『햇빛 속에 호랑이』, 세계사, 1998.
최현식, 「신라적 영원성의 의미-서정주의 『신라초』에 나타난 '신라' 이미지를 중심으로」, 『현대문학의연구』 19, 한국문학연구학회, 2002.
______, 『서정주 시의 근대와 반근대』, 소명출판, 2003.
한국구비문학회편, 『구비문학개설』, 일조각, 1971.
한국문화 상징사전 편찬위원회, 『한국문화 상징사전』, 동아출판사, 1995.
한글학회, 『우리말 큰사전』, 어문각, 1992.
한수영, 『한국 현대 비평의 이념과 성격』, 국학자료원, 2000.
함돈균, 「시의 정치화와 시적인 것의 정치성-임화의 「네 거리의 순이」와 이상의 가외가전(街外街傳)」에 나타난 시적 주체(화자) 유형에 대한 해석을 중심으로」, 『열린 정신 인문학연구』, 원광대학교 인문학연구소. 2011.6.
홍기삼, 『향가설화문학』, 민음사, 1997.
황현산·함성호·하재연 대담, 「소통·타자·감각」, 『현대시학』, 2014년 12월.
황동규, 「두 시인의 시선」, 『문학과지성』, 1975년 겨울.
황현산, 「서정주, 농경사회의 모더니즘」, 『한국문학연구』 제17집, 1995.3.
______, 「시적 허용과 정치적 허용」, 『포에지』, 2000년 겨울.
______, 『잘 표현된 불행』, 중앙북스, 2012.

가스똥 바슐라르, 김현 역, 『몽상의 시학』, 기린원, 1989.
노드롭 프라이, 김상일 역, 『신화문학론』, 을유문화사, 1974.
____________, 임철규 역, 『비평의 해부』, 한길사, 1982.
롤랑 바르트, 김희영 역, 『텍스트의 즐거움』, 동문선, 1997.
미하일 바흐찐, 전승희·서경희·박유미 역, 『장편소설과 민중언어』, 창작과비평사, 1988.
알베르 까뮈, 송욱 역, 「작가의 진실성」, 『사상계』, 사상계사, 1953.7.
앙드레 브르통, 황현산 번역·주석·해설, 『초현실주의 선언』, 미메시스, 2012.

장 폴 사르트르, 정명환 역, 『문학이란 무엇인가』, 민음사, 1998.
정재서 역주, 『산해경』 서문, 민음사, 1985.
조지프 캠벨, 과학세대 역, 『신화의 세계』, 까치, 1998.
진 쿠퍼, 이윤기 역, 『그림으로 보는 세계 문화 상징 사전』, 까치, 1996.
프리모 레비, 이현경 역, 『이것이 인간인가』, 돌베개, 2007.
M. 호르크하이머·Th. W. 아도르노, 김유동·이상훈·주경식 역, 『계몽의 변증법』, 문예출판사, 1995.

石上玄一郎, 『輪廻と転生』, 京都:人文書院, 1977.
Adorno, Theodor W., *Against Epistemology*, trans. Willis Domingo, Oxford: Basil Blackwell, 1982.
Mallarmé, Stéphane. trans. Bradford Cook. "Crisis in Poetry", *Mallarmé : Selected prose poems, Essays & Letters*, Baltimore: The Johns Hopkins Press, 1956.

하재연 河在姸

한국 현대시를 연구하고 창작한다. 고려대학교 국어국문학과를 졸업하고, 고려대학교 대학원에서 「임화 시 연구」로 석사 학위를, 「1930년대 조선문학 담론과 조선어 시의 지형」으로 박사 학위를 받았다. 『문학과사회』 신인문학상, 『영남일보』 구상문학상을 수상했다. 주요 저서로 시집 『라디오 데이즈』, 『세계의 모든 해변처럼』, 『우주적인 안녕』, 연구서 『근대시의 모험과 움직이는 조선어』, 공저 『시창작론』 등이 있다.

하재연 시론집

무한한 사랑의 역설

2022년 10월 20일 초판 1쇄 펴냄

지은이 하재연
펴낸이 김흥국
펴낸곳 보고사(제6-0429호)

책임편집 이소희
표지디자인 김규범
주소 경기도 파주시 회동길 337-15
전화 031-955-9797
팩스 02-922-6990
메일 bogosabooks@naver.com
http://www.bogosabooks.co.kr
ISBN 979-11-6587-369-1 93810

정가 18,000원